從興王呈預兆至櫟林喪身

南北史演義

蔡東藩 著

欲保身家立嗣皇，如何功就反危亡？

禍福本無兆，唯命歸有極
南北分裂，王朝崛起又覆滅
誰是忠貞誰是逆，千秋總有公評

目錄

第一回	射蛇首興王呈預兆　睹龍顏慧婦忌英雄	005
第二回	起義師入京討逆　迎御駕報績增封	015
第三回	伐燕南冒險成功　捍東都督兵禦寇	025
第四回	毀賊船用火破盧循　發軍函出奇平譙縱	035
第五回	搗洛陽秦將敗沒　破長安姚氏滅亡	045
第六回	失秦土劉世子逃歸　移晉祚宋武帝篡位	055
第七回	弒故主冤魂索命　喪良將胡騎橫行	065
第八回	廢營陽迎立外藩　反江陵驚聞內變	075
第九回	平謝逆功歸檀道濟　入夏都擊走赫連昌	085
第十回	逃將軍棄師中虜計　亡國後侑酒作人奴	097
第十一回	破氐帥收還要郡　殺司空自壞長城	107
第十二回	燕王弘投奔高麗　魏主燾攻克姑臧	117
第十三回	捕奸黨殷景仁定謀　露逆萌范蔚宗伏法	127
第十四回	陳參軍立柵守危城　薛安都用矛刺虜將	137

003

目錄

第十五回	騁辯詞張暢報使　貽溲溺臧質覆書	147
第十六回	永安宮魏主被戕　含章殿宋帝遇弒	157
第十七回	發尋陽出師問罪　克建康梟惡鋤奸	167
第十八回	犯上興兵一敗塗地　誅叔納妹隻手瞞天	177
第十九回	發雄師慘屠骨肉　備喪具厚葬妃嬙	187
第二十回	狎姑姊宣淫鸞掖　辱諸父戲宰豬王	197
第二十一回	戕暴主湘東正位　討宿孼江右鏖兵	207
第二十二回	掃逆藩眾叛蕩平　激外變四州淪陷	217
第二十三回	殺弟兄宋帝濫刑　好佛老魏主禪統	229
第二十四回	江上墮謀親王授首　殿中醉寢狂豎飲刀	239
第二十五回	討權臣石頭殉節　失鎮地櫟林喪身	251

第一回

射蛇首興王呈預兆　睹龍顏慧婦忌英雄

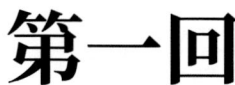

第一回　射蛇首興王呈預兆　睹龍顏慧婦忌英雄

　　世運百年一大變，三十年一小變，變亂是古今常有的事情，就使聖帝明王，善自貽謀，也不能令子子孫孫，萬古千秋的太平過去，所以治極必亂，盛極必衰，衰亂已極，復治復盛，好似行星軌道一般，往復循環，周而復始。一半是關係人事，一半是關係天數，人定勝天，天定亦勝人，這是天下不易的至理。但我中國數千萬里疆域，好幾百兆人民，自從軒轅黃帝以後，傳至漢、晉，都由漢族主治，凡四裔民族，僻居遐方，向為中國所不齒，不說他犬羊賤種，就說他虎狼遺性，最普通的贈他四個雅號，南為蠻，東為夷，西為戎，北為狄。這蠻夷戎狄四種，只准在外國居住，不許他闖入中原，古人稱為華夏大防，便是此意。界劃原不可不嚴，但侈然自大，亦屬非是。

　　漢、晉以降，外族漸次來華，雜居內地，當時中原主子，誤把那懷柔主義，待遇外人，因此藩籬自闢，防維漸弛，那外族得在中原境內，以生以育，日熾日長，涓涓不塞，終成江河。為虺勿摧，為蛇若何。嗣是五胡十六國，迭為興替，害得蕩蕩中原，變做了一個胡虜腥羶的世界。後來弱肉強食，彼吞此並，輾轉推遷，又把十六國土宇，渾合為一大國，叫做北魏。北魏勢力，很是強盛，查起他的族姓，便是五胡中的一族，其時漢族中衰，明王不作，只靠了南方幾個梟雄，抵制強胡，力保那半壁河山，支持危局，我漢族的衣冠人物，還算留貽了一小半，免致遍地淪胥，無如江左各君，以暴易暴，不守綱常，不顧禮義，你篡我竊，無父無君，擾擾百五十年，易姓凡三，歷代凡四，共得二十三主，大約英明的少，昏暗的多，評論確當，反不如北魏主子，尚有一兩個能文能武（武指太武帝燾，文指孝文帝宏），經營見方，修明百度，揚武烈，興文教，卻具一番振作氣象，不類凡庸。他看得江左君臣，昏淫荒虐，未免奚落，嘗呼南人為島夷，易華為夷，無非自取。南人本來自稱華胄，當然不肯忍受，遂號北魏

為索虜。口舌相爭，干戈繼起，往往因北強南弱，累得江、淮一帶，烽火四逼，日夕不安。幸虧造化小兒，巧為播弄，使北魏亦起內訌，東分西裂，好好一個魏國，也變做兩頭政治，東要奪西，西要奪東，兩下裡戰爭未定，無暇顧及江南，所以江南尚得保全。可惜昏主相仍，始終不能展足，局促一隅，苟延殘喘。及東魏改為北齊，西魏改為北周，中土又作為三分，周最強，齊為次，江南最弱，鼎峙了好幾年，齊為周並，周得中原十分之八，江南但保留十分之二，險些兒要盡屬北周了。就中出了一位大丞相楊堅，篡了周室，復並江南，其實就是仗著北周的基業，不過楊係漢族，相傳為漢太尉楊震後裔，忠良遺祚，足孚物望；更兼以漢治漢，無論南北人民，統是一致翕服，龍角當頭，王文在手，（均見後文）。既受周禪，又滅陳氏，居然統一中原，合併南北。當時人心歸附，亂極思治，總道是天下大定，從此好安享太平，哪知他外強中乾，受制帷帟，阿麼（煬帝小名）小醜，計奪青宮，甚至弒君父，殺皇兄，烝庶母，驕恣似蒼梧（宋主昱），淫荒似東昏（齊主寶卷），愚蔽似湘東（梁主繹），窮奢極欲似長城公（陳主叔寶），凡江左四代亡國的覆轍，無一不蹈，所有天知、地知、人知、我知的祖訓，一古腦兒撇置腦後，衣冠禽獸，牛馬裾襟，遂致天怒人怨，禍起蕭牆，好頭顱被人斫去，徒落得身家兩敗，社稷淪亡；妻妾受人汙，子弟遭人害，鬧得一塌糊塗，比宋、齊、梁、陳末世，還要加幾倍擾亂。咳！這豈真好算做混一時代麼？小子記得唐朝李延壽，撰南北史各一編，宋、齊、梁、陳屬南史，魏、齊、周、隋屬北史，寓意卻很嚴密，不但因楊氏創業，是由北周蟬蛻而來，可以屬諸北史，就是楊家父子的行誼，也不像個治世真人，雖然靠著一時僥倖，奄有南北，終究是易興易哀，才經一傳，便爾覆國，這也只好視作閏運，不應以正統相待。獨具隻眼。小子依例演述，摹仿說部體裁，編成一部《南北史通俗演義》，

第一回　射蛇首興王呈預兆　睹龍顏慧婦忌英雄

　　自始徹終，看官聽著，開場白已經說過，下文便是南北史正傳了。虛寫一段，已括全書大意。

　　且說東晉哀帝興寧元年，江南丹徒縣地方，生了一位亂世的梟雄，姓劉名裕字德輿，小字叫做寄奴，他的遠祖，乃是漢高帝弟楚元王交。交受封楚地，建國彭城，子孫就在彭城居住。及晉室東遷，劉氏始徙居丹徒縣京口里。東安太守劉靖，就是裕祖，郡功曹劉翹，就是裕父，自從楚元王交起算，傳至劉裕，共歷二十一世。裕生時適當夜間，滿室生光，不啻白晝；偏偏嬰兒墮地，母趙氏得病暴亡，乃父翹以生裕為不祥，意欲棄去，還虧有一從母，憐惜姪兒，獨為留養，乳哺保抱，乃得生成。翹復娶蕭氏女為繼室，待裕有恩，勤加撫字，裕體益發育，年未及冠，已長至七尺有餘。會翹病不起，竟致去世，剩得一對嫠婦孤兒，淒涼度日，家計又復蕭條，常憂凍餒。裕素性不喜讀書，但識得幾個普通文字，便算了事；平日喜弄拳棒，兼好騎射，鄉里間無從施技；並因謀生日亟，不得已織屨易食，伐薪為炊，勞苦得了不得，尚且饔飧鮮繼，飢飽未勻；唯奉養繼母，必誠必敬，寧可自己乏食，不使甘旨少虧。揭出孝道，借古風世。一日，遊京口竹林寺，稍覺疲倦，遂就講堂前假寐。僧徒不識姓名，見他衣冠襤褸，有逐客意，正擬上前呵逐，忽見裕身上現出龍章，光呈五色，眾僧駭異得很，禁不住譁噪起來。裕被他驚醒，問為何事？眾僧尚是瞧著，交口稱奇。及再三詰問，方各述所見。裕微笑道：「此刻龍光尚在否？」僧答言：「無有。」裕又道：「上人休得妄言！恐被日光迷目，因致幻成五色。」眾僧不待說畢，一齊喧聲道：「我等明明看見五色龍，罩住尊體，怎得說是日光迷目呢？」裕亦不與多辯，起身即行。既返家門，細思眾僧所言，當非盡誣，難道果有龍章護身，為他日大貴的預兆？左思右想，忐忑不定。到了黃昏就寢，還是狐疑不決，輾轉反側，矇矓睡去。似覺身旁果有

二龍，左右蟠著，他便躍上龍背，駕龍騰空，霞光絢彩，紫氣盈途，也不識是何方何地，一任龍體遊行，經過了許多山川，忽前面籠著一道黑霧，很是陰濃，差不多似天地晦冥一般，及向下俯矚，卻露著一線河流，河中隱隱現出黃色（黑氣隱指北魏，河中黃色便是黃河，宋初盡有河南地，已兆於此），那龍首到了此處，也似有些驚怖，懸空一旋，墮落河中。裕駭極欲號，一聲狂呼，便即驚覺，開眼四瞧，仍然是一張敝床，唯案上留著一盞殘燈，臨睡時忘記吹熄，所以餘焰猶存。回憶夢中情景，也難索解，但想到乘龍上天，究竟是個吉兆，將來應運而興，亦未可知，乃吹燈再寢。不意此次卻未得睡熟，不消多時，便晨雞四啼，窗前露白了。

　　裕起床炊爨，奉過繼母早膳，自己亦草草進食，已覺果腹，便向繼母稟白，往瞻父墓，繼母自然照允。裕即出門前行，途次遇著一個堪輿先生，叫做孔恭，與裕略覺面善。裕乘機扳談，方知孔恭正在遊山，擬為富家覓地，當下隨著同行，道出候山，正是裕父翹葬處。裕因家貧，為父築墳，不封不樹，只聳著一抔黃土，除裕以外，卻是沒人相識。裕戲語孔恭道：「此墓何如？」恭至墓前眺覽一周，便道：「這墓為何人所葬，當是一塊發王地呢。」裕詐稱不知，但問以何時發貴？恭答道：「不出數年，必有徵兆，將來卻不可限量。」裕笑道：「敢是做皇帝不成？」恭亦笑道：「安知子孫不做皇帝？」彼此評笑一番，恭是無心，裕卻有意，及中途握別，裕欣然回家，從此始有意自負，不過時機未至，生計依然，整日裡出外勞動，不是賣履，就是斫柴；或見了飛禽走獸，也就射倒幾個，取來充庖。

　　時當秋日，洲邊蘆荻蕭森，裕腰佩弓矢，手執柴刀，特地馳赴新洲，伐荻為薪。正在俯割的時候，突覺腥風陡起，流水齊嘶，四面八方的蘆葦，統發出一片秋聲，震動耳鼓。裕心知有異，忙跳開數步，至一高澗上面，凝神四望，驚見蘆荻叢中，竄出一條鱗光閃閃的大蛇，頭似巴斗，身

第一回　射蛇首興王呈預兆　睹龍顏慧婦忌英雄

似車輪，張目吐舌，狀甚可怖。裕見所未見，卻也未免一驚，急從腰間取出弓箭，用箭搭弓，仗著天生神力，向蛇射去，颼的一聲，不偏不倚，射中蛇項，蛇已覺負痛，昂首向裕，怒目注視，似將跳躍過來，接連又發了一箭，適中蛇目分列的中央，蛇始將首垂下，滾了一周，蜿蜒而去，好一歇方才不見。裕懸空測量，約長數丈，不禁失聲道：「好大惡蟲，幸我箭幹頗利，才免毒螫。」說至此，復再至原處，把已割下的蘆荻，捆做一團，肩負而歸。漢高斬蛇，劉裕射蛇，遠祖裔孫，不約而同。次日，復往州邊，探視異跡，隱隱聞有杵臼聲，越加詫異，隨即依聲尋覓，行至榛莽叢中，得見童子數人，俱服青衣，圍著一臼，輪流杵藥。裕朗聲問道：「汝等在此搗藥，果作何用？」一童子答道：「我王為劉寄奴所傷，故遣我等採藥，搗敷患處。」裕又道：「汝王何人？」童子複道：「我王係此地土神。」裕瞿然道：「王既為神，何不殺死寄奴？」童子道：「寄奴後當大貴，王者不死，如何可殺？」裕聞童子言，膽氣益壯，便呵叱道：「我便是劉寄奴，來除汝等妖孽，汝王尚且畏我，汝等獨不畏我麼？」童子聽得劉寄奴三字，立即駭散，連杵臼都不敢攜去。裕將臼中藥一齊取歸，每遇刀箭傷，一敷即愈。裕歷得數兆，自知前程遠大，不應長棲隴畝，埋沒終身，遂與繼母商議，擬投身戎幕，借圖進階。繼母知裕有遠志，不便攔阻，也即允他投軍。

裕辭了繼母，竟至冠軍孫無終處，報名入伍。無終見他身材長大，狀貌魁梧，已料非庸碌徒，便引為親卒，優給軍糧，未幾即擢為司馬。晉安帝隆安三年，會稽妖賊孫恩作亂，晉衛將軍謝琰，及前將軍劉牢之，奉命討恩，牢之素聞裕名，特邀裕參軍府事。裕毅然不辭，轉趨入牢之營。牢之命裕率數十人，往偵寇蹤，途次遇賊數千，即持著長刀，挺身陷陣，賊眾多半披靡。牢之子敬宣，又帶兵接應，殺得孫恩大敗虧輸，遁入海中。

既而牢之還朝，裕亦隨返，那孫恩無所顧憚，復陷入會稽，殺斃謝琰。再經牢之東征，令裕往戍勾章。裕且戰且守，屢敗賊軍，賊眾退去，恩復入海。嗣又北犯海鹽，由裕移兵往堵，修城築壘。恩日來攻城，裕募敢死士百人，作為前鋒，自督軍士繼進，大破孫恩。恩轉走滬瀆，又浮海至丹徒。丹徒為裕故鄉，聞警馳救，倍道趨至，途次適與恩相遇，兜頭痛擊。恩眾見了裕旗，已先退縮，更因裕先驅殺入，似生龍活虎一般，哪裡還敢抵擋？彼逃此竄，霎時跑散。恩率餘眾走鬱州。晉廷以裕屢有功，升任下邳太守。裕拜命後，再往剿恩。恩聞風竄去，自鬱州入海鹽，復自海鹽徙臨海，徒眾多被裕殺死，所擄三吳男女，或逃或亡。臨海太守辛景，乘勢逆擊，殺得孫恩上天無路，入地無門，只好自投海中，往做水妖去了（孫恩了）。

　　恩有妹夫盧循，神采清秀，由恩手下的殘眾，推他為主，於是一波才平，一波又起。荊州刺史桓玄，方都督荊、江八州軍事，威焰逼人。安帝從弟司馬元顯，與玄有隙，玄遂舉兵作亂，授盧循為永嘉太守，使作爪牙。安帝即令元顯為驃騎大將軍，征討大都督，並加黃鉞，調兵討玄。遣劉牢之為先鋒，裕為參軍，即日出發。

　　行至歷陽，與玄相值，玄使牢之族舅何穆來作說客，勸牢之倒戈附玄。牢之也陰恨元顯，意欲自作卞莊，姑與玄聯繫，先除元顯，後再除玄，裕聞知消息，與牢之甥何無忌，極力諫阻，牢之不從。裕再囑牢之子敬宣，從旁申諫，牢之反大怒道：「我豈不知今日取玄，易如反掌？但平玄以後，內有驃騎，猜忌益深，難道能保全身家麼？」聯繫桓玄，亦未必保身。遂遣敬宣齎著降書，投入玄營。

　　玄收降牢之，進軍建康即晉都。元顯毫無能力，奔入東府，一任玄軍入城。玄遂派兵捕住元顯，及元顯黨羽庾楷、張法順，與譙王尚之，一

第一回　射蛇首興王呈預兆　睹龍顏慧婦忌英雄

併殺死，自稱丞相，總百揆，都督中外。命劉牢之為會稽內史，撤去兵權。牢之始驚駭道：「桓玄一入京城，便奪我兵柄，恐禍在旦夕了！」嗟何及矣。

敬宣勸牢之襲玄，牢之又慮兵力未足，不免遲疑。當下召裕入商道：「我悔不用卿言，為玄所賣，今當北至廣陵，舉兵匡扶社稷，卿肯從我否？」裕答道：「將軍率禁兵數萬，不能討叛，反為虎倀，今鴟梟得志，威震天下，朝野人情，已失望將軍，將軍尚能得廣陵麼？裕情願去職，還居京口，不忍見將軍孤危呢。」言畢即退。

牢之又大集僚佐，議據住江北，傳檄討玄。僚佐因牢之反覆多端，都有去意，當面雖勉強贊成，及牢之啟行，即陸續散去，連何無忌亦不願隨著，與裕密商行止。裕與語道：「我觀將軍必不免，君可隨我還京口。玄若能守臣節，我與君不妨事玄，否則設法除奸，亦未為晚！」無忌點首稱善，未與牢之告別，即偕裕同往京口去了。

牢之到了新洲，部眾俱散，日暮途窮，投繯自盡。子敬宣逃往山陽，獨劉裕還至京口，為徐兗刺史桓修所召，令為中書參軍。可巧永嘉太守盧循，陽受玄命，陰仍寇掠，潛遣私黨徐道覆，襲攻東陽，被裕探問消息，領兵截擊。殺敗道覆，方才回軍。

既而桓玄篡位，廢晉安帝為平固王，遷居尋陽，改國號楚，建元永始。桓修係玄從兄，由玄徵令入朝。修馳入建業，裕亦隨行。當時依人簷下，只好低頭，不得不從修謁玄。玄溫顏接見，慰勞備至，且語司徒王謐道：「劉裕風骨不常，確是當今人傑呢。」謐乘機獻媚，但說是天生傑士，匡輔新朝，玄益心喜。每遇宴會，必召裕列座，殷勤款待，贈賜甚優。獨玄妻劉氏，為晉故尚書令劉耽女，素有智鑑，嘗在屏後窺視，見裕狀貌魁

奇，知非凡相，便乘間語玄道：「劉裕龍行虎步，瞻顧不凡，在朝諸臣，無出裕右，不可不加意預防！」玄答道：「我意正與卿相同，所以格外優待，令他知感，為我所用。」劉氏道：「妾見他器宇深沉，未必終為人下，不如趁早翦除，免得養虎貽患！」玄徐答道：「我方欲蕩平中原，非裕不解為力，待至關隴平定，再議未遲。」劉氏道：「恐到了此時，已無及了！」玄終不見聽，仍令修還鎮丹徒。

　　修邀裕同還，裕託言金創疾發，不能步從，但與何無忌同船，共還京口。舟中密圖討逆，商定計畫。既至京口登岸，無忌即往見沛人劉毅，與議規復事宜。毅說道：「以順討逆，何患不成？可惜未得主帥！」無忌未曾說出劉裕，唯用言相試道：「君亦太輕量天下，難道草澤中必無英雄？」毅奮然道：「據我所見，只有一劉下邳囉。」下邳見前。無忌微笑不答，還白劉裕。適青州主簿孟昶，因事赴都，還過京口，與裕敘談，彼此說得投機。裕因詰昶道：「草澤間有英雄崛起，卿可聞知否？」昶答道：「今日英雄，舍公以外，尚有何人？」裕不禁大笑，遂與同謀起義。

　　裕弟道規，為青州中兵參軍。青州刺史桓弘，為桓修從弟，裕因令昶歸白道規，共圖殺弘。且使劉毅潛往歷陽，約同豫州參軍諸葛長民，襲取豫州刺史刁逵。一面再致書建康，使友人王元德、辛扈興、童厚之等，同作內應。自與何無忌用計圖修，依次進行。看官聽說，這是劉裕奮身建功的第一著！畫龍點睛。小子有詩詠道：

　　發憤終為天下雄，不資尺土獨圖功。
　　試看京口成謀日，豪氣原應屬乃公。

　　欲知劉裕能否成功，容待下回續敘。

　　開篇敘一楔子，括定全書大意，且援李延壽史例，將隋朝歸入北史，

第一回　射蛇首興王呈預兆　睹龍顏慧婦忌英雄

見地獨高。及正傳寫入劉裕，歷述符讖，俱係援引南史，並非向壁臆造。唯經妙筆演出，愈覺有聲有色，足令人刮目相看。桓玄妻劉氏，鑑貌辨色，能知裕不為人下，勸玄除裕。夫蛇神尚不能害寄奴，何物桓玄，乃能置裕死地乎？但巾幗中有此慧鑑，不可謂非奇女子，惜能料劉裕而不能料桓玄。當桓玄篡位之先，不聞出言匡正，是亦所謂知其一不知其二者歟？唯晉事當具晉史，故於晉事從略，第於劉裕事從詳云。

第二回

起義師入京討逆　迎御駕報績增封

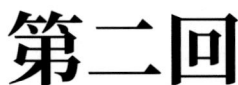

第二回　起義師入京討逆　迎御駕報績增封

　　卻說劉裕既商定密謀，遂與何無忌託詞出獵，號召義徒。共得百餘名，最著名的約二十餘人，除何無忌、劉毅外，姓名如左：

　　劉道憐（即劉裕弟）　魏詠之　魏欣之（詠之弟）　魏順之（欣之弟）檀憑之　檀祗隆（憑之弟）　檀道濟（憑之叔）　檀范之道（濟從兄）　檀韶（憑之從子）　劉藩（劉毅從弟）孟懷玉（孟昶族弟）　向彌　管義之周安穆　劉蔚　劉珪之（蔚從弟）　臧熹　臧寶符（熹從弟）　臧穆生（熹從子）　童茂宗　周道民　田演　范清

　　這二十餘人各具智勇，充作前隊。何無忌冒充敕使，一騎當先，揚鞭入丹徒城，黨徒隨後跟入。桓修毫不覺察，聞有敕使到來，便出署相迎，無忌見了桓修，未曾問答，即拔出佩刀，把修殺死。隨與徒眾大呼討逆，吏士驚散，莫敢反抗。劉裕也馳入府署，揭榜安民，片刻即定。當將桓修棺殮，埋葬城外。召東莞人劉穆之為府主簿，更派劉毅至廣陵，囑令孟昶劉道規，即日響應。

　　昶與道規，偽勸桓弘出獵，以詰旦為期。翌日昧爽，昶等率壯士數十人，佇待府署門前，一俟開門，便即馳入。弘方在啜粥，被道規持刃直前，劈破弘腦，死於非命。當即收眾渡江，來會劉裕。

　　徐州司馬刁弘，聞丹徒有變，方率文武佐吏，來至丹徒城下，探問虛實，裕登城偽語道：「郭江州已奉戴乘輿，反正尋陽，我等奉有密詔，誅除逆黨，今日賊玄首級，已當曉示大航。諸君皆大晉臣，無故來此，意欲何為？」刁弘等信為真言，便即退去。

　　可巧劉道規、孟昶等自廣陵馳至，眾約千人，裕即令劉毅追殺刁弘。待毅歸報，又令毅作書與兄，即遣周安穆持書入京，促令起事。原來毅兄劉邁留官建康，桓玄令邁為竟陵太守，整裝將發。既得毅書，躊躇莫決。安穆見邁懷疑，恐謀洩罹禍，匆匆告歸，連王元德、辛扈興、童厚之等處

也未及報聞。邁計無所出，意欲夤夜下船，赴任避禍。忽由桓玄與書，內言北府人情，未知何如？近見劉裕，亦未知彼作何狀，須一一報明。此書寓意，乃俟邁抵任後，令他稟報。偏邁誤會書義，還道玄已察裕謀，不得不預先出首。這叫做賊膽心虛。遂不便登舟，坐以待旦，一俟晨光發白，即入朝報玄。

玄聞裕已發難，不禁大懼，面封邁為重安侯。邁拜謝退朝，偏有人向玄譖邁，謂邁縱歸周安穆，未免同謀。玄乃收邁下獄，並捕得王元德、辛扈興、童厚之三人，與邁同日加刑。一面召弟桓謙，及丹陽尹卞范之等，會議拒裕，謙請從速發兵，玄欲屯兵覆舟山，堅壁以待。經謙等一再固請，始命頓邱太守吳甫之，右衛將軍皇甫敷，北遏裕軍。

裕聞桓玄已經發兵，也銳意進取，自稱總督徐州事，命孟昶為長史，守住京口。集得二州義旅，共千七百人，督令南下。且囑何無忌草檄，聲討玄罪。

無忌夜作檄文，為母劉氏所窺，且泣且語道：「我不及東海呂母（王莽時人），汝能如此，我無遺恨了！」（兄弟之仇，不可不報）。至無忌檄已草就，翌晨呈入。裕即令頒發遠近，大略說是：

夫成敗相因，理不常泰，狡焉肆虐，或值聖明。自我大晉，屢邁陽九，隆安以來（隆安為晉安帝嗣位時年號），國家多故，忠良碎於虎口，貞賢斃於豺狼。逆臣桓玄，敢肆陵慢，阻兵荊郢，肆暴都邑。天未忘難，凶力繁興，踰年之間，遂傾裡祚，主上播越，流幸非所，神器沉辱，七廟毀墜。雖夏後之罹浞殪，有漢之遭莽卓，方之於玄，未足為喻。自玄篡逆，於今歷年，亢旱彌時，民無生氣，加以士庶疲於轉輸，文武困於版築，室家分析，父子乖離，豈唯大東有杼軸之悲，摽梅有傾筐之怨而已哉！仰觀天文，俯察人事，此而可存，孰為可亡？凡在有心，誰不扼腕？

第二回　起義師入京討逆　迎御駕報績增封

裕等所以椎心泣血，不遑啟處者也，是故夕寐宵興，搜獎忠烈，潛構崎嶇，險過履虎，乘機奮發，義不圖全。輔國將軍劉毅，廣武將軍何無忌，鎮北主簿孟昶，兗州主簿魏詠之，寧遠將軍劉道規，龍驤參軍劉藩，振威將軍檀憑之等，忠烈斷金，精白貫日，荷戈奮袂，志在畢命。益州刺史毛璩，萬里齊契，掃定荊楚。江州刺史郭昶之，奉迎主上，宮於尋陽。鎮北參軍王元德等，並率部曲，保據石頭。揚武將軍諸葛長民，收集義士，已據歷陽。徵虜參軍庾頤之，潛相連結，以為內應。同力協規，所在蜂起，即日斬偽徐州刺史安城王桓修，青州刺史桓弘。義眾既集，文武爭先，咸謂不有統一，則事無以輯。裕辭不獲命，遂總軍要，庶上憑祖宗之靈，下罄義夫之力，翦馘逋逆，蕩清京華。公侯諸君，或世樹忠貞，或身荷爵寵，而並俯眉猾豎，無由自效，顧瞻周道，寧不弔乎！今日之舉，良其會也。裕以虛薄，才非古人，受任於既頹之運，接勢於已替之機，丹忱未宣，感慨憤激，望霄漢以永懷，盼山川以增佇，投檄之日，神馳賊廷。檄到如律令！

　　觀檄中所載，如毛璩以下，多半是虛張聲勢，未得實情。郭昶之何曾反正，王元德並且被誅。就是諸葛長民，亦未能據住歷陽，不過訛以傳訛，也足使中土向風，賊臣喪膽。桓玄自劉裕起兵，連日驚惶，或謂裕等烏合，勢必無成，何足深懼？玄搖首道：「劉裕為當世英雄，劉毅家無擔石，樗蒱且一擲百萬，何無忌酷似若舅，共舉大事，怎得說他無成呢？」恐亦慚對令正。果然警報頻來，吳甫之敗死江乘，皇甫敷敗死羅洛橋，那劉裕軍中，只喪了一個檀憑之，進戰益厲。玄急遣桓謙出屯東陵，卞範之出屯覆舟山西，兩軍共計二萬人。裕至覆舟山東，令各軍飽餐一頓，悉棄餘糧，示以必死。劉毅持槊先驅，裕亦握刀繼進，將士踴躍隨上，馳突敵陣，一當十，十當百，呼聲動天地。湊巧風來助順，因風縱火。煙焰蔽天，燒得桓謙、卞範之兩軍，統變成焦頭爛額，與鬼為鄰。桓謙、卞範

之，後先駭奔，裕復率眾力追，數道並進。玄已料裕軍難敵，先遣殷仲文具舟石頭，為逃避計。至是接桓謙敗耗，忙令子升策馬出都，至石頭城外下舟，浮江南走。裕得乘勝長驅，直入建康。

京中已無主子，由裕出示安民，且恐都人惶惑，徙鎮石頭城，立留臺，總百官，毀去桓氏廟主，另造晉祖神牌，納諸太廟。更遣劉毅等追玄，並派尚書王嘏，率百官往迎乘輿。一面收誅桓氏宗族，使臧熹入宮，檢收圖籍器物，封閉府庫。司徒王謐本係桓玄爪牙，玄篡位時，曾親解安帝璽綬，奉璽授玄。當時大眾目為罪魁，勸裕誅謐，偏裕與謐有舊，少年孤貧時，嘗由謐代裕償債，至此不忍加誅，仍令在位。未免因私廢公。謐又向裕貢諛，願推裕領揚州軍事。裕一再固辭，令謐為侍中，領揚州刺史，錄尚書事，謐更推裕都督八州（揚、徐、兗、豫、青、冀、幽、並），兼徐州刺史，裕乃受任不辭。令劉毅為青州刺史，何無忌為琅琊內史，孟昶為丹陽令，劉道規為義昌太守，所有軍國處分，均委任劉穆之。倉猝立辦，無不允愜。

唯諸葛長民愆期未發，謀洩被執，刁逵尚未得建康音信，把長民檻入檻車，派使解京。途次聞桓玄敗走，建康已為劉裕所據，那使人樂得用情，即將長民放出，還趨歷陽。歷陽軍民，乘機起事，圍攻刁逵。逵潰圍出走，湊巧遇著長民，兜頭截住，再經城中兵士追來，任你刁逵如何逞刁，也只好束手受縛，送入石頭，飲刀畢命！

桓玄逃至尋陽，刺史郭昶之，供玄乘輿法物，可見劉氏前次檄文，純係虛聲。玄仍自稱楚帝，威福如故。嗣聞劉毅等率軍追來，將到城下，玄又驚惶失措，急遣部將庾雅祖、何澹之堵住湓口，自挾一主（即晉安帝）二后，（一係穆帝后何氏，一係安帝后王氏）西走江陵。劉毅與何無忌、劉道規諸將，至桑落洲，大破何澹之水軍，奪湓口，拔尋陽，遣使報捷。

第二回　起義師入京討逆　迎御駕報績增封

劉裕因安帝西去，乃奉武陵王司馬遵為大將軍，入居東宮，承制行事。再飭劉毅等西追桓玄。

玄至江陵，收集荊州兵，有眾二萬，復挾安帝東下。行抵崢嶸洲，正值劉毅各軍，揚帆前來。劉道規望玄船，麾眾先進，劉毅、何無忌，鼓棹隨行。此時正是仲夏天氣，西南風吹得甚勁，道規乘風縱火，毅等亦助薪揚威，燒得長江上下，煙霧迷濛。玄所督領諸戰艦，多半被焚，部卒大亂。玄慌忙改乘小舟，仍將安帝挾去，遁還江陵。

部將殷仲文叛玄降劉，奉晉二后還京。玄再返江陵，人情離叛，沒奈何乘夜出奔，欲往漢中。南郡太守王騰之，荊州別駕王康產，奉安帝入南郡府，尋遷江陵。

益州刺史毛璩有姪修之，為玄屯騎校尉，誘玄入蜀。玄依言西行，至枚回洲，適上流來了喪船數艘，船首立著一員衛弁，與修之打了一個照面，便厲聲呼道：「來船中有無逆賊？」修之不答，桓玄卻顫聲說道：「我是當今新天子，何處盜賊，敢來妄言！」此時還想稱帝，太不自量。道言未絕，那對船上又跳出二將，拈弓搭矢，飛射過來，玄嬖人萬蓋、丁仙期，挺身蔽玄，俱被射倒。玄正在驚惶，突有數人持刀躍入，為首的正是對船衛弁。便駭問道：「汝……汝等何人？敢犯天子！」衛弁即應聲道：「我等來殺天子的賊臣！」說至此，即用刀劈玄，光芒一閃，玄首分離。看官道衛弁為誰？原來是益州督護馮遷。

益州毛璩有弟毛璠，為寧州刺史，在任病歿。璩使兄孫祐之，及參軍費恬，扶櫬歸葬，並派馮遷護喪。恰巧中流遇著玄船，由修之傳遞眼色，便一齊動手，殺死賊玄。看官不必細問，就可知對船發矢的二將，便是費恬、毛祐之了。馮遷既梟玄首，執住玄子桓升，殺死玄族桓石康、桓浚，

令毛修之齎獻玄首，及檻解桓升，馳詣江陵。安帝封毛修之為驍騎將軍，誅升東市，下詔大赦，唯桓氏不原。

玄從子桓振，逃匿華容浦中，招聚黨徒，得數千人，探得劉毅等退屯尋陽，即襲擊江陵城。桓謙亦匿居沮川，糾眾應振。江陵城內，只有王騰之、王康產二人守著，士卒無多，徑被兩桓掩入。騰之、康產戰死。安帝尚寓居江陵行宮，振持刀進見，意欲行弒。還是桓謙馳入勸阻，方才罷手，下拜而出。為玄舉哀發喪，謙率百官朝謁安帝，奉還璽綬，所有侍御左右，一律撤換，改用兩桓黨羽，乘勢攻取襄陽等城。

劉毅等還居尋陽，總道是元凶就戮，逆焰消除，可以高枕無憂，哪知死灰復燃，復有兩桓餘孽，襲取江陵。急忙令何無忌、劉道規二將，進討兩桓。師至馬頭，已由桓謙派兵扼住。兩下裡殺了一場，謙眾敗退。無忌、道規，直趨江陵。桓振令黨徒馮該，設伏楊林，自率眾逆戰靈溪，無忌恃勝輕進，被賊軍兩路殺出，沖斷陣勢，大敗奔還。幸虧劉敬宣聚糧繕船，接濟無忌、道規，復得成軍，蹶而復振。

敬宣即劉牢之子，前時逃往山陽，擬募兵討玄，未克如願。再往南燕乞師，南燕主慕容德，不肯發兵。敬宣潛結青州大族，及鮮卑豪酋，謀襲燕都，事洩還南。時玄已敗死，走歸劉裕，裕令為晉陵太守，尋又遷授江州刺史。他因劉毅等討玄餘黨，所以籌備舟械，隨時接應。（補筆不漏。）

無忌、道規得此一助，再進兵夏口。毅亦督軍隨進，攻入魯城。道規亦拔偃月壘，復會師進克巴陵。號令嚴整，沿途無犯，再鼓眾至馬頭。桓振挾安帝出屯江津，遣使請和，求割江、荊二州，奉還天子。以皇帝為交換品，卻是奇聞。毅等不許。會南陽太守魯宗之，起兵襲襄陽，振還軍與戰，留桓謙、馮該守江陵。謙遣該守豫章口，為毅等擊敗，謙棄城遁走。

第二回　起義師入京討逆　迎御駕報績增封

毅等馳入江陵，擒住逆黨卞范之等，一併梟斬。

安帝時在江陵，未被桓振挾去。毅得入行宮謁帝，由帝面加慰勞，一切處置，悉歸毅主持。毅正擬追剿兩桓，適振回救江陵，在途聞城已失守，眾皆駭散，振亦只好逃匿湨州。既而召集散眾，復襲江陵，為將軍劉懷肅所聞，伏兵邀擊，一鼓誅振。振為桓氏後起悍將，至此斃命，桓氏遺孽垂盡，唯桓謙等奔入後秦。

安帝改元義熙。再下赦書，除桓謙等不赦外，獨赦桓衝孫胤，徙居新安，令存桓衝宗祀，保全功臣一脈（衝係桓玄叔父，有功晉室，封豐城公，詳見《兩晉演義》）。劉裕聞報，使劉毅、劉道規留屯夏口，命何無忌奉帝東歸。安帝乃自江陵啟鑾，還至建康。百官詣闕待罪，有詔令一併復職。授琅琊王司馬德文為大司馬，武陵王司馬遵為太保，且封賞功臣，首劉裕，次及劉毅、何無忌、劉道規。詔敕有云：

朕以寡昧，遭家不造，越自邁閔，屬當屯極。逆臣桓玄，垂釁縱慝，窮凶恣虐，滔天猾夏，誣罔神人，肆其篡亂，祖宗之基既湮，七廟之饗胥殄，若墜淵谷，未足斯譬。皇度有晉，天縱英哲，都督揚、徐、兗、豫、青、冀、幽、並、江九州諸軍事鎮軍將軍徐、青二州刺史劉裕，忠誠天亮，神武命世，用能貞明協契，義夫向臻，故順聲一唱，二溟卷波，英風振路，宸居清翳。冠軍將軍劉毅，輔國將軍何無忌，振武將軍劉道規，舟旗遄邁，而元凶傳首，回戈疊揮，則荊漢霧廓。俾宣元之祚，永固於嵩岱，傾基重造，再集於朕躬。宗廟歆七百之祐，皇基融載新之命。念功唯德，永言銘懷，固已道冠開闢，獨絕終古，書契以來，未之前聞矣。雖則功高靡尚，理至難文，而崇庸命德，哲王攸先者，將以弘道制治，深關盛衰，故伊望膺殊命之錫，桓文饗備物之禮，況宏徽不世，顧邈百代者，宜極名器之隆，以光大國之盛。而鎮軍謙虛自衷，誠旨屢顯，朕重逆仲父，

乃所以愈彰德美也。鎮軍可進位侍中車騎將軍都督中外諸軍事，使持節徐、青二州刺史如故。顯祚大邦，啟茲疆宇，特此詔聞！

這詔下後，裕上表固辭。再加錄尚書事，裕又不受，且乞請歸藩。安帝不允，遣百僚敦勸，裕仍然固讓，入朝陳情，願就外鎮，乃改授裕都督荊、司、梁、益、寧、雍、涼七州，並前十六州諸軍事，仍守本官，裕始受命，還鎮丹徒。封劉毅為左將軍，何無忌為右將軍，分督豫州、揚州軍事，劉道規為輔國將軍，督淮北諸軍事。餘如并州刺史魏詠之以下，皆加官進爵有差。

先是劉毅嘗為劉敬宣參軍，時人推毅為雄傑，敬宣道：「有非常的材具，必有非常的度量，此君外寬內忌，誇己輕人，設使一旦得志，亦恐以下陵上，自取危禍呢。」（為後文劉裕殺毅張本）。裕聞敬宣言，嘗引以為憾。及得授方鎮，遂使人白劉裕道：「敬宣未與義舉，授為郡守，已覺過優，擢置江州，更足令人駭惋，恐猛將勞臣，不免因此懈體呢。」裕遲遲不發。敬宣得知消息，心不自安，乃表請解職，因召還為宣城內史。劉毅再與何無忌，分道出討桓玄餘黨，所有桓亮、符玄等小醜，一概誅滅，荊、湘、江、豫皆平。晉廷命毅都督淮南五郡，兼豫州刺史。何無忌都督江東五郡，兼會稽內史。毅自是益驕，免不得目空一切，有我無人了。小子有詩嘆道：

平矜釋躁始成才，器小何堪任重來！
古有一言須記取，謙能受益滿招災。

過了一年，追敘討逆功績，又有一番封賞，待小子下回說明。

桓玄一亂，而劉裕即乘九而起，是不啻為淵驅魚，為叢驅雀，玄死而裕貴，玄固非鸇即獺也。大抵梟桀之崛興，其始必有絕大之功業，足以聳

第二回　起義師入京討逆　迎御駕報績增封

動人心，能令朝野畏服，然後可以任所欲為，潛移國祚於無形。莽懿之徒，無不如是。裕為莽懿流亞，有玄以促成之，玄何其愚，裕何其智耶！至於安帝返駕，封賞功臣，裕為功首，而再三退讓，成功不居。「周公恐懼流言日，王莽謙恭下士時，假使當年身便死，一生真偽有誰知？」我讀此詩，我更有以窺劉裕矣。

第三回

伐燕南冒險成功　捍東都督兵禦寇

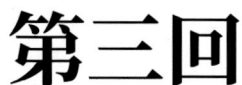

第三回　伐燕南冒險成功　捍東都督兵禦寇

卻說晉安帝復辟踰年，追敘討逆功績，封劉裕為豫章郡公，劉毅為南平郡公，何無忌為安成郡公。一國三公，恐劉裕未免介介。此外亦各有封賞，不勝列舉。獨殷仲文自負才望，反正後欲入秉朝政，因為權臣所忌，出任東陽太守，心下很是怏怏。何無忌素慕仲文，貽書慰藉，且請他順道過談。仲文覆書如約，不意出都赴任，心為物役，竟致失記。無忌佇候多日，並不見到，遂心疑仲文薄己，伺隙報怨。適南燕入寇，劉裕擬督軍出討，無忌即向裕致書道：「北虜尚不足憂，唯殷仲文、桓胤，實係心腹大病，不可不除。」裕心以為然。會裕府將駱球謀變，事發伏誅，裕因謂仲文及胤，與球通謀，即捕二人入京，並加夷誅。已露鋒芒。

司徒兼揚州刺史王謐病歿，資望應由裕繼任。劉毅等已是忌裕，不欲他入朝輔政，乃擬令中領軍謝混為揚州刺史。或恐裕出來反對，謂不如令裕兼領揚州，以內事付孟昶。安帝不能決議，特遣尚書右丞皮沈馳往丹徒，以二議諮裕。用人必須下問，大權已旁落了。沈先見裕記室劉穆之，具述朝議。穆之偽起如廁，潛入白裕，謂皮沈二議，俱不可從。裕乃出見皮沈，支吾對付，暫令出居客舍，復呼穆之與商。穆之道：「晉政多闕，天命已移，公匡復皇祚，功高望重，難道可長作藩將麼？況劉、孟諸公，與公同起布衣，倡立大義，得取富貴，不過因事有先後，權時推公，並非誠心敬服，素存主僕的名義，他日勢均力敵，終相吞噬。揚州為國家根本，關係重大，如何假人？前授王謐，已非久計，今若復授他人，恐公將為人所制，一失權柄，無從再得。今但答言事關重要，不便懸論，當入朝面議，共決可否。俟公一至京邑，料朝內權貴，必不敢越次授人，公可坐取此權位了。」為裕設計，恰是佳妙，但亦一許攸、荀彧之徒。

裕極口稱善，遂遣歸皮沈，託言入朝面決。沈回京覆命，果然朝廷生畏，立即下詔，徵裕為侍中揚州刺史，錄尚書事。裕又佯作謙恭，表解兗

州軍事，令諸葛長民鎮守丹徒，劉道憐屯戌石頭城，又遣將軍毛修之，會同益州刺史司馬榮期，共討譙縱。

　　縱係益州參軍，擅殺刺史毛璩，自稱成都王，蜀中大亂。晉廷簡授司馬榮期為益州刺史，令率兵討蜀。榮期至白帝城，擊敗縱弟明子，再擬進師，因恐兵力不足，表請緩應。裕乃再遣毛修之西往。修之入蜀，與榮期相會，當令榮期先驅，自為後應，進薄成都。榮期抵巴州，又為參軍楊承祖所殺，承祖自稱巴州刺史。及修之進次宕渠，始接榮期死耗，不得已退屯白帝城。時益州故督護馮遷，已升任漢嘉太守，發兵來助修之。修之與遷合兵，擊斬楊承祖，擬乘勝再進。不意朝廷新命鮑陋為益州刺史，馳詣軍前，與修之會議未協。修之據實奏聞，裕乃表舉劉敬宣為襄城太守，令率兵五千討蜀，並命荊州刺史劉道規為徵蜀都督，排程軍事。

　　譙縱聞晉軍大至，忙向後秦稱臣，乞師拒晉。秦主姚興遣部將姚賞等援縱，會同縱黨譙道福，擇險駐守。劉敬宣轉戰而前，至黃虎嶺，距城約五百里，嶺路險絕。再經秦、蜀二軍堅壁守禦，敬宣屢攻不入，相持至六十餘日，糧食已盡，飢疲交併，沒奈何引軍退還，死亡過半。敬宣坐是落職，道規亦降號建威將軍。裕以敬宣失利，奏請保薦失人，自願削職。無非做作。有詔降裕為中軍將軍，守官如故。

　　裕擬自往伐蜀，忽聞南燕入寇，大掠淮北，乃決計先伐南燕，再平西蜀。南燕主慕容德，係前燕主慕容皝少子，後燕主慕容垂季弟。皝都龍城，傳三世而亡，垂都中山，傳四世而亡（詳見《兩晉演義》）。獨德為范陽王收集兩燕遺眾，南徙滑臺，東略晉青州地，取廣固城，據作都邑。初稱燕王，後稱燕帝，改名備德，史家稱為南燕。德僭位七年，歿後無嗣，立兄子超為嗣。超寵私人公孫五樓，猜忌親族，屢加誅戮，且遣部將慕容興宗、斛谷提、公孫歸等，率騎兵入寇宿豫，擄去男女數千人，令充伶

第三回　伐燕南冒險成功　捍東都督兵禦寇

伎。嗣又大掠淮北，執住陽平太守劉千載，及濟南太守趙元，驅略至千餘家。劉裕令劉道憐出戍淮陰，嚴加防堵，一面抗表北伐，即擬啟行。

朝臣因西南未平，擬從緩圖。唯左僕射孟昶、車騎司馬謝裕、參軍臧熹，贊同裕議，乃詔令裕調將出師。裕使孟昶監中軍留府事，調集水軍出發，泝淮入泗，行抵下邳，留下船艦輜重，但麾眾登岸，步進琅琊。所過皆築城置守，諸將或生異議，叩馬諫阻道：「燕人聞我軍遠至，諒不敢戰，但若據大峴山，刈粟清野，使我無從覓食，進退兩難，如何是好！」裕微笑道：「諸君休怕！我已預先料透，鮮卑貪婪，不知遠計，進利擄掠，退惜禾苗，他道我孤軍深入，必難久持，不過進據臨朐，退守廣固罷了，我一入峴，人知必死，何慮不克！我為諸君預約，但教努力向前，此行定可滅虜呢。」所謂知彼知己。乃督兵亟進，日夕不息。果然南燕主慕容超，不聽公孫五樓等計議，斷據大峴，唯修城隍，簡車徒，靜待一戰。

及裕已過峴，尚不見有燕兵，不禁舉手指天道：「我軍幸得天祐，得過此險，因糧破虜，在此一舉了！」

時慕容超已授公孫五樓為徵虜將軍，令與輔國將軍賀賴盧，左將軍段暉等，率步騎五萬人，出屯臨朐。至聞晉軍入峴，復自督步騎四萬，出來援應。臨朐南有巨蔑水，離城四十里，超使公孫五樓，領兵往據。五樓甫至水濱，晉龍驤將軍孟龍符，已率步兵來爭，勢甚銳猛。五樓抵敵不住，向後退去。晉軍有車四千輛，分為左右兩翼，方軌徐進，直達臨朐，距城尚約十里，慕容超已悉眾前來。兩下相逢，立即惡鬥，殺得山川並震，天日無光。轉眼間夕陽西下，尚是旗鼓相當，不分勝負。

參軍胡藩白裕道：「燕兵齊來接仗，城中必虛，何不從間道出兵，往襲彼城？這就是韓信破趙的奇計呢。」裕連聲稱善，即遣藩及諮議將軍檀韶，建威將軍向彌，率兵數千，繞出燕兵後面，往襲臨朐城。城內只留老

弱居守，唯城南有一營壘，乃是段暉住著，手下兵不過千名。向彌擐甲先驅，徑抵城下，大呼道：「我等率雄師十萬，從海道來此，守城兵吏，如不怕死，儘管來戰，否則速降，毋汙我刃！」這話說出，嚇得城內城外的燕兵，不敢出頭。彌即架起雲梯，執旗先登，劉藩、檀韶等，麾軍齊上，即陷入臨朐城。

段暉飛報慕容超，超大吃一驚，單騎馳還。燕兵失了主子，當然潰退，被劉裕縱兵奮擊，追殺至城下。乘勝躓段暉營，暉慌忙攔阻，措手不及，也為晉軍所殺。慕容超策馬飛奔，馬蹶下墜，險些兒被晉軍追著，虧得公孫五樓等，替他易馬授轡，倉皇走脫。所有乘馬偽輦，玉璽豹尾等件，盡行棄去，由晉軍沿途拾取，送入京師。

慕容超逃回廣固，未及整軍，那晉軍已經追到，突入外城。超與公孫五樓等，忙入內城把守。裕猛撲不下，乃築起長圍，為久攻計，壘高三丈，穿塹三重，撫納降附，採拔賢俊，華夷大悅。超遣尚書郎張綱，縋城夜出，至後秦乞師。秦主姚興，方有夏患，夏主赫連勃勃攻秦（詳見下回），無暇分兵救燕，但佯允發兵，遣綱先行返報。綱還過泰山，被太守中宣擒住，送入裕營。裕得綱大喜，親為釋縛，賜酒壓驚。綱感裕恩，情願歸降。

先是裕治攻具，城上人嘗揶揄道：「汝等雖有攻具，怎能及我尚書郎張綱？」及綱既降裕，裕令綱登樓車，呼語守卒，謂秦人不遑來援。守卒大懼，慕容超亦驚惶得很，乃遣使至裕營請和，願割大峴山為界，向晉稱藩。裕斥還來使，超窮急無法，只得再命尚書令韓范，向秦乞師。秦主興遣使白裕，請速退兵，且言有鐵騎十萬，進屯洛陽，將涉淮攻晉。裕怒答道：「汝去傳語姚興，我平定青州，將入函谷，姚興自願送死，便可速來！」妙極。

第三回　伐燕南冒險成功　捍東都督兵禦寇

秦使自去，錄事參軍劉穆之入諫道：「公語不足畏敵，反致怒敵，若廣固未下，羌寇掩至，敢問公將如何對待呢？」裕笑道：「這是兵機，非卿所解；試想羌人若能救燕，方且潛師前來，攻我無備，何致先遣使命，使我預防？這明是虛聲嚇人，不足為慮！」一語道破，裕固可號智囊。穆之亦領悟而退。

裕即令張綱製造攻具，備極巧妙，設飛樓，懸梯木，幔板屋，覆以牛皮，城上矢石，毫無所用。眼見得城內孤危，形勢岌岌。韓范自後秦東歸，見圍城益急，竟至裕營投誠，裕表范為散騎常侍，並令范至城下，招降守將。城中人情離沮，陸續逾城出降。慕容超尚堅守兩三月，且遣公孫五樓潛掘道地，出擊晉兵。晉營守禦極嚴，無懈可擊，於是闔城大困。劉裕知城中窮蹙，乃誓眾猛攻。是日適為往亡日，不利行師，裕奮然道：「我往彼亡，有何不利？」足破世人迷夢。遂遍設攻具，四面攻撲。南燕尚書悅壽，料知不支，即開門迎納晉軍。慕容超即率左右數十騎，惶遽越城，逃竄里許，被晉軍追到，捉得一個不留，牽回城中。

劉裕升帳，責超抗命不降的罪狀，超神色自若，一無所言。裕屠南燕王公以下三千人，沒入家口萬餘，把慕容超囚解進京，自請移鎮下邳，進圖關洛。

晉廷誅慕容超，加裕兼青、冀二州刺史，擬許便宜行事。不料盧循陷長沙，徐道覆陷南康、廬陵、豫章，順流而下，將襲晉都，江東大震，急得晉廷君臣，不知所措，只好飛召劉裕，率軍還援。盈廷只靠一人，怪不得晉祚垂盡。原來劉裕討滅桓玄，迎帝迴鑾，當時因朝廷新定，不暇南顧，暫授盧循為廣州刺史，徐道覆為始興相，權示羈縻。循遺裕益智粽，裕報以續命湯。及裕出師伐燕，道覆勸循乘虛入襲，循初尚不從，經道覆親往獻議，謂裕尚未歸，機不可失，乃分道入寇。

循攻長沙，一鼓即下，道覆且連陷南康、廬陵、豫章諸郡，沿江東趨，舟楫甚盛。江荊都督何無忌，自尋陽引兵拒賊，與道覆交戰豫章。道覆令弓弩手數百名，登西岸小山，順風迭射，無忌急命船內水軍，用藤牌遮護。偏是西風暴急，戰船停留不住，竟由西岸飄至東岸，賊眾乘勢馳擊，用著艨艟大艦，進逼無忌坐船，無忌麾下，頓時駭散，無忌厲聲語左右道：「取我蘇武節來！」至節已取至，無忌持節督戰，風狂舟破，賊勢四蹙。可憐無忌身受重傷，握節而死！無忌亦一時名將，可惜死於小賊之手。

劉裕已奉召至下邳，用船載運輜重，自率精銳步歸。道出山陽，接得無忌凶耗，恐京邑失守，急忙卷甲疾趨，引數十騎至淮上。遇著朝使敦促，便探問消息。朝使說道：「賊尚未至，但教公速還都，便可無憂。」裕心甚喜。馳至江濱，正值風急浪騰，大眾俱有難色，裕慨然道：「天命助我，風當自息，否則不過一死，覆溺何害！」遂麾眾登舟，舟移風止。過江至京口，江左居民，望見旗麾，統是額手歡呼，差不多似久旱逢甘，非常欣慰。晉祚潛移，於此可見。

越二日即入都陛見，具陳禦寇規劃，朝廷有恃無恐，詔令京師解嚴。豫州都督劉毅，自告奮勇，願率部軍南征。裕方整治舟械，預備出師。既得毅表，令毅從弟劉藩，齎書復毅，略言賊新獲利，鋒不可當，今修船垂畢，願與老弟會師江上，相機破賊云云。

藩至姑熟，將書交毅，毅閱書未終，已有怒色，瞋目視藩道：「前次舉義平逆，不過因劉裕發起，權時推重，汝便謂我真不及劉裕麼？」說著，把來書擲棄地上，立集舟師二萬，從姑熟出發。是謂忿兵。急駛至桑落洲，正值盧循、徐道覆兩賊，順流鼓楫，艤艦前來，船頭甚是高銳，突入毅水師隊中。毅艦低脆，偶與賊艦相撞，無不碎損，沒奈何奔避兩旁，

第三回　伐燕南冒險成功　捍東都督兵禦寇

舟隊一散，全軍立渙。兩賊渠指揮徒眾，東隳西突，害得毅軍逃避不遑，或與舟俱沉，或全船被擄。毅無法支撐，只好帶著數百人，棄船登岸，狼狼遁走。所有輜重糧械，一古腦兒拋置江心，被賊掠去。毅試自問，果能及劉裕？

這敗報傳達都中，上下震懼，劉裕急募民為兵，修治石頭城，為控御計。時北師初還，瘡痍未復，京邑戰士，不滿數千，諸葛長民、劉道憐等，雖皆聞風入衛，但也是部曲寥寥，數不盈萬。

那盧、徐二賊，斃何無忌，敗劉毅，連破江、豫二鎮，有眾十餘萬，舟車百里不絕，樓船高至十二丈，橫行江中。他心目中只畏一劉裕，聞裕還軍建業，未免驚心。循欲退還尋陽，轉攻江陵，獨道覆謂宜乘勝進取。兩人議論數日，方從道覆言，聯檣東下。

警報與雪片相似，飛達都中，還有敗軍逃還，亦統稱賊勢甚盛，不應輕敵。孟昶、諸葛長民，倡議避寇，欲奉乘輿過江，獨劉裕不許。參軍王仲德進白劉裕道：「明公新建大功，威震六合，今妖賊乘虛入寇，驟聞公還，必當驚潰；若先自逃去，勢同匹夫，何能號召將士？公若誤徇時議，僕不忍隨公，請從此辭！」裕亟慰諭道：「南山可改，此志不移，願君勿疑！」

孟昶尚固請不已，裕勃然道：「今日何日，尚可輕舉妄動麼？試想重鎮外傾，強寇內逼，一或遷徙，全體瓦解，江北亦豈可得至？就使得至江北，亦不過苟延時日罷了，今兵士雖少，尚足一戰，戰若得勝，臣主同休，萬一挫敗，我當橫屍廟門，以身殉國，斷不甘竄伏草間，偷生苟活呢。我計已決，君勿復言！」據裕此言，幾似忠貫天日，可惜此後不符。

昶尚涕泣陳詞，自願先死，惹得劉裕性起，厲聲呵叱道：「汝且看我一戰，

再死未遲！」昶悁悁歸第，手自草表道：「臣裕北討，眾議不同，唯臣贊成裕計，令強賊乘虛進逼，危及社稷，臣自知死罪，謹引咎以謝天下。」表既封就，仰藥竟死。呆鳥。

未幾聞盧循已至淮口，內外戒嚴，琅琊王司馬德文督守宮城，劉裕自出屯石頭，使諮議參軍劉粹，引第三子義隆，往戍京口。義隆年僅四齡，裕藉此勵軍，表示毀家紓難的意思，且召集諸將，預揣賊勢道：「賊若由新亭直進，不易抵禦，只好暫時迴避，將來勝負，尚未可料，倘或回泊西岸，賊鋒已靡，便容易成擒了。」遂常登城西望。起初尚未見寇蹤，但覺煙波一碧，山水同青。百忙中敘此閒文，格外生色。俄而鼓聲到耳，遠遠有敵船出沒，引向新亭，不由的旁顧左右，略露憂容。嗣見敵船回泊蔡洲，乃變憂為喜道：「果不出我所料。賊黨雖盛，無能為了。」

原來徐道覆既入淮口，本擬由新亭進兵，焚舟直上。獨盧循多疑少決，欲出萬全，所以徘徊江中，既東復西。道覆曾嘆息道：「我終為盧公所誤，事必無成。使我得獨力舉事，取建康如反掌哩。」一面說，一面拔桱西駛。

自盧、徐等回泊蔡洲，劉裕得從容布置，修治越城以障西南，築查圃、藥園（種芍藥之所）、廷尉（宦寺所居，因以為名）三壘，以固西鄙，飭冠軍將軍劉敬宣屯北郊，輔國將軍孟懷玉屯丹陽郡西，建武將軍王仲德屯越城，廣武將軍劉默屯建陽門外。又使寧朔將軍索邈，仿鮮卑騎裝，用突騎千餘匹，外蒙虎斑文錦，光成五色，自淮北至新亭，步騎相望，壁壘一新。小子有詩詠道：

從容坐鎮石頭城，七邑安然得免驚。
可笑怯夫徒慕義，倉皇仰藥斷殘生。

第三回　伐燕南冒險成功　捍東都督兵禦寇

　　欲知盧、徐二賊，進退如何，且待下回分解。

　　觀本回之敘劉裕，備述當時計議，益見其智勇深沉，非常人所可及。大峴山，南燕之險阻也，裕料慕容超之必不扼守，故冒險前進，因糧於敵，卒得成功。新亭，東晉之要害也；裕料盧循之必不敢進，故決計固守，效死勿去，卒能卻寇。蓋行軍之道，必先知敵國之為何如主，賊渠之為何如人，然後可進可退，能戰能守。彼何無忌、劉毅之輕戰致敗，孟昶之怯敵自戕，非失之躁，即失之庸，亦豈足與劉裕比耶？裕固一世之雄也，曹阿瞞後，舍裕其誰乎？

第四回

毀賊船用火破盧循　發軍函出奇平譙縱

第四回　毀賊船用火破盧循　發軍函出奇平譙縱

　　卻說盧循、徐道覆回泊蔡洲，靜駐了好幾日，但見石頭城畔，日整軍容，一些兒沒有慌亂。循始自悔蹉跎，派遣戰艦十餘艘，來攻石頭城外的防柵，劉裕命用神臂弓迭射，一發數矢，無不摧陷，循只好退去。尋又伏兵南岸，使老弱乘舟東行，揚言將進攻白石。白石在新亭左側，也是江濱要害，裕恐他弄假成真，不得不先往防堵。會劉毅自豫州奔還，詣闕待罪，安帝但降毅為後將軍，令仍至軍營效力，帶罪圖功。毅見了劉裕，未免自慚，裕卻絕不介意，好言撫慰，即邀他同往白石，截擊賊船，但留參軍沈林子、徐赤特等，扼定查浦，令勿妄動。

　　及裕已北往，賊眾自南岸竊發，攻入查浦，縱火焚張侯橋。徐赤特違令出戰，遇伏敗遁，單舸往淮北。獨沈林子據柵力戰，又經別將劉鍾、朱齡石等，相繼入援，賊始散去。盧循引銳卒往丹陽，裕聞報馳還，赤特亦至，由裕責他違令，斬首徇眾。自己解甲休息，與軍士從容坐食，然後出陣南塘，命參軍諸葛叔度，及朱齡石分率勁卒，渡淮追賊。

　　齡石部下多鮮卑壯士，手握長槊，追刺賊眾，賊雖各挾刀械，終究是短不敵長，靡然退去。齡石等亦收軍而回。盧循轉掠各郡，郡守皆堅壁待著，毫無所得，乃語徐道覆道：「我軍已敝，不如退據尋陽，並力取荊州，徐圖建康罷了。」兵法有進無退，一退便要送終了。乃留賊黨範崇民，率眾五千，踞守南陵，自向尋陽退去。

　　晉廷授劉裕太尉中書監，並加黃鉞。裕受鉞辭官，朝旨不許。裕表薦王仲德為輔國將軍，劉鍾為廣川太守，蒯恩為河間太守，令與諮議參軍孟懷玉等，率眾追賊，自己大治水軍，廣築鉅艦，樓高十餘丈，令與賊船相等。船既築成，即派將軍孫處、沈田子，領著百艘，由海道徑襲番禺，直搗盧循老巢。諸將以為海道迂遠，跋涉多艱，且自分兵力，尤覺非計。裕笑而不答，但囑孫處道：「大軍至十二月間，必破妖虜。卿為我先搗賊巢，

使彼走無所歸，不怕他不為我擒了。」料敵如神。孫處等奉令去訖。

那盧循還入尋陽，遣人從間道入蜀，聯結譙縱，約他夾攻荊州。縱復言如約（回應前回），一面向後秦乞師。秦主姚興，封縱為大都督，兼相國蜀王，且撥桓謙助縱（桓謙奔秦，見第二回）。縱令謙為荊州刺史，譙道福為梁州刺史，率眾二萬寇荊州。秦將軍苟林，亦奉秦主興命令，率騎兵往會，聲勢甚盛。

先是盧循東下，荊、揚二州，隔絕音問，荊州刺史劉道規，遣司馬王鎮之，與天門太守檀道濟，廣武將軍到彥之，入援建業。途次與苟林相遇，正在交鋒，忽由盧循等派兵接應，夾攻鎮之，鎮之敗退。盧循厚犒秦軍，並授苟林為南蠻校尉，分兵為助，令林進攻江陵。苟林係後秦將軍，奈何受盧循封職，貪利若此，安得不死！林遂入屯江津。桓謙沿途召募舊黨，又集眾至二萬人，進據枝江。兩寇交逼，江陵大震，士民多懷觀望。劉道規默察輿情，索性大開城門，令士民自擇去就，一面嚴裝待寇。士民不禁憚服，無人出走，城中反覺安堵。道規權術可愛，不愧為劉裕弟。

時魯宗之已升任雍州刺史，自襄陽率兵援荊。或謂宗之情不可測，獨道規單騎出迎，匯入城中，敘談甚歡。竟留宗之居守，自領各軍出討桓謙，水陸並進，疾抵枝江。桓謙大陳舟師，與道規對仗。道規前鋒為檀道濟，首突謙陣，水陸各軍，乘勢隨上，夾擊桓謙，謙眾大潰。道規鼓全力追，將謙射死，遂移軍出江津，往攻苟林。林聞桓謙敗死，未戰先怯，望塵便遁。道規令參軍劉遵，從後追趕，馳至巴陵，得將苟林圍住，一鼓擊斃。

遵回軍報功，劉道規已返江陵，送歸魯宗之。驚聞徐道覆統眾三萬，長驅前來，免不得謠言散布，安而復危。道規欲追召宗之，已是不及，只得部署各軍，再出迎戰。可巧劉遵得勝回來，遂命遵為遊軍，自至豫章口

第四回　毀賊船用火破盧循　發軍函出奇平譙縱

抵禦道覆。道覆聯舟直上，兵勢張甚，遇著道規前隊，兜頭接仗，憑著一鼓銳氣，橫厲無前。道規督軍力戰，尚是退多進少。道覆興高采烈，步步逼人，不防劉遵自外面殺到，把道覆麾下的兵艦，衝作兩段。道覆顧前失後，顧後失前，禁不住慌張起來。遵與道規，併力夾擊，斬賊首萬餘級，擠溺無算。道覆奔還湓口，江陵復安。

劉裕聞江陵無恙，賊眾皆敗，遂親率劉藩、檀韶等南討賊黨。留劉毅監太尉府，委以內事。諸軍方發，接得王仲德捷報，已逐去悍賊范崇民，奪還南陵。裕很是喜慰，溯流出南陵城，與王仲德等會師，進達雷池。好幾日不見賊至，再進軍大雷。

翌日黎明，方聞賊眾趨至，由裕自登船樓，向西眺望，只見舳艫銜接，綿亙江心，幾不知有多少戰船。他仍不動聲色，先撥步騎往屯西岸，囑他備好火具，待時縱火，然後躬提幡鼓，悉發輕利鬥艦，齊力向前。右軍參軍庾樂生，乘艦徘徊，立命斬首號令。於是各軍爭奮，萬弩齊發，好在風又助順，水亦揚波，把賊船逼往西岸。岸上早列著步兵，手執火具，各向賊船拋去。火隨風熾，風助火威，霎時間烈焰飛騰，滿江俱赤，賊船多半被毀，駭得賊眾狂奔。盧、徐兩賊，倉猝遁走，既還尋陽，復趨豫章，就左里豎起密柵，阻遏晉軍。

裕大獲勝仗，留孟懷玉守雷池，再督兵往攻左里，將到柵前，忽裕所執麾竿，無故自折，沉入水中。大眾不禁惶懼，裕欣然道：「從前覆舟山一役（見第二回），幡竿亦折，今復如此，破賊無疑了！」無非穩定眾心。遂易麾督攻，破柵直進。賊眾雖然死戰，始終招抵不上，或飲刃，或投水，死亡至萬餘人。盧循孤舟馳去，餘眾多降。裕還至雷池，遣劉藩、孟懷玉追剿盧、徐，自率餘軍凱旋。安帝遣侍中黃門諸官，出郊迎勞，俟裕入闕，面加獎賞，授裕為大將軍揚州牧，給儀衛二十人，裕又固辭。假惺

惺做甚？略稱盧、徐未誅，怎可受封？安帝乃收回成命。

那盧循收集散卒，尚不下萬人，走還番禺。徐道覆退保始興。始興尚幸無恙，番禺早入晉軍手中。晉將軍孫處、沈田子等自海道襲番禺，番禺雖有賊黨守著，毫不防備。處等率軍掩至，天適大霧，咫尺不辨，及晉軍四面登城，城中方才驚覺，百忙中如何對敵，頓時奪門逃散，有許多生得腳短的，都做了刀頭鬼。處安撫舊民，捕戮賊渠親黨，勒兵謹守，全城大定。又遣沈田子等分擊嶺表諸郡，依次克復。

盧循聞巢穴被破，驚慌得了不得，忙率眾馳攻番禺，由孫處獨力固守，相持不下。劉藩、孟懷玉分追盧、徐，懷玉到了始興，攻破城池，陣斬徐道覆；藩入粵境，正與沈田子遇著，即分軍與田子，令救番禺。田子引兵至番禺城下，搗入循營，喊殺聲震徹城中。孫處聞有援兵到來，也出兵助戰。一場合擊，殺死賊黨數千名，循向南竄去。處與田子奮力追躡，至蒼梧、郁林、寧浦諸境，三戰皆捷。循勢窮力蹙，逃入交州，交州刺史杜慧度，發兵至龍編津，截循去路。循眾尚有三千人，舟約數十艘，被慧度擲炬縱火，毀去循船，岸上又飛矢如雨，無隙可鑽。循自分必死，先鴆妻子，後殺妓妾，一躍入水，頃刻斃命。慧度命軍士撈起循屍，梟取首級，傳入建康。南方逆黨，至此才平（了結盧、徐）。

會荊州刺史劉道規，因病求代，晉廷遣劉毅往鎮荊州，調道規為豫州刺史。道規在荊州數年，秋毫無犯，惠及人民。及調任豫州，未幾即歿，荊人聞訃，相率流涕。有善必錄。

劉毅自豫州敗後，與劉裕同朝相處，外似遜順，內益猜疑。裕素不學，毅獨能文，所以朝右詞臣，喜與毅相結納。僕射謝混，丹陽尹郗僧施，往來尤密。及毅出鎮荊州，多反道規舊政，檄調豫州文武舊吏，隸置麾下。且求兼督交廣，請任郗僧施為南蠻校尉，毛修之為南郡太守。

第四回　毀賊船用火破盧循　發軍函出奇平譙縱

劉裕在朝覽表，一一允行，將軍胡藩白裕道：「公謂劉將軍終為公屈麼？」裕沉吟半晌，方說道：「卿意如何？」藩答道：「統百萬雄師，戰必勝，攻必取，毅原愧不如公，若涉獵傳記，一談一詠，卻自命為豪雄。近見搢紳文士，多半歸附，恐未必終為公下！」裕微笑道：「我與毅協同規復，功不可忘，過尚未著，怎得無故害人？」彷彿鄭莊之待叔段。藩默然趨出。

裕復因劉藩討逆有功，擢任兗州刺史，出鎮廣陵。會毅在任遇疾，郄僧施勸毅上表，乞調藩為副帥。毅依言表聞，劉裕始有心防毅，佯從毅請，召藩入朝。藩自廣陵入都，甫至闕下，即由裕飭令衛士，收藩下獄。並請得詔書，誣稱劉毅兄弟，與僕射謝混，共謀不軌，立命並混拿下，與劉藩同日賜死。一面自請討毅，刻日召集諸軍，仗鉞西征。真是辣手。授前鎮軍將軍司馬休之為平西將軍荊州刺史，隨同前往，且遣參軍王鎮惡，龍驤將軍蒯恩，帶領前隊軍士，掩襲江陵。鎮惡用輕舸百艘，晝夜兼行，偽充劉兗州旗號，直至豫章口，荊州人士尚未知劉藩死狀，總道是劉藩西來，絕不疑忌。鎮惡舍舟登岸，徑達江陵。劉毅探悉實信，急欲下關，已被王鎮惡闖入，關不及鍵，兵不及甲，頓時全城鼎沸。毅率左右數百人，馳突出城，夜投佛寺，寺僧不肯收納，倉猝縊死。鎮惡搜得毅屍，梟首市曹，並將毅所有子姪，一併殺斃。

越數日劉裕軍至江陵，捕殺郄僧施，宥免毛修之，寬租省調，節役緩刑，荊民大悅。遂留司馬休之鎮守江陵，自率大軍還京師。

先是裕西行時，留豫州刺史諸葛長民，監太尉軍府事，又加劉穆之為建威將軍，使佐長民。長民聞劉毅被殺，私語親屬道：「昔日醢彭越，今日斬韓信，恐我等亦將及禍了！」長民弟黎民獻議道：「劉氏滅亡，諸葛氏豈能獨免？宜乘劉裕未歸時，速圖為是。」長民猶豫未決，潛問劉穆之

道：「人言太尉與我不平，究為何因？」穆之道：「劉公泝流遠征，以老母稚子委節下，若與公有嫌，怎肯出此？」

長民意終未釋，復貽冀州刺史劉敬宣書，有共圖富貴等語。敬宣竟寄與劉裕。裕陽言某日入都，長民等逐日出候，並未見到，不意裕夤夜入府，除劉穆之外，無人得聞。越日天曉，裕升堂視事，長民才得聞知，驚趨入門。裕下堂握長民手，屏人與語，備極歡洽。長民方欲告別，忽帳後突出壯士，抓住長民，把他勒死，輿屍付廷尉。長民弟黎民、幼民，及從弟秀之，均遭逮捕。黎民素來驍勇，格鬥而死，幼民、秀之被殺。

當時都下傳語道：「勿跂扈，付丁旿。」看官道是何說？原來劉裕伏著的壯士，叫做丁旿。勒長民，斃黎民，統出旿手。大眾畏他強悍，所以有此傳聞。丁旿亦典韋流亞。這且休表。且說劉裕既翦滅二憾，乃命朱齡石為益州刺史，令與寧朔將軍臧熹，河間太守蒯恩，下邳太守劉鍾等，率軍二萬，往討西蜀。時人多謂齡石望輕，難當重任，裕獨排眾議道：「齡石既具武幹，又練吏職，此去必能成功。諸君不信，待後便知！」另眼看人。當下召入齡石，密談數語，且付一錦函，上書六字道：「待至白帝乃開。」齡石持函出都，泝江西行。諸將聞齡石受裕密計，究不知他如何進取，但一路隨著，曉行夜宿。好容易到了白帝城，齡石乃披髮錦函，但見函中藏有一紙，上面寫著：

眾軍悉從外水取成都，臧熹從中水取廣漢，老弱乘高艦，從內水向黃虎，速行不誤。違令毋赦！

看官閱過前回，應知劉敬宣前時伐蜀，道出黃虎，無功而還。此次獨令眾軍取道外水，明明是懲著前轍，改道行軍。又恐蜀人預料，特令齡石派遣老弱，作為疑兵，牽制蜀人。覆命臧熹從中水進兵，亦無非是分蜀兵

第四回　毀賊船用火破盧循　發軍函出奇平譙縱

　　勢。偽蜀王譙縱，果疑晉軍仍薄黃虎，急遣譙道福出守涪城，嚴防內水。那齡石已自外水趨平模，距成都只二百里，譙縱才得知曉。派秦州刺史侯暉，尚書僕射譙詵，率眾萬餘，出屯平模對岸，築城拒守。

　　天適盛暑，赤日炎炎，齡石頗費躊躇，與劉鍾密商道：「今天時甚熱，賊眾據險自固，未易攻入，我擬休兵養銳，伺隙乃發，君意以為何如？」劉鍾道：「此計錯了！我軍以內水為疑兵，所以譙道福出守涪城。今重軍到此，出其不意，侯暉等雖然來拒，未免驚慌，我乘他驚疑未定，盡銳往攻，定可必勝。俟平模戰克，鼓行西進，成都自不能守了。若頓兵不前，使他知我虛實，調涪軍前來援應，併力拒守，我既不能進，又不能退，師老食絕，二萬人將盡為蜀虜，豈不可慮！」齡石愕然道：「非君言，幾誤大事！」遂麾兵齊進，共集城下。

　　蜀人築有南北城，北城倚山靠水，地陰兵多，南城較為平坦。諸將請先攻南城，齡石道：「攻堅難，抵瑕易，我能先拔堅城，賊眾自靡，南城可以立取。這才是一勞永逸呢！」於是擁眾攻北城，前仆後繼，半日即下。侯暉譙詵，先後戰死，蜀兵大敗。齡石引兵趨南城，南城守卒，已經潰散，寂無一人。乃毀去二壘，舍舟步進。臧熹從中水趨入，陣斬蜀將譙撫之，擊走蜀吏譙小苟，據住廣漢，留兵戍守，自率親軍來會齡石。兩軍直向成都，勢如破竹。

　　譙縱迭接敗耗，嚇得魂飛天外，急棄成都出走。縱女年僅及笄，涕泣諫縱道：「走必不免，徒自取辱，不若至先人墓前，一死了事。」縱不能從，辭墓即行，女竟撞死於墓側。還是此女烈毅，可惜生於譙家。譙道福聞平模失守，自涪城還兵入援，途中與縱相遇，見縱狼狽情狀，不禁忿忿道：「大丈夫有如此功業，一旦輕棄，去將安歸！人生總有一死，有什麼畏怯呢！」因拔劍投縱，擲中馬鞍。縱情急奔避，左右四散，沒奈何解帶

自經。巴西人王志，斬了縱首，獻與齡石。

　　道福盡散金帛，犒賞軍士，再擬背城一戰，偏軍士得了賞給，仍然散去。道福子身遠竄，為巴民杜瑾所執，也送至齡石軍前。齡石已入成都，搜誅譙縱親屬，餘皆不問。及道福執至，因係譙氏宗族，亦梟示軍門。

　　蜀尚書令馬耽，封閉府庫，留獻晉軍。齡石獨徙耽至越巂。耽嘆息道：「朱公不送我入京，無非欲殺我滅口，我必不免了！」求榮反辱，雖悔曷追？乃盥洗而臥，引繩縊死。既而齡石使至，果來殺耽。見耽已死，戮屍歸報。齡石馳書奏捷。詔命齡石進監梁、秦州六郡軍事，賜爵豐城縣侯。小子有詩詠道：

錦函授策似先知，外水長驅計獨奇；
莫道蠶叢天險在，王師履險竟如夷！

　　齡石平蜀，謀出劉裕，當然敘功加封。欲知封賞大略，且至下回表明。

　　非劉裕不能破盧、徐，非劉裕不能平譙縱，盧循智過孫恩，徐道覆且智過盧循，往來江豫，盤踞中流，實為東晉腹心之大蠹。議者謂循之致敗，誤於不用徐道覆之言：然大雷一戰，徐亦在列，胡不預備火攻，嚴師以待，且敗走始興，先循被殺。彼嘗欲身為英雄，奈智不若劉裕何也！譙縱據有成都，負嶼自固，劉敬宣挫師黃虎，天險足憑。乃朱齡石等引軍再進，多方誤蜀，破竹直入，殺敵致果者為諸將，發縱指示者實劉裕。錦函之授，遠睹千里，裕誠一梟傑矣哉！至若殺劉毅，殺諸葛長民，一揮手而兩首懸竿，何其敏且速也！然討盧循、徐道覆、譙縱，猶似近公，襲殺劉毅、諸葛長民，純乎為私，司馬昭之心，路人皆知，寧待至篡國後哉！

第四回　毀賊船用火破盧循　發軍函出奇平譙縱

第五回

搗洛陽秦將敗沒　破長安姚氏滅亡

第五回　搗洛陽秦將敗沒　破長安姚氏滅亡

卻說晉安帝加賞劉裕，仍申前命，授裕太傅揚州牧，加羽葆鼓吹二十人。裕只受羽葆鼓吹，餘仍固辭。還要作偽。乃另封裕次子義真為桂陽縣公。一門炬赫，父子同榮，不消細說。會司馬休之子文思，入繼譙王（宋書謂係休之兄子，）性情暴悍，濫結黨徒，素為裕所嫉視。文思又捶殺都中小吏，由有司上章彈劾，有詔誅文思黨羽，貸文思死罪。休之在江陵聞悉，奉表謝罪。裕飭將文思執送江陵，令休之自加處治。休之但表廢文思，並寄裕書，陳謝中寓譏諷意。裕由是不悅，使江州刺史孟懷玉，兼督豫州六郡，監制休之。

越年又收休之次子文質，從子文祖，竝皆賜死。自領荊州刺史，出討休之。留弟中軍將軍劉道憐，掌管府事，劉穆之為副。事無大小，皆取決穆之。遂率大軍出都，泝江直上。

休之因上書罪裕，並聯合雍州刺史魯宗之，及宗之子竟陵太守魯軌，抵禦裕軍。裕招休之錄事韓延之，延之覆書拒絕。乃使參軍檀道濟、朱超石，率步騎出襄陽，又檄江夏太守劉虔之，聚糧以待。道濟等未曾得糧，虔之已被魯軌擊死。裕再使女夫振威將軍徐逵之，偕參軍蒯恩、王允之、沈淵子等，出江夏口，與魯軌對壘。軌用埋伏計，誘擊逵之，逵之遇伏陣亡。允之淵子赴援，亦皆戰死。獨蒯恩持重不動，全軍退還。

劉裕聞報大怒，自率諸將渡江。魯軌與司馬文思，統兵四萬，夾江為守，列陣峭岸。岸高數丈，裕軍莫敢上登，彼此相覰。裕怒不可遏，自被甲冑，突前作跳躍狀。諸將苦諫不從，主簿謝晦將裕掖住，氣得裕頭筋暴漲，瞋目揚鬚，拔劍指晦道：「汝再阻我，我將殺汝！」想為女婿被殺，因致如此。晦從容道：「天下可無晦，不可無公！」必欲留他簒晉耶！裕尚欲上躍，將軍胡藩，亟用刀頭鑿穿岸土，可容足指，躡跡而上。隨兵亦稍稍登岸，直前力戰，軌眾少卻。裕麾軍上陸，用著大刀闊斧，奮殺過去，

軌與文思，立即敗潰。一走一追，直抵江陵城下。休之與魯宗之、韓延之等，棄城皆走，獨魯軌退保石城。裕令閬中侯趙倫之，參軍沈林子攻軌，另派內史王鎮惡，領舟師追休之等。休之聞石城被攻，擬與宗之收軍往援，哪知到了中途，遇軌狼狽奔來，報稱石城被陷，乃相偕奔往襄陽。偏偏襄陽參軍，閉門不納，休之等無可如何，俱西奔後秦。

是時司馬道賜為休之親屬，與裨將王猛子密謀刺死青冀二州刺史劉敬宣，響應休之。敬宣府吏，即時起兵攻道賜，把他擊斃，連王猛子亦砍作肉泥。青、冀二州，仍然平定。

劉裕奏凱班師，詔仍加裕為太傅揚州牧，劍履上殿，入朝不趨，贊拜不名。裕仍固辭太傅州牧，餘暫受命。嗣又加裕領平北將軍，都督南秦，凡二十二州，未幾且晉封中外大都督。裕長子義符為兗州刺史，兼豫章公，三子義隆為北彭城縣公，弟道憐為荊州刺史。

裕因後秦屢納逋逃，決意聲討。後秦自姚萇僭位，傳子姚興，滅前秦，降後涼，在位二十二年，頗號強盛。興死，長子泓嗣，骨肉相爭，關中擾亂（詳見《兩晉演義》）。裕乘機西征，加領徵西將軍，兼司、豫二州刺史，長子義符為中軍將軍，監留府事。劉穆之為左僕射，領監軍中軍二府軍司，入居東府，總攝內外。司馬徐羨之為副。左將軍朱齡石守衛殿省。徐州刺史劉懷慎守衛京師。

裕將啟行，分諸軍為數道：龍驤將軍王鎮惡，冠軍將軍檀道濟，自淮泗向許洛；新野太守朱超石，寧朔將軍胡藩趨陽城；振武將軍沈田子，建威將軍傅弘之趨武關；建武將軍沈林子，彭城內史劉遵考，率水軍出石門，自汴達河。又命冀州刺史王仲德為徵虜將軍，督領前鋒，開鉅野入河。劉穆之語王鎮惡道：「劉公委卿伐秦，卿宜勉力，毋負所委！」鎮惡道：「我不克關中，誓不復濟江！」當下各隊出都，依次西進。劉裕在後督

第五回　搗洛陽秦將敗沒　破長安姚氏滅亡

軍，亦即出發，浩浩蕩蕩，行達彭城。

鎮惡道濟馳入秦境，所向皆捷。秦將王苟生舉漆邱城降鎮惡，刺史姚掌，舉項城降道濟。諸屯守俱望風款附，唯新蔡太守董遵守城不下。道濟一鼓入城，將遵擒住，立命斬首。進克許昌，又獲秦潁川太守姚垣，及大將楊業。

沈林子自汴入河，襄邑人董神虎來降，從林子進拔倉垣，收降秦刺史韋華。神虎擅還襄邑，為林子所殺。

王仲德水軍渡河，道過滑臺，滑臺為北魏屬地，守吏尉建庸懦，還道是晉軍來攻，即棄城北走。仲德入滑臺宣言道：「我軍已預備布帛七萬匹，假道北魏，不意北魏守將，棄城遽去，我所以入城安民，大眾不必驚惶，我將自退。」魏主嗣接得軍報，立命部將叔孫建、公孫表等，自河內向枋頭，引兵濟河。途遇尉建還奔，將他縛至滑臺城下，投屍河中，仰呼城上晉兵，問他何故侵軼？仲德使人答語道：「劉太尉遣王徵虜將軍，自河入洛，清掃山陵，並未敢侵掠魏境，魏守將自棄滑臺，剩得一座空城，王徵虜借城息兵，秋毫無犯，不日即當西去，晉魏和好，始終守約，幸勿誤會！」叔孫建也無詞可駁，遣人飛報魏主。魏主又令建致書劉裕，裕婉辭致復道：「洛陽為我朝舊都，山陵俱在，今為西羌所據，幾至陵寢成墟。且我朝罪犯，均由羌人收納，使為我患。我朝因發兵西討。欲向貴國假道，想貴國好惡從同，斷不致有違言。滑臺一軍，自當令彼西引，願貴國勿憂！」遠交近攻，卻是要著。魏主嗣乃令叔孫建等按兵不動，俟仲德退去，然後收復滑臺。

晉將軍檀道濟領兵前驅，連下秦陽、滎陽二城，直抵成皋。秦征南將軍陳留公姚洸屯駐洛陽，忙向關中求救。秦主泓遣武衛將軍姚益男，越騎校尉閻生，合兵萬三千人，往援洛陽。又令并州牧姚懿，南屯陝津，遙作

聲援。姚益男等尚未到洛，晉軍已降服成皋，進攻柏谷。秦將軍趙玄，在洸麾下，先勸洸據險固守，靜待援兵。偏司馬姚禹，暗向晉軍輸款，促洸發兵出戰。洸即遣趙玄率兵千餘，南出柏谷塢，迎擊晉軍。玄泣語洸道：「玄受三主重恩，有死無二，但明公誤信讒言，必致後悔！」說畢，麾旗趨出，與行軍司馬蹇鑑，馳往柏谷，兜頭遇著晉龍驤司馬毛德祖，帶兵前來，兩下不及答話，便即交戰，自午至未，殺傷相當，未分勝負。那晉軍越來越多，玄兵越鬥越少，再戰了好多時，玄身中十餘創，力不能支，嘔血無數，據地大呼。司馬蹇鑑抱玄泣下，玄淒聲道：「我創已重，自知必死，君宜速去！」鑑泣答道：「將軍不濟，鑑將何往？」玄再呼畢命。鑑拔刀死戰，格斃晉軍數人，亦自刎而亡。為主捐軀，不失為忠。毛德祖殺盡玄兵，直搗洛陽。檀道濟亦至，四面圍攻。洛陽司馬姚禹，即踰城出降。姚洸無法可施，也只好舉城奉獻，作為贄儀。道濟俘得秦兵四千餘名，或勸道濟悉數坑斃，作為京觀，道濟道：「伐罪弔民，正在今日，何用多殺哩！」因皆釋縛遣歸，秦人大悅，相率趨附。

　　秦將軍姚益男、閻生等聞洛陽已陷，不敢進兵，退還關中。秦廷惶急得很，偏并州牧姚懿，到了陝津，聽了司馬孫暢的計議，反攻長安。秦主泓急令東平公姚紹等，往擊姚懿，懿敗被擒，暢亦伏誅。既而征北將軍齊公姚恢，又復自稱大都督，託言入清君側，進關西向。秦主又飛召姚紹等擊恢，恢亦敗死。看官聽說！這姚懿為秦主泓母弟，姚恢乃秦主泓諸父，本來休戚相關的至親，乃國危不救，反且倒戈內逼，試想姚氏至此，鬩牆構變，不顧外侮，還能保全國家麼？當頭棒喝。恢、懿等雖然伏法，秦兵已傷了一半。

　　晉太尉劉裕且引水軍發彭城，留三子彭城公義隆居守，兼掌徐、兗、青、冀四州軍事，自督大兵西進。

第五回　搗洛陽秦將敗沒　破長安姚氏滅亡

　　王鎮惡入澠池，趨潼關，檀道濟、沈林子，自陝北渡河，進攻蒲阪。秦東平公姚紹，升任魯公，進官太宰，督武衛將軍姚鸞等，率步騎五萬援潼關，別遣副將姚驢救蒲阪，道濟、林子，攻蒲阪不克，林子語道濟道：「蒲阪城堅兵眾，未易猝拔，不若往會鎮惡，併力攻潼關，潼關得手，蒲阪可不戰自下了。」道濟依言，移軍往潼關，與鎮惡會師合攻。姚紹開關出戰，由道濟、林子等奮擊，大破紹兵，斬獲千數。紹退屯定城，據險固守，令姚鸞屯兵大路，堵截晉軍糧道。晉沈林子夜率銳卒，突入鸞營，鸞措手不及，竟為所殺。餘眾數千人，立時掃盡。姚紹又遣東平公姚贊出師河上，斷晉水道，覆被沈林子擊敗，奔還定城。

　　秦兵累敗，急得秦主泓不知所為，忙遣人向魏乞援。泓有女弟西平公主，曾適北魏為夫人。北魏主拓拔嗣，正欲發兵，可巧劉裕泝河西上，亦有假道書傳入，累得北魏主左右兩難，不得不集眾會議。左右齊聲道：「潼關號稱天險，劉裕用水軍突破瓶頸，必難得志，若登岸北侵，便較容易。況裕雖聲言伐秦，志不可測，今日攻秦，安知他日不來攻我，我與秦固為婚媾國，更當相救，宜發兵斷河上流，勿使得西。」博士祭酒崔浩，獨抗言道，「不可不可！劉裕早蓄志圖秦，今姚興已死，子泓懦弱，國內多難，勢已岌岌，裕大舉入秦，志在必克。我若遏他上流，裕心忿戾，必上岸北侵，是我轉代秦受敵呢！為今日計，不若假裕水道，聽裕西上，然後用兵塞住東路。裕若克捷，必感我假道，斷不與我為仇，否則我亦有救秦美名，這才是一舉兩得的上策，況且南北異俗，就使我國家棄去恆山以南，俾裕占據，裕亦不能驅吳、越士卒，與我爭河北地，可見是不足為患哩！」

　　魏主始終以為疑，且因左右嘖有煩言，夫人拓拔氏亦在內籲請，乃遣司徒長孫嵩督領山東諸軍事，率同將軍娥清，刺史阿薄幹屯河北岸。遇有

晉軍船被風漂流，由南至北，輒加殺掠。

裕遣兵往擊，魏人即去，及晉兵退還，魏人又來。裕因遣親軍隊長丁旿，率勇士七百人，堅車百乘，渡往北岸。上岸百餘步，列車為陣，每車內建勇士七人，總豎一幟，用氂為飾，叫做白捽。魏人莫名其妙，只眼睜睜的望著，忽見白捽高舉，由晉將軍朱超石，領著二千人過來，齎了連臂弓百張，分登車上，一車增二十人。魏都督長孫嵩，恐晉軍進逼，乃用先發制人的計策，麾眾三萬騎，來攻車陣。晉軍發矢迭射，傷斃魏兵不少。但魏兵抵死不退，四面猛撲，血肉齊飛。突見晉軍取出兩般兵器，迎頭痛擊，一件是數十斤重的大錘，一件是三四尺長的短槊，錘過處頭顱粉碎，槊截處胸脊洞穿，更兼車高臨下，容易擊人，魏兵招抵不上，當然倒退。哪知車陣展開，四面蹂躪，魏兵稍一緩行，即被撞倒，碾入車下，腸破血流。長孫嵩娥清，撥馬逃脫，阿薄幹遲了一步，馬蹶僕地，立被踏死。至此才知車陣厲害。還有晉將軍胡藩、劉榮祖等，也來援應超石，追擊至數十里外，斬獲千計。及魏兵退入平城，才收兵南旋。魏主聞敗，始悔不用崔浩言，但已是無及了。

唯王鎮惡等駐紮潼關，食盡兵囂，意欲遁還，沈林子拔劍擊案道：「今許洛已定，關右將平，奈何自沮銳氣，致隳前功！況前鋒為全軍耳目，前鋒一退，後軍必靡，怎得成功！」鎮惡乃遣使白裕，乞即濟糧。裕本令鎮惡等靜待洛陽，與大軍齊進，鎮惡等貪利邀功，徑趨潼關，已為裕所介意，況正與魏人交戰，也無暇顧及鎮惡，鎮惡得去使返報，無糧可濟，乃自至弘農勸諭百姓，令他齎送義租。百姓應命輸糧，軍乃得食，眾心方定。林子復擊破河北秦軍，斬秦將姚洽、姚墨蠡、唐小方，因遣人馳報劉裕道：「姚紹氣蓋關中，今一蹶不振，命且垂盡，恐不得膏我鐵鉞，但姚紹一死關中無人，取長安如反掌了！」果然不到數日，姚紹憤恚成疾，嘔血而死，把

第五回　搗洛陽秦將敗沒　破長安姚氏滅亡

軍事付與東平公姚贊。贊引兵襲沈林子，為林子所料，設伏擊退。

既而沈田子、傅弘之得入武關，進屯青泥，秦主泓自率步騎數萬，往擊田子。田子麾下，本非正兵，但率遊騎千餘人，襲破武關，至此聞姚泓親至，並不畏避，反欲上前迎擊。傅弘之以眾寡不敵，勸令暫避。田子慨然道：「兵貴用奇，不在用眾，且今眾寡相懸，勢不兩立，苦彼結營既固，前來困我，我從何處逃命！不如乘他初至，營陣未立，先往殺入，尚可圖功。」說至此，即策馬先往。弘之亦從後繼進，約行數里，便見秦軍漫山遍野，徐徐而來。田子慨然誓眾道，「諸君冒險遠來，正求今日一戰，若幸得戰勝，拜將封侯，就在此舉了！」士卒踴躍爭先，各執短兵臨陣，鼓譟齊進。古人說得好，一夫拚命，萬夫莫當，況田子有兵千人，一當十，十當百，任他數萬秦軍，尚不值千人一掃。秦主泓未經勁敵，驟見晉軍這般獷悍，正是見所未見，不由的魂馳魄散，易馬返奔。主子一走，全軍四潰，倒被田子追殺一陣，斬馘萬餘級，連秦王乘輿法物，也一併奪來。

劉裕到了潼關，正慮田子兵少，亟遣沈林子帶兵數千，自秦嶺赴援。到了青泥，秦主已經敗去，乃相偕追入。關中郡縣多望風迎降。田子陸續報捷，劉裕大喜。

將軍王鎮惡願統水軍自河入渭，徑搗長安，裕允令前往。鎮惡行至涇上，正值秦恢武將軍姚難，與鎮北將軍姚強，會師拒戰。鎮惡使毛德祖進擊，秦兵皆潰，強死難遁。秦主泓自屯逍遙園，使姚贊屯灞東，胡翼度屯石積，姚丕屯渭橋。鎮惡泝渭直上，所乘皆蒙衝小艦，水手俱在艦內，秦人見它行駛如飛，並無水手，統驚為神助。及鎮惡到了渭橋，令軍士食畢，各持械登岸，落後者斬。霎時間大眾畢登，艦皆隨流漂去，不知所向。彷彿是破釜沉舟。鎮惡申諭士卒道：「我輩俱家居江南，今至長安北門，去家萬里，舟楫衣糧，統已隨水漂沒，若進戰得勝，功名俱顯，否則

骸骨不返，無他希望了！願與諸君努力，一決死生！」眾齊聲應命，激響如雷。鎮惡身先士卒，持槊直前，眾皆競進，奮擊姚丕。丕軍大敗，向西亂竄。

那冒冒失失的秦主姚泓，方引兵來援，巧值丕軍敗還，自相踐踏，不戰即潰。王鎮惡追殺過去，亂殺亂剁，如刈草芥。秦鎮西將軍姚諶，前軍將軍姚烈，左衛將軍姚寶安，散騎常侍王帛，揚威將軍姚蠖，尚書右丞孫玄等，並皆戰歿。秦主泓單騎還都。王鎮惡追入平朔門，泓挈妻子奔石橋。姚贊引眾救泓，眾皆潰去，胡翼度走降晉軍。晉軍馳至石橋，將泓圍住，泓束手無策，只好送款乞降。泓子佛念，年才十二，涕泣語泓道：「陛下今欲降晉，晉人將甘心陛下，終必不免，請自裁決為是！」泓憮然不應。佛念遂登宮牆，一躍而下，腦裂身亡。不亞蜀北地王劉諶，尤難得是少年殉國。泓率妻子及群臣，詣鎮惡營前請降，鎮惡命屬吏收管，待劉裕入城處置。城中居民六萬餘戶，由鎮惡出示撫慰，號令嚴肅，闔城安堵。

越數日，劉裕統軍入長安，鎮惡出迎灞上，裕面加慰勞道：「成吾霸業，卿為首功！」鎮惡拜謝道：「這都仗明公威靈，諸將武力，所以一舉成功，鎮惡有何功足稱呢？」裕笑道：「卿亦欲學漢馮異麼？」遂與鎮惡並轡入城。嗣聞鎮惡盜取庫財，不可勝紀，亦置諸不問。收秦彝器渾儀、土圭、記裡鼓、指南車等，送入京師，其餘金帛財寶，悉分給將士。

秦鎮東將軍平原公姚璞，與并州刺史尹昭，以蒲阪降，撫軍將軍東平公姚贊，率姚氏子弟百餘人，亦詣軍門投誠。裕不肯赦免，一律處斬，且解送姚泓入都，戮諸市曹，年才三十。小子有詩嘆道：

嗣祚關中僅二年，東師一入即顛連。
河山破碎頭顱隕，弱主由來少瓦全。

第五回　搗洛陽秦將敗沒　破長安姚氏滅亡

　　裕既滅秦，再索逃犯司馬休之等人。究竟捕獲與否，容至下回再敘。

　　司馬休之並無逆跡，第為文思所累。得罪劉裕，遂致江陵受禍，西走入秦，秦雖屢納逋逃，然所納諸人，皆劉裕之私仇，非東晉之公敵，來者不拒，亦仁人所有事耳。史稱秦主泓孝友寬和，尊師好學，似亦一守文之主，誤在仁柔有餘，英武不足，內變未靖於蕭牆，外侮復迫於疆場，卒至泥首獻闕，被戮市曹，弱肉強食，由來已久，固無所謂公理也。王鎮惡、沈田子等，助裕攻秦，冒險入關，不可謂非智勇士；然立功最巨，致死最速，以視趙玄謇鑑，且有愧色矣！良禽擇木而棲，良臣擇主而事，彼王、沈諸徒，胡甘為許褚、典韋之流亞，而求榮反辱耶！讀此當為一嘆。

第六回

失秦土劉世子逃歸　移晉祚宋武帝篡位

第六回　失秦土劉世子逃歸　移晉祚宋武帝篡位

　　卻說司馬休之、魯宗之、韓延之等曾奔投後秦。秦為晉滅，宗之已死，休之等見機先遁，轉入北魏，北魏各給官階，使參軍政。休之尋卒，子文思及魯軌等，遂為魏臣。劉裕大索不獲，只好罷休。晉廷已遣琅琊王司馬德文，與司空王恢之，先後至洛，修謁五陵。劉裕欲表請遷都，仍至洛陽，王仲德謂勞師日久，士卒思歸，遷都事未可驟行，裕乃罷議。晉廷已加授裕為相國，總掌百揆，封十郡為宋公，備九錫禮，裕又佯辭不受。再進爵為王，增封十郡，裕仍表辭。封爵雖崇，終未滿意。更欲進略西北，為混一計，忽由京中遞到急報，乃是前將軍劉穆之，得病身亡，禁不住驚惶悲慟，淚下數行。

　　穆之為裕心腹，自裕西征後，內總朝政，外供軍需，決斷如流，事無壅滯。屬吏抱牘入白，盈階滿室，經穆之目覽耳聽，手批口酬，不數時便即了清。平時喜交名士，座上常滿，談答無倦容。又食必方丈，未嘗獨餐，嘗語劉裕道：「僕家貧賤，養生多闕，蒙公寵遇，得叨祿位，朝夕所須，未免過豐，此外一毫不敢負公！」裕當然笑允，始終倚任不疑。每屆出師，無論國事家事，悉數委託，穆之極盡心力，勉圖報效。及九錫詔下，穆之未曾與謀，聞由行營長史王弘，奉裕密旨，自來諷請，因此不免懷慚。劉裕諷求九錫，又復表辭，何其鬼祟若此？嗣是愧懼成疾，竟致逝世。比荀或尚覺勿如。

　　劉裕失一良佐，恐根本無託，決意東歸，留次子義真為安西將軍，都督雍梁秦州軍事，鎮守關中。義真年才十三，少不更事。關中重地，偏留稚子居守，未知何意？裕令諮議將軍王修為長史，王鎮惡為司馬，沈田子、毛德祖、傅弘之為參軍從事，留輔義真，自率各軍東還。三秦父老，聞裕整裝欲返，俱詣軍門泣請道：「殘民不沾王化，已閱百年，今復得睹漢儀，人人相賀。長安十陵，是公家祖墓（指漢高以下十陵），咸陽宮

關，是公家舊宅，捨此將何往呢？」裕亦黯然欲涕，隨即慰諭道：「我受命朝廷，不得擅留，諸君誠意可感，今由次子義真及文武賢才，共守此土，汝等勉與安居，諒不至有意外變動呢！」大眾乃退。

　　沈田子忌鎮惡功，屢言鎮惡家住關中，不可保信，至是復與傅弘之同入白裕。裕答道：「猛獸不如群狐，這是古人名論。今留卿等文武十餘人，統兵逾萬，難道還怕一王鎮惡麼？」既知軍將相忌，奈何不為之防，反導之使亂，想是篡弒心急，故不遑遠圖。語畢即行，自洛入河，開汴渠以歸。

　　當時後秦西北，有統萬城，為夏主赫連勃勃根據地。勃勃本姓劉，父名衛辰，建牙代他，衛辰為北魏所滅，勃勃奔至後秦，秦授他為安北將軍，使鎮朔方。秦魏通好，勃勃背秦自主，僭稱夏王，改姓赫連氏，屢寇秦邊。及聞劉裕入秦，顧語群臣道：「裕此行必得關中，但不能久留，若留子弟及將吏戍守，必非我敵，我取關中不難了！」乃秣馬厲兵，進據安定，收降嶺北郡縣。劉裕曾遺勃勃書，約為兄弟，勃勃含糊答覆。裕不遑西顧，倉猝東歸。勃勃即遣子璝率兵二萬，南向長安，使前將軍赫連昌出潼關，長史王買德出青泥，自率大軍為後繼。

　　關中守將沈田子與傅弘之督兵出禦，因聞夏兵勢盛，不敢向前，退屯留回堡，遣使還報王鎮惡等。鎮惡語王修道：「劉公以十歲兒付我儕，應該竭力夾輔，乃大敵當前，擁兵不進，試問將如何退敵呢？」鎮惡為裕出力，雖事非其主，但不負委託，心術尚可節取。遂遣還來使，自率部曲往援。

　　田子得使人返報，益恨鎮惡，當下造出一種訛言，謂鎮惡欲盡殺南人，送歸義真，自據關中為王。這語一傳，此唱彼和，幾乎眾口同聲。唯鎮惡尚未得聞，匆匆至留回堡，與田子會議軍情。田子邀鎮惡至弘之營，

第六回　失秦土劉世子逃歸　移晉祚宋武帝篡位

　　託言有密計相商，請屏左右。鎮惡不知有詐，單騎馳入，突由田子族黨沈敬仁，驅兵殺出，竟將鎮惡砍死幕下。

　　田子即矯稱劉太尉密命，飭誅鎮惡。鎮惡本前秦王猛孫，南奔依裕，裕一見如故，擢為參軍，任至上將，前進讒言，後起訛傳，原因從此處補出。至是為田子所殺。弘之未免驚懼，奔告義真，義真急召王修計事。修擁義真被甲登城，潛令親軍埋伏城外，從容待變。俄見沈田子率數十騎到來，即在城上遙呼，問以鎮惡情狀。田子下馬答詞，才說出「鎮惡造反」四字，那伏兵已經盡發，立將田子拿下。王修責他擅戮大將，立命梟首。實是該死。一面令冠軍將軍毛修之代為安西司馬，與傅弘之等同出拒戰。一敗赫連瓌於池陽，再破夏兵於寡婦渡，斬獲甚眾，夏人乃退。

　　劉裕還鎮彭城，未曾入朝，聞王鎮惡被害，上表朝廷，請追贈鎮惡為左將軍青州刺史。並令彭城內史劉遵考為并州刺史，兼領河東太守，出鎮蒲阪。徵荊州刺史劉道憐為徐、兗二州刺史，調徐州刺史劉義隆出鎮荊州，以到彥之、張邵、王曇首、王華等為參佐。義隆年少，府事皆決諸張邵。裕又召諭義隆道：「王曇首器度深沉，真宰相才，汝當遇事諮詢，自不致有誤事了。」義隆應命而去。

　　忽又接到關中急報，長安大亂，夏兵四逼，頓令這雄毅沈鷙的劉寄奴也不免惶急起來。原來劉義真年少好狎，瓄近群小，賞賜無節，王修每加裁抑，激成眾怨，遂交譖王修道：「王鎮惡欲反，為沈田子所殺，王修又殺沈田子，難道是不欲反麼？」義真始尚未信，繼經左右浸潤，竟信以為真，遽遣嬖人劉乞等，刺殺王修。修既刺死，人情惶駭，長安城中，一日數驚。義真悉召外軍入衛，閉門拒守。夏兵伺隙復來，秦民相率迎降，郡縣多為夏有。赫連勃勃入據咸陽，截斷長安樵汲，義真大恨，飛使求援。劉裕急遣輔國將軍蒯恩，率兵速往，召還義真。一面派右司馬朱齡石為雍

州刺史，代鎮關中。齡石臨行，裕與語道：「卿若抵長安，可飭義真輕裝速發，既出關外，然後徐行，若關右必不可守，可與義真俱歸便了。」先時若果加慎，何至狐埋狐搰。

齡石既去，又遣中書侍郎朱超石，宣慰河洛，隨後繼進。蒯恩先入長安，促義真整裝東歸，義真摒擋行李，悉集服貨珍玩，足足收拾了三五天，及齡石馳至，尚未啟程。齡石一再敦促，乃出發長安，義真左右，又趁勢掠奪財物，並強劫美色婦女，盡載車上，方軌徐行。途次得著警耗，乃是夏世子赫連璝，率兵三萬，從後追來，傅弘之急白義真道：「劉公有命，令速出關，今輜重雜沓，一日行不過十里，虜騎復將追至，如何抵禦？請即棄車輕行，方可免禍。」義真怎肯割捨輜重，其餘親吏，尚且貪心不足，更不願從弘之言，仍然徐徐而行。猛聽得幾聲胡哨，從後吹來，回頭一望，那夏兵似蜂蟻一般，疾趨而至。弘之急令義真先行，自與蒯恩斷後，力拒夏兵。夏兵先被擊卻，俟傅、蒯兩人東行，又復追躡。傅弘之、蒯恩，走一程，戰一場，一日數戰，累得人困馬乏，無從休息；再經義真等尚在前面，輜重車行得甚慢，又不好搶前越行。好容易得到青泥，天色將晚，斜刺裡殺出一支敵兵，敵帥就是夏長史王買德（接應上文）。看官，你想此時的傅弘之、蒯恩，還能支撐得住麼？弘之拚著一死，奮力再戰，蒯恩也是死鬥，被夏兵圍繞數匝，用箭射倒兩人坐馬，相繼擒去；部兵亦無一得免。還有司馬毛修之，因與義真相失，四處尋覓，冤冤相湊，遇著了王買德，亦為所擒。義真逃匿草中，左右盡散，輜重車統已失去，形單影隻，倍極淒涼。服貨尚在否？珍寶無恙否？我願一問。天已昏黑，辨不出路徑，眼見是死多活少。偶聞有人相呼，聲音甚熟，乃匍匐出來，見是參軍段宏，喜極而泣。宏將義真束諸背上，策馬飛遁，始得脫歸。

第六回　失秦土劉世子逃歸　移晉祚宋武帝簒位

赫連勃勃進攻長安，長安人民，逐走朱齡石，齡石焚去宮殿，出奔潼關，偏被赫連昌截住，進退無路，束手就擒。朱超石（即齡石弟），趨至蒲阪，往探齡石，亦為夏人所執，送至勃勃軍前，同時被殺。勃勃聞傅弘之驍勇，迫令投降，弘之不屈。勃勃因天氣嚴寒，褫弘之衣，裸置雪窖中，弘之叫罵而死。勃勃遂入長安，據有關中。

劉裕得青泥敗耗，未知義真存亡，投袂而起，即欲出師報怨，侍中謝晦等固諫，尚未肯從。會得段宏馳報，知已救出義真，乃不復發兵，可見他全然為私。但登城北望，慨然流涕罷了。義真還至彭城，降為建威將軍兼司州刺史。進段宏為黃門郎，領太子右衛率。召劉遵考東還，令毛德祖接替，退戍虎牢（為德祖被擒伏案）。嗣聞勃勃稱帝，也不禁雄心思逞，想與勃勃東西並峙，做一個江南天子，聊娛晚年。於是相國宋公的榮封，也承受了，九錫殊禮也接領了，尊繼母蕭氏為宋公太妃，世子義符為中軍將軍，副貳相國府，用太尉軍諮祭酒孔靖為宋國尚書令，青州刺史檀祗為領軍將軍，左長史王弘為僕射，從事中郎傅亮、蔡廓為侍中，謝晦為右衛將軍右長史，鄭鮮之為參軍，殷景仁為祕書郎。此外僚屬，均依晉朝制度，差不多似晉宋分邦，彼此敵體；獨孔靖不願受職，慨然辭去。氣節可嘉。

裕按據讖文，謂昌明後尚有二帝。昌明係晉孝武帝表字，安帝承嗣孝武，尚止一代，似晉祚不致遽絕，當還有一個末代皇帝。數不可違，時難坐待，只得想出一法，密囑中書侍郎王韶之，入都行計。看官道是何策？乃是使王韶之賄通內侍，要做那簒逆的大事。語有筋節。

琅琊王司馬德文係是晉安帝母弟，自謁陵還都（謁陵見上），見劉裕權位日隆，已恐他進逼安帝，隨時加防。每日入值宮中，小心檢察，就是安帝飲食，亦必嘗而後進，所以王韶之等無隙可乘，安帝尚得苟活數天。不料安帝命數該絕，致德文無端生病，出居外第，那時韶之正好動手，指

揮內侍，竟將安帝撳住，用散衣作結，硬將安帝勒斃。是可忍，孰不可忍！當下託言安帝暴崩，傳出遺詔，奉德文即皇帝位。德文亦明知有變，怎奈宮廷內外，已都是劉裕爪牙，孤身如何發作，只好得過且過，權登帝座。史家稱他為晉恭帝。越年改安帝元興年號，稱為元熙元年，立王妃褚氏為后，依著歷代故例，大赦天下，加封百官。再進封劉裕為宋王，又加給十郡采邑。裕此時是老實受封，徙都壽陽，嗣復諷令朝臣，申加殊禮。恭帝不敢違慢，更命裕得戴冕旒，建天子旌旗，出警入蹕，乘金根車，駕六馬，備五時副車，樂舞八佾，設鍾簴宮懸，進王太妃為太后，世子為太子，居然與晉朝無二了，是古來所未有。

勉強過了一年，裕已六十有五歲，自思來日無多，急欲篡位，一時又不好啟口，只得宴集群臣，微示己意。酒至半酣，乃掀鬚徐語道：「桓玄篡國，晉祚已移，我倡義興復，平定四海，功成業著，始邀九錫，今年將衰邁，備極寵榮，物忌盛滿，自覺不安，現欲奉還爵位，歸老京師，卿等以為何如？」群臣聽了，尚摸不著頭緒，只得隨口敷衍，把那功德巍巍，福壽綿綿的諛詞，說了數十百言，但見裕毫無喜容，反露出一種悵惘的形狀。實是悶悶。群臣始終不解，挨至日暮撤席，方各散去。

中書令傅亮已出門外，忽恍然悟道：「我曉得了！」還算汝有些聰明。遂又轉身趨入，門已下扃，特叩扉請見，面白劉裕道：「臣暫應還都。」裕不禁點首，面有喜色。亮知已猜著裕意，便即辭出；仰見天空現一長星，光芒燭天，因拊髀長嘆道：「我常不信天文，今始知天象有驗了！」越日即馳赴都中。

劉裕遣發傅亮，專待好音。過了數日，果有詔旨到來，召令入輔，裕留四子義康鎮壽陽，命參軍劉湛為長史，裁決府事，自率親軍即日啟行。才入京師，傅亮已遍結朝臣，迫帝禪位，自具詔草，呈入恭帝。恭帝覽

第六回　失秦土劉世子逃歸　移晉祚宋武帝篡位

畢，語左右道：「桓玄跋扈，我晉朝已失天下，幸賴劉公恢復，統緒復延，迄今將二十年，我早知有今日，禪位也是甘心呢。」遂操筆為書，令裕受禪。越日即傳出赤詔，略云：

諮爾宋王，夫玄古權輿，悠哉邈矣，其詳靡得而聞。爰自書契，降逮三五，莫不以上聖君四海，止戈定大業；然則帝王者宰物之通器，君道者天下之至公。昔在上葉，深鑑茲道，是以天祿既終，唐、虞勿得傳其嗣；符命來格，舜、禹不獲全其謙。所以經緯三才，澄敘彝化，作範振古，垂風萬葉，莫尚於茲。自是厥後，歷代彌劭，漢既嗣德於放勳，魏亦方軌於重華，諒以協謀乎人鬼，而以百姓為心者也。昔我祖宗欽明，辰居其極，而明晦代序，盈虧有期，剪商兆禍，非唯一世，曾是弗克，矧伊在今，天之所廢，有自來矣。唯王體上聖之姿，苞二儀之德，明齊日月，道合四時。乃者社稷傾覆，王拯而存之，中原蕪梗，又濟而復之。自負固不賓，干紀放命，肆逆滔天，竊據萬里，靡不潤之以風雨，震之以雷霆，九伐之道既敷，八法之化自理，豈徒博施於民，濟斯黔庶？固以義洽四海，道盛八荒者矣。至於上天垂象，四靈效徵，圖讖之文既明，人神之望已改，百工歌於朝，庶民頌於野，億兆忭踴，傾佇唯新，自非百姓樂推，天命攸集，豈伊在予所得獨專？是用仰祈皇靈，俯順群議，敬禪神器，授帝位於爾躬，大祚告窮，天祿永終。於戲！王其允執厥中，敬遵典訓，副率土之嘉願，恢洪業於無窮，時膺休祐，以答三靈之眷望。此諮！

這詔傳出，遂由光祿大夫謝澹，尚書劉宣范，奉著皇帝璽綬，送交宋王劉裕。復附一禪位書云：

蓋聞天生蒸民，樹之以君；帝皇寄世，實公四海。崇替繫於勳德，升降存乎其人，故有國必亡，卜年著其數；代謝無常，聖哲握其符。昔在上世，三聖系軌，疇哲四嶽以弘揖讓，唯先王之有作，永垂範於無窮。及劉

氏致禪，實堯是法，有魏告終，亦憲茲典，我世祖所以撫歸運而順人事，乘利見而定天保者也。乃道不常泰，戎夷亂華，喪我洛京，慼國江表，仍邁否運，淪沒相因，逮於元興，遂傾宗祀。幸賴神武光天，大節宏發，匡復我社稷，重造中國家，內紓國難，外播弘略，誅大憝於漢陽，逋僭盜於沂渚，澄氛西岷，肅清南越，再靜江湘，拓定樊沔。若乃永懷區宇，思一聲教，王師首路，則伊洛澄流，稜威崤潼，則華嶽寒靄，偽酋銜璧，咸陽即敘，雖彝器所銘，詩書所詠，庸勳之盛，莫之與哀也。遂偃武修文，誕敷德政，八統以馭萬民，九職以刑邦國，思兼三王以施四事，故信著幽顯，義感殊方。朕每敬維道勳，永察符運，天之歷數，實在爾躬。是以五緯升度，屢示除舊之跡，三光協數，必昭布新之祥，圖讖禎瑞，皎然斯在。昔土德告祚，傳胙於我有晉，今歷運改卜，永終於茲，亦以金德而傳於宋。仰四代之休義，鑑明昏之定期，詢於群公，爰逮庶尹，僉曰休哉，罔違朕志。今遣使持節兼太保散騎常侍光祿大夫謝澹，兼太尉尚書劉宣范，奉交皇帝璽綬，受終之禮，一如唐虞漢魏故事。王其允答神人，君臨萬國，時膺靈祉，酬於上天之眷命！

劉裕得禪位書，尚且上表陳讓，佯作謙恭。那時晉恭帝已被逼出宮，退居琅琊王舊第，百官送舊迎新，揚揚得意，唯祕書監徐廣猶帶哀容。也是無益。劉裕三揖三讓還是裝腔做勢。太史令駱達，掇拾天文符瑞數十條，作為宋王受命的證據，裕乃築壇南郊，祭告天地，還宮御太極殿，受百官朝賀，頒制大赦。改晉元熙二年為宋永初元年，封晉帝為零陵王，遷居故秣陵城。令將軍劉遵考率兵防衛，明明是管束故主的意思。

小子有詩嘆道：

洛陽當日歸夷虜，江左殘邦付賊臣；
剩得秣陵一片土，留埋亡國主人身。

第六回　失秦土劉世子逃歸　移晉祚宋武帝篡位

　　宋主裕既即帝位，當然有尊親酬庸的典禮。欲知詳情，請看官續閱下回。

　　劉裕數子，年皆童稚，裕各令為鎮帥，豈不知其不能勝任，而漫為出此者，有二因焉：一則為分封子姓之預備，二則為鎮壓將吏之先機。裕之帝制自為，目無晉室也，蓋已久矣，然稚子究未能守土，虛聲亦寧足制人，觀關中之查德乍失，自喪爪牙，幾至委義真於強虜之手，天下事之專欲難成者，何一不可作如是觀耶？至若脅晉禪位，由漸而進，始則佯為遜讓以欺人，繼則實行篡弒以盜國，其心術之狡鷙，比操懿為尤甚，魏晉已導於前，裕乃起而踵於後，青出於藍，冰寒於水，固非偶然也。顧晉之得國也如是，其失國也亦如是，天道好還，司馬氏其固甘心哉！

第七回

弒故主冤魂索命　喪良將胡騎橫行

第七回　弒故主冤魂索命　喪良將胡騎橫行

　　卻說宋主劉裕開國定規，追尊父劉翹為孝穆皇帝，母趙氏為穆皇后，奉繼母蕭氏為皇太后，追封亡弟道規為臨川王。道規無嗣，命道憐次子義慶過繼，承襲封爵，晉封弟道憐為長沙王。故妃臧氏（即臧熹姊），已於晉安帝義熙四年，病歿東城，追冊為后，予諡曰敬，立長子義符為皇太子，封次子義真為廬陵王，三子義隆為宜都王，四子義康為彭城王。加授尚書僕射徐羨之為鎮軍將軍，右衛將軍謝晦為中領軍，領軍將軍檀道濟為護軍將軍。從前晉氏舊吏，宣力義熙，與宋主預同艱難，一依本秩；唯降始興、廬陵、始安、長沙、康樂五公為縣侯，令仍奉晉故臣王導、謝安、溫嶠、陶侃、謝玄宗祀。晉臨川王司馬寶亦降為西豐縣侯。進號雍州刺史趙倫之為安北將軍，北徐州刺史劉懷慎為平北將軍，徵西大將軍楊盛為車騎大將軍。又封西涼公李歆為徵西大將軍，西秦主乞伏熾磐為安西大將軍，高句麗王高璉為征東大將軍，百濟王扶餘映進為鎮東大將軍，蠲租省刑，內外粗安。

　　西涼公李歆，相傳漢前將軍李廣後裔，父名暠，曾臣事北涼，任敦煌太守，後來自稱西涼公，與北涼脫離關係，取得沙州、秦州、涼州等地，定都酒泉。暠歿歆嗣，曾遣使至江東，報稱嗣位，是時晉尚未亡，封歆為酒泉公。及宋主受禪，更覃恩加封。北涼主蒙遜，與歆為仇，偽引兵攻西秦，潛師還屯川巖，果然李歆中計，還道是北涼虛空，乘隙往襲，途中被蒙遜邀擊，連戰皆敗，竟為所殺。蒙遜遂入據酒泉轉攻敦煌。敦煌太守李恂，即李歆弟，乘城拒守，被蒙遜用水灌入，城遂陷沒，恂自刎死。子重耳出奔江左，因道遠難通，投入北魏，五傳至李淵，就是唐朝第一代的高祖，這是後話慢表。（隨筆帶敘西涼滅亡。）

　　宋主裕聞西涼被滅，無暇往討北涼。唯自思年老子幼，不能圖遠，亦當顧近。那晉祚雖然中絕，尚留一零陵王，終究是勝朝遺孽，將來或死灰

復燃，適貽子孫禍患，左思右想，總須再下辣手，斬草除根。是為殘忍。乃用毒酒一罌，授前琅琊郎中張偉，使鴆零陵王。偉受酒自嘆道：「鴆君求活，徒貽萬世惡名，不如由我自飲罷！」遂將酒一口飲盡，頃刻毒發，倒地而亡。卻是司馬氏忠臣。宋主得張偉訃音，倒也嘆息，遷延了好幾月，心終未釋。

太常卿褚秀之、侍中褚淡之，統是故晉后褚氏兄，褚氏本為恭帝后，帝已被廢，后亦降稱為妃。秀之兄弟貪圖富貴，甘做劉家走狗，不顧兄妹親情，褚妃生男，秀之等受裕密囑，害死嬰孩。零陵王憂懼萬分，整日裡與褚妃共處，相對一室，飲食一切，概由褚妃親手辦理，往往炊爨床前，不勞廚役，所以宋人尚無隙可乘。

宋主裕不堪久待，乃於永初二年秋九月，決計弒主，遣褚淡之往視褚妃，潛令親兵隨行。妃聞淡之到來，暫出別室相見，哪知兵士已逾垣進去，置鴆王前，迫令速飲。王搖首道：「佛教有言，人至自殺，轉世不得再為人身。」現世尚是難顧，還顧轉世做甚？兵士見王不肯飲，索性挾王上床，用被掩住，把他扼死；隨即越垣還報。及褚妃返室視王，早已眼突舌伸，身僵氣絕了。可憐！可嘆！

淡之本是知情，聞妹子入室大慟，已料零陵王被弒，當即入內勸妹，代為料理喪事。狼心狗肺。一面訃聞宋廷。宋王已經得報，很是喜慰，至訃音到後，佯為驚悼，率百官舉哀朝堂，依魏明帝服山陽公故事（魏明帝即曹叡，山陽公即漢獻帝）。且遣太尉持節護喪，葬用晉禮，給諡為「恭」，這也不在話下。

且說宋主裕既弒晉恭帝，自謂無患，遂重用徐羨之、傅亮、謝晦三人，整理朝政，有心求治。可奈年華已邁，筋力就衰，漸漸的飲食減少，疾病加身；到了永初三年春季，竟至臥床不起。長沙王劉道憐，司空錄尚

第七回　弒故主冤魂索命　喪良將胡騎橫行

書事徐羨之，尚書僕射傅亮，領軍將軍謝晦，護軍檀道濟，竝入侍醫藥，見宋主時有囈語，請往禱神祇，宋主不許。但使侍中謝方明，以疾告廟，一面專命醫官診治，靜心調養。幸喜服藥有靈，逐漸痊癒，乃命檀道濟出鎮廣陵，監督淮南諸軍。

太子義符素來是狎暱群小，及宋主得病時，更好遊狎。謝晦頗以為憂，俟宋主病瘳，乃進言道：「陛下春秋已高，應思為萬世計，神器至重，不可託付非人。」宋主知他言出有因，徐徐答道：「廬陵何如？」晦答道：「臣願往觀可否。」乃出見義真，義真雅好修飾，至是益盛服與談，娓娓不倦。晦不甚答辯，還報宋主道：「廬陵才辯有餘，德量不足，想亦非君人大度呢。」宋主乃出義真鎮歷陽，都督雍、豫等州軍事，兼南豫州刺史。既而宋主復病，病且日劇，有時矇矓睡著，但見有無數冤魂，前來索命，且故晉安、恭二帝，亦常至床前。疑心生暗鬼。往往被他驚醒，汗流浹背。自思鬼魅縈纏，病必不起，乃召太子義符，至榻前面囑道：「檀道濟雖有武略，卻無遠志，徐羨之、傅亮事朕已久，當無異圖；唯謝晦屢從征伐，頗識機變，將來若有同異，必出是人，汝嗣位後，可處以會稽、江州等郡，方免他慮。」專防謝晦，當是尚記前言。又自為手詔，謂後世若有幼主，朝事一委宰相，母后不煩臨朝。待至彌留，復召徐羨之、傅亮、謝晦等，入受顧命，令他輔導嗣君，言訖遂殂，在位只二年有餘，年六十七歲。

宋主裕起自寒微，素性儉約，遊宴甚稀，嬪御亦少，不寶珍玩，不愛紛華；寧州嘗獻琥珀枕，光色甚麗，會出征後秦，謂琥珀可療金創，即命搗碎；分給諸將。及平定關中，得秦主興從女，姿色甚麗，一時也為色所迷，幾至廢事。謝晦入諫，片語提醒，即夕遣出。宋臺既建，有司奏東西堂施局腳床，用銀塗釘，致為所斥，但准用鐵。嶺南獻入筒細布，一端八

丈，精緻異常，宋主斥為纖巧，即付有司彈劾太守，並將布發還，令此後禁作此布。公主下嫁，遣送不過二十萬緡，無錦繡金玉等物。平時事繼母甚謹，即位後入朝太后，必在清晨，不逾時刻。諸子旦問起居，入閣脫公服，止著裙帽，如家人禮。又命將微時農具，收貯宮中，留示後世，這都是宋主的美德。唯陰移晉祚，迭弒二主，為南朝篡逆的首倡，實是名教罪人。看官閱過上文，已可知宋主劉裕的定評了。褒貶處關係世道。是年七月，安葬蔣山初寧陵，群臣上諡曰武皇帝，廟號高祖。南北朝各君實皆不足列為正統，故本書演述，但稱某主，與漢唐諸代不同，五季史亦仿此例。

太子義符即位，制服三年，尊皇太后蕭氏為太皇太后，生母張夫人為皇太后，立妃司馬氏為皇后，妃即晉恭帝女海鹽公主，小名茂英。命尚書僕射傅亮為中書監尚書令，與司空徐羨之，領軍將軍謝晦，同心輔政。長沙王劉道憐病逝，追贈太傅；太皇太后蕭氏，年逾八十，因哭子過哀，不久亦歿，追諡孝懿。宋廷連遇大喪，忙碌得了不得。那嗣主義符，年才十七，童心未化，但知戲狎，一切居喪禮儀，多從闕略，特進致仕范泰，上書規諫，毫不見從。就是徐羨之、傅亮、謝晦等，隨時指導，亦似聾瞽一般，無一聽納。都人士已料他不終；偏是北方強寇，乘隙而來，河南諸郡，遍罹兵革，累得宋廷調兵遣將，又惹起一番戰爭。看官聽著！這就是宋、魏交兵的開始。事關重大，特筆提明。

魏太祖拓跋珪源出鮮卑，向例用索辮髮，因沿稱為索頭部。世居北荒，晉初始通貢使。懷帝時拓跋猗盧，與并州刺史劉琨，結為兄弟。琨表猗盧為大單于，封以代郡，號為代公。嗣復進爵為王，六傳至什翼犍，有眾數十萬，定都盛樂，威震雲中。匈奴部酋劉衛辰，被逐奔秦，秦主苻堅大舉伐代，令衛辰為嚮導。什翼犍拒戰敗績，還走盛樂，為庶子寔君所

第七回　弒故主冤魂索命　喪良將胡騎橫行

弒，部落分散。秦主堅捕誅寔君，分代為二，西屬劉衛辰，東屬什翼犍甥劉庫仁。什翼犍有孫名珪，由庫仁撫養，恩勤周備，及長頗有智勇，為庫仁子顯所忌，走依賀蘭部母舅家。會秦已衰滅，代亦喪亂，朔方諸部，推珪為主，即代王位，仍還盛樂，逐去劉顯，改國號魏，紀元天賜。史家稱為後魏，亦稱北魏；因恐與三國時曹魏有混，故有此稱。

劉衛辰攻珪敗竄而死。子勃勃逃奔後秦，後為夏國，已見前回。珪復破柔然，掠高車，蹂躪後燕，遂徙都平城，立宗廟社稷，僭號稱帝，初納劉庫仁從女，寵冠後宮，生子名嗣。尋獲後燕主慕容寶幼女，姿色過人，即立為后。後又見姨母賀氏，貌更美豔，竟將她本夫殺斃，硬奪為妃，產下一男，取名為紹。珪晚年服餌丹藥，躁急異常，往往因怒殺人，賀夫人偶然忤珪，亦欲加刃，嚇得賀氏奔匿冷宮，向子求救，子紹已封清河王，夜入弒珪。長子嗣受封齊王，聞變入都，執紹誅死，並殺賀氏，乃即帝位，尊珪為太祖道武皇帝。於是勤修政治，勸課農桑，任用博士崔浩等，興利除弊，國內小康。

自從南軍鏖戰河北，失利而還，滑臺一城，始終不得收復，未免引為恨事（應第五回）。只因劉宋開基，氣焰方盛，不得不虛與周旋，請和修好，歲時聘問（北魏亦占本書之主位，故敘述源流較他國為詳）。及宋主裕老病去世，宋使沈范等自魏南歸，甫及渡河，忽被魏兵追來，把范等截拿而去。看官道為何因？原來魏主嗣欲乘喪南侵，報復舊怨，因將宋使執回，即日遣將徵兵，進攻滑臺，並及洛陽虎牢。崔浩謂伐喪非義，應弔喪恤孤，以義服人，魏主嗣駁道：「劉裕乘姚興死後，即滅姚氏，今我乘裕喪伐宋，有何不可？」浩答道：「姚興一死，諸子交爭，故裕得乘釁徼功，今江南無釁，不得援為此例。」崔浩言固近義，但劉裕乘喪伐秦，適為魏主藉口，故人必自侮然後人侮之。魏主仍然不從，命司空奚斤為大將軍，

使督將軍周幾公孫表等，渡河南行。

先是晉宗室司馬楚之亡命汝潁間，聚眾萬人，屯據長社，欲為故國復仇，宋主裕嘗遣刺客沐謙往刺。謙不忍下手，且因楚之待遇殷勤，反為表明來意，願作楚之衛士。刺客卻有良心。楚之留謙自衛，日思東攻，苦不得隙，及聞魏兵渡河，遂遣人迎降，請作前驅。魏授楚之為征南將軍，兼荊州刺史，令侵擾北境。奚斤等道出滑臺，與楚之遙為犄角，夾攻河洛。

宋司州刺史毛德祖，屯戍虎牢，亟遣司馬翟廣等，往援滑臺，又檄長社令王法政，率五百人戍召陵，將軍劉憐，領二百騎戍雍上，防禦楚之。楚之引兵襲劉憐，未能得手，就是奚斤等圍攻滑臺，亦不能下，唯魏尚書滑稽，引兵襲倉垣，得乘虛攻入。宋陳留太守嚴稜，自恐不支，向奚斤處請降。奚斤頓兵滑臺城下，仍然未克，遣人至平城乞師。魏主嗣自將五萬餘人，南逾恆嶺，為奚斤聲援，且令太子燾出屯塞上，一面嚴諭奚斤，促令猛攻。

奚斤懼罪思奮，親冒矢石，督眾登城。滑臺守吏王景度力竭出奔，司馬陽瓚尚率餘眾拒魏兵，至魏兵已經陷入，還與之巷戰多時，受傷被執，不屈而死。奚斤乘勝過虎牢，擊走翟廣，直抵虎牢城東。毛德祖且守且戰，屢破魏軍，魏軍雖多殺傷，畢竟人多勢眾，未肯退去。

兩下相持不捨，那魏主又遣黑矟將軍於慄磾，出兵河陽，進攻金墉。慄磾為北魏有名驍將，善用黑矟，因封黑矟將軍。德祖再遣振威將軍竇晃，屯戍河濱，堵截慄磾。魏主更派將軍叔孫建等，東略青兗，自平原逾河。宋豫州刺史劉粹，忙遣屬將高道瑾，據項城，徐州刺史王仲德，自督兵出屯湖陸，與魏兵相持。魏中領軍娥清、期思侯、閭大肥等，復率兵會叔孫建，進至磽磝，宋兗州刺史徐琰望風生畏，便即南奔。凡泰山、高平、金鄉等郡，皆被魏兵陷沒。叔孫建東入青州，青州刺史竺夔，方出鎮

071

第七回　弒故主冤魂索命　喪良將胡騎橫行

東陽城，飛使至建康求救。宋遣南兗州刺史檀道濟，監督軍事，會同冀州刺史王仲德，出師東援。盧陵王劉義真，亦遣龍驤將軍沈叔狸，帶領步騎兵三千人，往擊劉粹，隨宜救急。

好容易過了殘冬，便是宋主義符即位的第二年，改元景平，賜文武官進秩各二等，改元紀年，萬難略過。享祀南郊，頒發赦書。京都裡面，好像是國泰民安；哪知河南的警信，卻日緊一日。魏將於慄磾，越河南下，與奚斤合攻宋軍，振威將軍竇晃等均被殺敗，相率退走。慄磾進攻金墉城，河南太守王涓之，復棄城遁走，金墉被陷，河、洛失守。魏令慄磾為豫州刺史，鎮守洛陽，虎牢越加吃緊，奚斤、公孫表等，併力攻撲，魏主又撥兵助攻。毛德祖竭力抵禦，日夕不懈，且就城腳邊鑿通道地，分為六穴，出達城外，約六七丈，募敢死士四百人，從穴中潛出，適在魏營後面，一聲吶喊，突入魏營。魏兵還疑是天外飛來，不覺驚駭，一時不及抵敵，被敢死士馳突一周，殺死魏兵數百人，毛德祖乘勢開城，出兵大戰，又擊斃魏兵數百，收集敢死士，然後入城。

魏兵退散一二日，又復四合，攻城益急。德祖特用了一個反間計，偽與公孫表通書，書中所說，無非是結約交歡的意思，表得書示斤，自明無私，斤卻心中啟疑。德祖又更作一書，書面是送至公孫表，卻故意投入斤營，斤展閱後，比前書更進一層，乃遣人齎著原書，馳報魏主。魏太史令王亮，與表有隙，乘間言表有異志，不可不防，魏主遂使人夜至表營，將表勒斃。表權譎多謀，既被殺死，虎牢城外，少一敵手，德祖當然快意，嗣是一攻一守，又堅持了好幾月。極寫德祖智勇。

魏主嗣自至東郡，令叔孫建急攻東陽城，又授刁雍為青州刺史，令助叔孫建。刁雍與前豫州刺史刁逵同族，刁逵被殺，家族誅夷（見第二回），唯雍脫奔後秦。秦亡奔魏，魏令為將軍，此時遣助叔孫，明明是借

刀殺人的意思。東陽守吏竺夔，檢點城中文武將士，只千五百人，忙招城外居民入守，還有未曾入城的百姓，令他伏據山谷，芟夷禾稼，所以魏軍雖據有青州，無從掠食。濟南太守桓苗，馳入東陽，與夔協同拒守，及魏兵大至，列陣十餘里，大治攻具，夔預浚四重濠塹，阻遏魏兵，魏兵填滿三重，造撞車攻城，城中屢出奇兵，隨時奮擊，又穴通隧道，遣人潛出，用大麻繩挽住撞車，令他自折。魏人一再失敗，遂築起長圍，四面環攻，歷久城壞，坍陷至三十餘步，夔與苗連忙搶堵，戰士多死，用屍填缺，勉強堵住。好在天氣盛暑，魏軍多半病歿，無力續攻，城才免陷。刁雍以機會難得，請一再接厲，為破城計。建擬稍緩時日，忽聞檀道濟引兵將至，不禁太息道：「兵人疫病過半，不堪再戰，今全軍速返，還不失為上策哩！」乃毀營西遁。

　　道濟到了臨朐，因糧食將盡，不能追敵，但令竺夔繕城築堡，防敵再來。夔因東陽城圮，急切裡不遑修築，移屯不其城，青州還算保全。

　　魏主因東略無功，索性西趨河內，併力攻虎牢，所有叔孫建以下各軍，統令至虎牢城下會齊，由魏主親往督攻，真個是殺氣彌空，戰雲蔽日。

　　虎牢被圍已二百日，無日不戰，勁兵傷亡幾盡，怎禁得魏兵合攻，防不勝防，毛德祖拚死力御，尚固守了一二旬。及外城被毀，又迭築至三重城，魏人更毀去二重，只有一重未破，兀自留著。守卒眼皆生瘡，面如枯柴，仍然晝夜相拒，終無貳心。可見德祖之義勇感人。時檀道濟出軍湖陸，劉粹駐軍項城，沈叔貍屯軍高橋，皆畏魏兵強盛，不敢進援，統是飯桶。魏人遍掘道地，洩去城中井水，城中人渴馬乏，兼加飢疫，眼見是束手就斃，不能再支。魏兵陸續登城，守將欲挾德祖出走，德祖大呼道：「我誓與此城俱亡，斷不使城亡身存！」因引眾再戰，挺身死鬥。

第七回　弒故主冤魂索命　喪良將胡騎橫行

魏主下令軍中，必生擒德祖，將軍豆代田，用長矛搠倒德祖坐馬，方將德祖擒獻，將士亦盡作俘虜，唯參軍范道基，率二百人突圍南奔。魏兵亦十死二三，司、兗、豫諸郡縣，俱為魏有。魏主勸德祖投降，德祖怎肯屈節，由魏主帶回平城，留周幾鎮守河南。德祖身已受創，未幾遂亡。小子有詩讚道：

頻年苦守見忠忱，可奈城孤寇已深；
援卒不來身被虜，寧拚一死表臣心。

敗報傳達宋廷，未知如何處置，且俟下回說明。

教子正道也，不能教子，反欲弒主以絕後患，何其謬歟！子輿氏有言，殺人之父，人亦殺其父，殺人之兄，人亦殺其兄。楚靈王曰：「餘殺人子多矣，能無及此乎！」劉裕以年老子幼，決弒零陵，亦思乃祖漢劉季，以匹夫而得天下，其果為帝胄否耶？義符童昏，不知教導，徒犯大不韙之名，迭行弒逆，造惡因者必種惡果，幾何不還報子孫也。即如北魏之乘喪侵宋，亦何莫非劉裕之自取，觀魏主嗣答崔浩言，即起劉裕於地下而問之，亦將無以自解，南北鏖兵，連年不已，卒致司、兗、豫三州，俱淪左衽，忠勇如毛德祖、湯瓚等，後先被執，捐軀殉難，喪良將，失膏腴，庸非大可慨乎！本回特揭出之以垂後戒，而世之為子孫計者，可以鑑矣。

第八回

廢營陽迎立外藩　反江陵驚聞內變

第八回　廢營陽迎立外藩　反江陵驚聞內變

　　卻說宋廷迭接敗報，相率驚惶，徐羨之、傅亮、謝晦三相，因亡失境土，上表自劾。宋主義符，專務遊幸，管什麼黜陟事宜，但說是無庸議處，便算了事。當時內外臣僚，尚慮魏兵未退，進逼淮、泗，嗣聞魏主北歸，稍稍放心。魏將周幾，留守河南，復陷入許昌、汝陽，宋豫州刺史劉粹，屯兵項城，恐魏人深入，日夕戒嚴。會值魏主嗣病歿平城，太子燾入承魏祚，尊嗣為太宗明元皇帝，改元始光，仍然重用崔浩，浩勸燾休兵息民，乃飭周幾等各守疆土，暫停戰爭。宋軍已日疲奔命，更兼新敗以後，瘡痍未復，巴不得相安無事，暫免兵戈。

　　越年為景平二年，宋主義符不改舊態，整日遊戲，無心朝事，廬陵王義真，頗加覬覦。嘗與太子左衛率謝靈運，員外常侍顏延之，及慧琳道人等，往來通問，非常款洽。且佻然道：「我若得志，當令靈運、延之為宰相，慧琳為西豫州都督。」這數語傳入都中，徐羨之等陰加戒懼，特出靈運為永嘉太守，延之為始安太守。義真聞二人左遷，明知執政與己反對，益生怨言，且性好浮華，時有需索，又被羨之等裁抑，不肯照給，因此恨上生恨，自請還都，表文中言多不遜，隱然有入清君側的語意。乃父一生鬼蜮，其子何不肖若此！羨之等因嗣主不肖，正密謀廢立事宜，既得義真表文，更激動一腔怒意，一不做，二不休，索性先除了義真，然後再廢嗣主義符，乃由徐、傅、謝三相會銜，奏陳義真過惡，請即廢黜。疏詞有云：

　　臣聞二叔不咸，難結隆周，淮南悖縱，禍興盛漢，莫非義以斷恩，情為法屈；二代之事，殷鑑未遠，仁厚之主，行之不疑。故共叔不斷，幾傾鄭國，劉英容養，釁廣難深；前事之不忘，後王之成鑑也。案車騎將軍廬陵王義真，凶忍之性，生自稚弱，咸陽之酷，醜聲遠播，先朝猶以年在綺綺，冀能改屬，天屬之愛，想能革心。自聖體不豫以及大漸，臣庶憂惶，內外屏氣，而彼乃縱博酣酒，日夜不輟，肆口縱言，多行無禮。先帝貽厥

之謀，圖慮謹固，親敕陛下面詔臣等，若遂不悛，必加放黜。至言若屬，猶在紙翰，而自茲迄今，日月增甚；至乃委棄藩屏，志還京邑，潛懷異圖，希幸非冀，轉聚甲卒，徵召車馬。陵墓未乾，情事猶昨，遂蔑棄遺旨，顯違成規，整棹浮舟，以示歸志，肆心專已，無復諮承。聖恩低徊，深垂隱忍，屢遣中使苦相敦釋，而乃親對散騎侍郎邢安泰，廣武將軍茅仲思，縱其悖罵，訕主謗朝，此久播於遠近，暴於人聽。臣以為燎原不撲，蔓延難除，青青不滅，終致尋斧，況憂深患者，社稷慮切。請一遵晉朝廣陵舊典，使顧懷之旨，不墜於武廟；全宥之德，或申於暖親，臨啟感動，無任悲咽。（表中援引劉英，疑即漢朝楚王英，廣陵疑即廣陵王司馬漼）。

宋主義符本與義真不甚和協，況朝政由羨之等主持，義符除狎遊外，悉聽三相裁決，因即下詔廢義真為庶人，徙居新安郡，改授皇五弟義恭為冠軍將軍，任南豫州刺史。

原來宋武帝劉裕有七子。長子義符，為張夫人所出，已見上次。次子義真，生母為孫修華。三子義隆，生母為胡婕妤。四子義康，生母為王修容。五子義恭，生母為王美人。六子義宣，生母為孫美人。七子義季，生母為呂美人。前時只封義真、義隆、義康為王，不及義恭以下諸子，因為義恭等年皆幼稚，所以未曾加封（補敘義恭以下諸子，但為後文伏案）。此次義真被廢，義隆、義康俱有封邑，故將義恭挨次補入，這卻待後再表。

唯義真年只十八，倉猝廢徙，尚沒有確實逆跡，未免令人不服。前吉陽令張約之上書諫阻，力請保全懿親，賜還爵祿。為這一奏，頓時觸怒當道，謫往梁州，尋且賜死。復遣人到了新安，亦將義真勒斃。乃召南兗州刺史檀道濟，江州刺史王弘，即日入朝。兩人不知何因，星夜前來，即由徐羨之等召入密室，與謀廢立，兩人一體贊成。謝晦因府舍敝隘，盡令家

第八回　廢營陽迎立外藩　反江陵驚聞內變

人出外,但調將士入府,詰旦舉事。又約中書舍人邢安泰、潘盛為內應。夜邀檀道濟同宿,道濟就寢,便有鼾聲,唯晦徬徨顧慮,竟夕不眠,不由的暗服道濟。(為下文討晦伏線)。

時已為景平二年六月,天氣溽暑,入夜不涼。宋主義符避暑華林園中,設肆沽酒,戲為酒保。傍晚乘坐龍舟,與左右同遊天淵池,直至月落參橫,才覺少疲,就在龍舟中留宿。翌日天曉,檀道濟自謝領軍府出來,引兵前驅,突入雲龍門,徐羨之、傅亮、謝晦,隨後繼進。門內宿衛,已由邢安泰等預先妥囑,統皆袖手旁觀,一任道濟等馳入,徑造華林園。宋主義符,尚在龍舟內作華胥夢,猛聞喧聲入耳,才從夢中驚醒,披衣急起,已見來兵擁登舟中,持刃直前,殺死二侍。倉猝中不及啟問,竟被軍士牽擁上舟,扯傷右指,你推我挽,迫至東閣。由徐羨之等收去璽綬,召集百官,宣布皇太后命令。略云:

王室不造,天禍未悔,先帝創業弗永,棄世登遐。義符長嗣,屬當天位,不謂窮凶極悖,一至於此。大行在殯,宇內哀惶,幸災肆於悖詞,喜容表於在戚,至乃徵召樂府,鳩集伶官,倡優管絃,靡不備奏,珍饌甘膳,有加平日,採擇媵御,產子就宮,覥然無怍,醜聲四達。及懿后崩背(懿后即蕭太后,見前),重加天罰,親與左右執綍歌呼,推排梓宮,忭掌笑謔,殿省備聞。又復日夜媟狎,群小漫戲,興造千計,費用萬端,帑藏空虛,人力殫盡,刑罰苛虐,幽囚日增。居帝王之位,好皁隸之役,處萬乘之尊,悅廝養之事,親執鞭撲,毆擊無辜以為笑樂。穿池築觀,朝成暮毀,徵發工匠,疲極兆民,遠近歎嗟,人神怨怒,社稷將墜,豈可復嗣守洪業,君臨萬邦!今廢為營陽王,一依漢昌邑(即昌邑王賀)。晉海西(即海西公奕)。故事,奉迎鎮西將軍宜都王義隆,入纂大統,以奠國家而又人民。特此令知!

宣令既畢，百官拜辭義符，暫送至故太子宮，令他具裝出都，徙往吳郡。並廢皇后司馬氏為營陽王妃，使檀道濟入守朝堂，一面令傅亮率領百官，備齊法駕，至江陵迎宜都王。祠部尚書蔡廓，偕傅亮同至尋陽，遇疾不能行，乃與亮別，且語亮道：「營陽徙吳，宜厚加供奉，倘有不測，恐廷臣俱蒙弒主惡名，將來有何面目，再生人世呢！」覽廓語意，似不願廢立，恐中途遇病，亦屬託詞。亮出都時，營陽王亦已就道，他本與徐羨之議定，令邢安泰隨王前去，到吳行弒。至是亮聞廓言，也覺有理，忙遣人諭止安泰，然已是無及了。

原來安泰送義符至金昌亭，即遵照羨之等密囑，麾兵將亭圍住，持刃徑入。義符頗有勇力，立起格鬥，且戰且走，竟得突圍出奔，馳越閶門。安泰率兵追上，用門閂擲去，正中義符腰背，受傷僕地，安泰趕上一刀，結果性命，年僅一十九歲。史家稱為少帝。

傅亮得去使返報，未免愧悔，但人死不能重生，只好付諸一嘆，遂西行至江陵，詣行臺奉表，並進璽紱。表文有云：

臣聞否泰相革，數窮則變，天道所以不慆，卜世所以靈長。乃者運距陵夷，王室艱晦，九服之命，靡所適歸，高祖之業，將墜於地。賴基厚德深，人神同獎，社稷以寧，有生獲。伏唯陛下君德自然，聖明在御，孝悌著於家邦，風猷宣於藩牧，是以徵祥雜沓，符瑞輝，宗廟神靈，乃睠西顧，萬邦黎獻，望景託生。臣等忝荷朝列，預充將命，後集休明之運，再睹太平之業，行臺至止，瞻望城闕，不勝喜悅，鳧藻之情，謹詣門拜表以聞！

宜都王義隆，亦下教令答覆道：

皇運艱敝，數鍾屯夷，仰唯崇基，感尋國故，永慕厥躬，悲慨交集。賴七百祚永，股肱忠賢，故能休否以泰，天人式序。猥以不德，謬降大

第八回　廢營陽迎立外藩　反江陵驚聞內變

命，顧已兢悚，何以克堪！行業暫歸朝廷，展哀陵寢，並與賢彥申寫所懷。望體其心，勿為辭費！

既而府州佐吏並皆稱臣，申請題榜諸門，一依宮省，義隆不許，宜都將佐，聞營陽、廬陵二王，後先遇害，亦勸義隆不可東下。獨司馬王華道：「先帝為天下立功，四海畏服，雖嗣主不綱，人望仍然未改。徐羨之中材寒士，傅亮布衣諸生，並非晉宣帝（司馬昭）。王大將軍（王敦）可比；且受寄深重，未敢驟然背德，不過畏廬陵嚴斷，將來不能相容，不如奉迎殿下，越次輔立，尚得徼功。況羨之等同功並位，莫肯相讓，欲謀不軌，勢亦難行，今因廢主尚存，或恐受禍，不得已下此毒手，此外當無逆謀，儘可勿疑！殿下但整轡入都，上順天心，下副人望，臣敢為殿下預賀呢！」料得定，拿得穩。義隆微笑道：「卿亦欲為宋昌麼？」（宋昌勸漢文帝事，見漢史）。長史王曇首，校尉到彥之，亦勸義隆東行。義隆乃留王華鎮荊州，到彥之鎮襄陽，自率將佐發江陵。

當下召見傅亮，問及營陽、廬陵二王事，悲慟嗚咽，左右亦為之流涕。亮亦汗流浹背，幾不能對。義隆止淚後，即引傅亮等登舟，中兵參軍朱容之，佩刀侍側，不離左右，就是夜間寢宿，亦衣不解帶，防備非常。

既抵京師，由群臣迎謁新亭。徐羨之私問傅亮道：「今上可比何人？」亮答道：「在晉文、景以上。」羨之道：「英明若此，定能鑑我赤心。」恐未免帶黑了。亮徐徐答道：「恐怕未必！」羨之亦不暇再問，謁過義隆，導駕入城。義隆順道謁初寧陵（即宋武帝陵，見前回）。然後乘輦入闕。百官奉上御璽，義隆謙讓再四，方才接受，遂御太極前殿，即皇帝位，大赦改元。稱景平二年為元嘉元年，追尊生母胡婕妤為太后，奉諡曰章。復廬陵王義真封爵，迎還靈柩，並義真母孫修華，妻謝妃，盡歸京都。彭城王南徐州刺史義康，官爵如故。進號驃騎將軍，南豫州刺史義恭，進號撫軍

將軍，加封江夏王。冊第六皇弟義宣為竟陵王，第七皇弟義季為衡陽王。進授司空徐羨之為司徒，衛將軍王弘為司空，中書監傅亮加左光祿大夫，開府儀同三司，南兗州刺史檀道濟為征北將軍。弘與道濟並皆歸鎮，唯領軍將軍謝晦，前由尚書錄命，除授荊州刺史，權行都督荊、襄等七州諸軍事，此時實行除拜，加號撫軍將軍。看官聽說！司空徐羨之本兼錄尚書事，他恐義隆入都，荊州重地，授與他人，所以先用錄命，使晦接任，好教他居外為援。所有精兵舊將，悉數隸屬。晦尚未登程，新皇已至，因即隨同朝賀，至此奉詔真除，當然喜慰。臨行時密問蔡廓道：「君視我能免禍否？」廓答道：「公受先帝顧命，委任社稷，廢昏立明，義無不可；但殺人二兄，仍北面為臣，內震人主，外據上流，援古推今，恐未能自免，還請小心為是！」依情度理之言。晦聽了此言，只恐不得啟行，即遭危禍，及陛辭而去，回望石頭城道：「我今日幸得脫身了！」慢著！

宋主義隆因謝晦出鎮荊州，即召還王華，令與王曇首並官侍中，曇首兼右衛將軍，華兼驍騎將軍，更授朱容子為右軍將軍。未幾又召還到彥之，令為中領軍，委以戎政。彥之自襄陽還都，道出江陵，正值謝晦蒞任，便親往投謁，表示誠款，且留馬及刀劍，作為饋遺。晦亦殷勤餞別，厚自結納。待彥之東行，總道是內援有人，從此可高枕無憂了。宋主義隆年才十八，卻是器宇深沉，與乃兄靜躁不同。他心中隱忌徐、傅、謝三人，面上卻不露聲色，遇有軍國重事，仍然一體諮詢。而且立後袁氏，所備禮儀，均委徐、傅酌定，徐、傅均為籠絡，盛稱主上寬仁，毫不疑忌（袁後事就此帶敘）。

未幾已是元嘉二年，徐羨之、傅亮上表歸政，宋主優詔不許。及表文三上，乃准如所請，自是始親覽萬機，方得將平時積慮，逐漸展布出來。江陵參軍孔寧子，向屬義隆幕下，扈駕入都，得拜步軍校尉。他與侍中王

第八回　廢營陽迎立外藩　反江陵驚聞內變

　　華，為莫逆交，嘗恨徐羨之、傅亮擅權，日加媒蘗。宋主因遂欲除去二人，並及荊州刺史謝晦。

　　晦有二女，一字彭城王義康，一字新野侯義賓（係劉道憐第五子），此時正遣妻室曹氏，及長子世休，送女入都，完成婚禮。宋主授世休為祕書郎，把他留住都中，好一個軟禁方法，一面託詞伐魏，預備水陸各師，並召南兗州刺史檀道濟入都，令主軍事。王華入奏道：「陛下召道濟入都，果真要伐魏麼？」宋主屏去左右，便語華道：「卿難道尚未知朕意？」華答道：「臣亦知陛下注意江陵，但道濟前與同謀，怎可召用？」宋主道：「道濟係是脅從，本非首犯，況殺害營陽，更與他無涉，若先加撫用，推誠相待，定當為朕效力，保無他慮！」華乃趨退，宋主又授王弘為車騎大將軍，加開府儀同三司，弘即曇首長兄，從前加封司空，嘗再三辭讓，仍然出鎮江州，至是宋主有意籠絡，別給崇封，且遣曇首密報乃兄。弘當然贊同，毫無異議。

　　徐羨之、傅亮，雖在朝輔政，尚未得知消息，不過北伐計議，未以為然，特會同百僚，上書諫阻。宋主義隆，擱置不報，徐、傅也莫名其妙。嗣由宮廷中傳出消息，謂當遣外監萬幼宗，往訪謝晦，再定進止。傅亮因潛貽晦書，述及朝廷情事，且言萬幼宗若到江陵，幸勿附和云云。晦照書答覆，無非是謹依來命等語。

　　未幾已是元嘉三年，都中事尚未發作，那宋主與王華密謀，已稍稍洩漏。黃門侍郎謝㬭，係謝晦弟，急使人往江陵報聞。晦尚未信，召入參軍何承天，取示亮書，且與語道：「萬幼宗想必到來，傅公慮我好事，所以馳書預報。」承天道：「外間傳言，統言北征定議，朝廷即將出師，還要幼宗來做什麼？」晦又說道：「謠傳不足信，傅公豈來欺我！」遂使承天預草答表，略謂徵虜須俟來年。

忽由江夏參軍樂冏，奉內史程道惠差遣，遞入密函。晦急忙展閱，乃是尋陽人寄書道惠，報稱朝廷有絕大處分，不日舉行。晦始覺不安，乃呼承天入議。再出程書相示，因即啟問道：「幼宗不來，莫非朝廷果有變端麼？」承天道：「幼宗本無來理，如程書言，事已確鑿，何必再疑！」晦又道：「若果與我不利，計將安出？」承天道：「蒙將軍殊遇，嘗思報德，今日事變已至，區區所懷，恐難盡言！」晦不禁失色道：「卿豈欲我自裁麼？」承天道：「這卻尚不至此，唯江陵一鎮，勢不足敵六師，將軍若出境求全，最為上計，否則用心腹將士，出屯義陽，將軍自率大軍進戰夏口，萬一不勝，即從義陽出投北境，尚不失為中策。」晦躊躇良久，方答說道：「荊州為用武地，兵糧易給，暫且決戰，戰敗再走，料亦未遲。」逐次寫來，見謝晦實是寡智。乃立幡戒嚴，先與諮議參軍顏邵，商議起兵，邵勸晦勉盡臣節，被晦詰責數語，邵即退出，仰藥自殺，晦又召語司馬庾登之道：「我擬舉兵東下，煩卿率三千人守城。」登之道：「下官親老在都，又素無部眾，此事不敢奉命！」一個已死，一個又辭，即為後日離散之兆。

晦愈加悵悶，傳問將佐，何人願守此城。有一人閃出道：「末將不才，願當此任！」晦瞧將過去，乃是南蠻司馬周超，便又問道：「三千人足敷用否？」超答道：「不但三千人已足守城，就使外寇到來，亦當與他一戰，奮力圖功！」粗莽。庾登之聽了超言，忙接口道：「超必能辦此，下官願舉官相讓。」晦即而授超為行軍司馬，領南義陽太守，徙登之為長史，一面籌集糧械，草檄興兵。

才閱一兩日，忽有人入報道：「不好了，司徒徐羨之，左光祿大夫傅亮，已身死家滅了！」晦不禁躍起道：「果有這等事麼？」言未已，復有人入報道：「不好了！不好了！黃門侍郎二相公，新除祕書郎大公子，並慘死都中了！」晦但說出阿喲二字，暈倒座上。小子有詩詠道：

第八回　廢營陽迎立外藩　反江陵驚聞內變

欲保身家立嗣皇，如何功就反危亡？

江陵謀變方書檄，子弟先誅劇可傷。

畢竟謝晦性命如何，容至下回再敘。

營陽童昏，廢之尚或有辭，弒之毋乃過甚。盧陵罪惡未彰，廢且不可，況殺之乎！宋主劉裕，翦滅典午遺胄，無非為保全子嗣計，庸詎知死灰難燃，而害其子嗣者，乃出於託孤寄命之三大臣乎？徐羨之、傅亮、謝晦，越次迎立義隆，意亦欲乞憐新主，借佐命之功，固一時之寵，不謂求榮而招辱，希功而得罪，義隆嗣立，才及二年，而三子皆為義隆所殺。三子固有可誅之罪，但誅之者乃為一力助成之新天子，是不特為三子所未及料，即他人亦不料其若此也。人有千算，天教一算，觀於營陽、盧陵之遭害，及徐、傅、謝三子之被誅，是正天之巧於報復歟！

第九回

平謝逆功歸檀道濟　入夏都擊走赫連昌

第九回　平謝逆功歸檀道濟　入夏都擊走赫連昌

卻說謝晦聞子弟被誅，禁不住一陣心酸，頓時暈倒座上。左右急忙施救，灌入薑湯，方才甦醒。又慟哭多時，先令江陵將士，為徐羨之、傅亮舉哀，繼發子弟凶訃，即日治喪。嗣又接到朝廷詔敕，由晦閱畢，撕擲地上，即出射堂閱兵，調集精兵三萬人，剋期東下。看官！你道詔書中如何說法？由小子錄述如下。

蓋聞臣生於三，事之如一，愛敬同極，豈唯名教？況乃施俸造物，義在加隆者乎？徐羨之、傅亮、謝晦，皆因緣之才，荷恩在昔，超居要重，卵翼而長，未足以譬。永初之季，天禍橫流，大明傾耀，四海遏密，實受顧託，任同負圖，而不能竭其股肱，盡其心力，送往無復言之節，事居闕忠貞之效，將順靡記，匡救蔑聞，懷寵取容，順成失德。雖未因懼禍以建大策，而逞其悖心，不畏不義，播遷之始，謀肆鴆毒，至止未幾，顯行怨殺，窮凶極虐，荼毒備加，顛沛皁隸之手，告盡逆旅之館，都鄙哀愕，行路飲涕。故廬陵王英秀明遠，風徽夙播，魯衛之寄，朝野屬情。羨之等暴蔑求專，忌賢畏逼，造構貝錦，成此無端。罔主蒙上，橫加流屏，矯誣朝旨，致茲禍害，寄以國命而剪為仇讎，旬月之間，再肆鴆毒，痛感三靈，怨結人鬼。自書契以來，棄常安忍，反易天明，未有如斯之甚者也。昔子家從弒，鄭人致討，宋肥無辜，蕩澤為戮；況逆亂倍於往釁，情痛深於國家！此而可容，孰不可忍？即宜誅殛，告謝存亡。而當時大事甫定，異同紛結，匡國之勳未著，莫大之罪未彰，是以遠酌民心，近聽輿訟，雖或討亂，慮或難圖，故忍戚含哀，懷恥累載。每念人生實難，情事未展，何嘗不顧影慟心，伏枕泣血。今逆臣之釁，彰暴遐邇，君子悲情，義徒思奮，家仇國恥，可得而雪，便命司寇肅明典刑。晦據有上流，或不即罪，朕當親率六師，為其遏防，可遣中領軍到彥之即日電發，征北將軍檀道濟，絡繹繼路，並命徵虜將軍劉粹，斷其走伏。罪止元凶，餘無所問，敕示遠

邇，咸使聞知！

原來宋主義隆未發此詔時，已召徐羨之、傅亮入宮，密令衛士待著，拿付有司。偏為謝曬所聞，急報傅亮令勿應召，亮俟內使至門，託言嫂病正篤，少待即來。一面通知徐羨之，自乘輕車出郭門，奔避兄傅迪墓旁。羨之已奉命赴朝，行至西明門外，始接傅亮急報，乃折還私第，改乘內人問訊車，微行出都。奔至新林，見後面有追騎到來，慌忙趨匿陶灶內，自經而死。亮亦被屯騎校尉郭泓追獲，送入都門。宋主遣中使持示詔書，且傳諭道：「卿躬與弒逆，罪在不赦，但念汝至江陵時，誠意可嘉，當使汝諸子無恙。」亮讀詔畢，且悲且恨道：「亮受先帝寵眷，得蒙顧託，黜昏立明，無非為社稷計，今欲加亮罪，何患無辭。」未幾復有詔使出來，命誅傅亮。赦亮妻子，流徙建安。又收捕羨之子喬之、乞奴，及謝晦子世休，一併誅死。逮晦弟謝曬下獄，當時晦聞子弟被誅，尚有訛詞，其實曬在獄中，尚未受誅。（補敘徐、傅二人死狀，是倒戟而出之法）。晦既整兵待發，復奉表自訟道：

臣晦言：臣昔蒙武皇帝殊常之眷，外聞政事，內謀帷幄，經綸夷險，毗贊王業，預佐命之勳，膺河山之賞。及先帝不豫，導揚末命，臣與故司徒臣羨之，左光祿大夫臣亮，征北將軍臣道濟等，並升御床，跪受遺詔，載貽話言，託以後事。臣雖凡淺，感恩自勵，送往事居，誠貫幽顯，逮營陽失德，自絕宗廟，朝野岌岌，憂及禍難，忠謀協契，殉國忘己，援登聖朝，唯新皇祚。陛下馳傳乘流，曾不加疑，臨朝殷勤，增崇封爵，此則臣等赤心，已亮於天鑑，遠近萬邦，咸達於聖旨。若臣等志欲專權，不顧國典，便當協翼幼主，孤負天日，豈復虛館七旬，仰望鸞旗者哉！故廬陵王於營陽之世，屢被猜嫌，積怨犯上，自貽非命。天祚明德，屬當昌運，不有所廢，將何以興！成人之美，春秋之高義，立帝清館，臣節之所司。耿

第九回　平謝逆功歸檀道濟　入夏都擊走赫連昌

弇不以賊遺君父，臣亦何負於宋室耶！況釁積鬩牆，禍成威逼，天下耳目，豈伊可誣！臣忝居藩任，乃誠匪懈，為政小大，必先啟聞，糾剔群蠻，清夷境內，分留弟姪，並侍殿省。陛下聿遵先志，申以婚姻，童稚之目，猥荷齒召。薦女遣子，闔門相送，事君之道，義盡於斯。臣羨之總錄百揆，翼亮三世，年耆乞退，屢抗表疏，優旨綢繆，未垂順許。臣亮管司喉舌，恪虔夙夜，恭謹一心，守死善道，此皆皇宋之宗臣，社稷之鎮衛。而讒人傾覆，妄生國釁，天威震怒，加以極刑，並及臣門，同被孥戮。元臣翼命之佐，剿於奸邪之手，忠良匪躬之輔，不免夷滅之誅。陛下春秋方富，始覽萬機，民之情偽，未能鑑悉。王弘兄弟，輕躁昧進，王華猜忌忍害，盜弄威權，先除執政以逞其欲，天下之人，知與不知，孰不為之痛心憤怨者哉！昔白公稱亂，諸梁嬰冑，惡人在朝，趙鞅入伐，臣義均休戚，任居分陝，豈可顛而不扶，以負先帝遺旨？爰率將士，繕治舟甲，須其自送，投袂撲討。若天祚大宋，卜世靈長，義師克振，中流輕蕩，便當浮舟東下，戮此三豎，申理冤恥，謝罪闕廷，雖伏鑕赴鑊，無恨於心。伏願陛下遠尋永初託付之旨，近存元嘉奉戴之誠，則微臣丹款，猶有可察。臨表哽慨，不盡欲言！

　　這篇表文到了宋廷，宋主義隆當然憤怒，當即下詔戒嚴，命討謝晦。檀道濟已早入都，由宋主面加慰問，且與商討逆事宜。道濟自請效力，且申奏道：「臣昔與晦同從北征，入關十策，晦居八九，才略明練，近今少匹。但未嘗孤軍決勝，戎事殆非所長，臣服晦智，晦知臣勇。今奉命往討，以順誅逆，定可為陛下擒晦呢！」道濟自願效力，不出宋主所料。宋主大喜，即召入江州刺史王弘，授侍中司徒，錄尚書事，兼揚州刺史。命彭城王義康，都督荊、襄等八州諸軍事，兼荊州長史，留都居守。自率六軍親征，命到彥之為前鋒，檀道濟為統帥，陸續出都，沂流西進。

　　先是袁皇后產下一男，形貌凶惡，后令人馳白宋主道：「此兒狀貌異

常，將來必破國亡家，決不可育，願殺兒以絕後患！」袁后頗有相術。宋主聞報，不勝驚異，忙至后寢殿中，撥幔示禁，乃止住不殺，取名為劭。禍在此矣。

此時宋主服尚未闋，諱言生子，因戒宮中暫從隱祕，不許輕傳。至是已經釋服，更因親征在即，樂得將弄璋喜事，宣布出來。不過說是皇子初生，皇后分娩，尚未滿月，特令皇姊會稽公主入內，總攝六宮諸事。這位會稽長公主，係是宋武帝正后臧氏所出，下嫁振威將軍徐逵之。逵之戰歿江夏（事見第五回）。長公主犛居守節，隨時出入宮中，所以宋主命她暫掌宮事。宮廷已得人主持，乃啟蹕出都，放膽西行。

謝晦也命弟遯領兵萬人，與兄子世猷，司馬周超，參軍何承天等，留戍江陵，自引兵三萬人，令庾登之總參軍事，由江津直達破塚，舳艫相接，旌旗蔽空。晦臨流長嘆道：「恨不用此作勤王兵！」誰叫你造反。遂傳檄京邑，以入誅三豎為名，順流至江口，進據巴陵，前哨探得宋軍將至，乃按兵待戰，會霖雨經旬，庾登之不發一令，但在舟中閒坐。參軍劉和之白晦道：「天降霪雨，彼此皆同，奈何不進軍速戰？」晦乃促登之進兵，登之道：「水戰莫若火攻，現在天氣未晴，只好准備火具，俟晴乃發。」晦亦以為然，仍逗留不前。登之不願從反，已見前言，晦乃令參決軍事，且信其迂說，智者果如是耶？但使小將陳祐，督刈茅草，用大囊貯著，懸掛帆檣，待風乾日燥，充作火具。

延宕至十有五日，天已晴霽，始遣中兵參軍孔延秀進攻彭城洲。洲濱已立宋軍營柵，由到彥之偏將蕭欣，領兵守著。欣怯懦無能，沒奈何出來對敵，自己躲在陣後，擁楯為衛。及延秀驅兵殺入，前隊少卻，他即棄軍退走，乘船自遯，餘眾皆潰。延秀乘勝縱火，毀去營柵，據住彭城洲。彥之聞敗，不免心驚。也是個無用人物。諸將請還屯夏口，以待後軍。彥之

第九回　平謝逆功歸檀道濟　入夏都擊走赫連昌

恐還軍被譴，留保隱圻，使人促道濟會師。道濟率眾趨至，軍始復振。

謝晦聞延秀得勝，覆上表要求，語多驕肆，內有梟四凶於廟廷，懸三監於絳闕，申二臺之匪辜，明兩藩之無罪，臣當勒眾旋旗，還保所任等語。看官聽著！這表文中所說兩藩，一說自己，一說檀道濟，他以為道濟同謀，必難獨免，所以替道濟代為解免。哪知輔主西征的大元帥，正是南兗州刺史檀道濟。

表文方發，軍報已來，說是道濟與到彥之合師，渡江前來，驚得謝晦倉皇失措，不知所為。方焦急間，孔延秀亦已敗回，報稱彭城洲又被奪去。沒奈何整軍出望，遠遠見有戰艦前來，不過一二十艘，還道是來兵不多，可以無恐。當命各艦列陣以待，吶喊揚威。那來艦泊住江心，並不前來交戰，晦亦勒兵不進。

到了日暮，東風大起，來艦四集，前後綿亙，幾不知有多少兵船，且處處懸著檀字旗號。驚聞鼓聲大震，來艦如飛而至。這一驚非同小可，慌忙下令對仗，偏部眾不戰先潰，頃刻四散。晦亦只好還投巴陵。繼思巴陵狹小，必不能守，索性夜乘小舟，逃還江陵去了。

前豫州刺史劉粹，調任雍州，奉旨往搗江陵，馳至沙橋，被周超驅兵殺敗，退至數十里外。超收軍回城，見晦狼狽奔還，才知全軍潰敗，不由的憂懼交併。晦愧謝周超，囑令併力堅守，超佯為允諾，竟夜出潛奔，往投到彥之軍。

晦失去周超，越加惶急，又聞守兵亦潰，無一可恃，忙與弟遯及兄子世基、世猷，共得七騎，出城北走。遯體肥壯，不能騎馬，晦沿途守候，行不得速，才至安陸，為守吏光順之所執。七個人無一走脫，盡被拘入囚車，解送行在。庾登之、何承天、孔延秀等，悉數迎降。

宋主奏凱班師，入都後敕誅謝晦、謝遁、謝世基、謝世猷，並將謝嚼亦提出獄中，斬首市曹。晦有文才，兄子世基，尤工吟詠，臨刑時世基尚吟連句詩道：「偉哉橫海鱗，壯矣垂天翼！一旦失風水，翻為螻蟻食！」晦亦不覺技癢，隨口續下道：「功遂侔昔人，保退無智力，既涉太行險，斯路信難陟。」叔姪吟罷，伸頭就戮。迂腐可笑。

　　忽有一少婦披髮跣足，嚎咷而來，見了謝晦，即抱住晦頭，且舐且哭。刑官因刑期已至，勸令讓避，該婦乃與晦永訣道：「大丈夫當橫屍戰場，奈何凌籍都市？」晦悽然道：「事已至此，不必多說了。」言未已，一聲炮響，頭隨刀落。少婦尚暈僕地上，經從人救她醒來，舁入輿中，疾行去訖。看官道少婦何人？原來是晦女彭城王妃。此婦頗有烈氣。

　　晦既被誅，同黨周超、孔延秀等，雖已投降，終究是抗拒王師，罪無可貸，亦令受誅，唯庾登之、何承天等，總算免他一死。宋主加封檀道濟為征南大將軍，開府儀同三司，兼江州刺史，到彥之為南豫州刺史。此外將士，各賞齎有差。又召還永嘉太守謝靈運，令為祕書監，始興太守顏延之，令為中書侍郎。既而命左衛將軍殷景仁，右衛將軍劉湛，與王華、王曇首並為侍中，擢鎮西諮議參軍謝弘微為黃門侍郎，都人號為元嘉五臣，冠冕一時。

　　這且慢表。且說魏主燾嗣位以後，休息經年，國內無事，忽報柔然入寇，攻陷雲中。那時魏主燾不好坐視，當然督兵赴援。這柔然國係匈奴別種，先世有木骨閭，曾為魏主遠祖代王猗盧騎卒，因坐罪當斬，遁居沙漠，生子車鹿會，很有勇力，招集番人，成一部落，號為柔然，即以木骨閭為氏，轉音叫做鬱久閭。六傳至社崙，驍悍有智，與魏太祖拓跋珪同時。兩雄相遇，免不得互啟戰爭，拓跋珪卒破社崙。社崙奔至漠北，並有高車。兼滅匈奴餘種。氣焰益盛，自號豆代可汗。可汗二字，就是中國人

第九回　平謝逆功歸檀道濟　入夏都擊走赫連昌

所稱的皇帝，豆代二字，乃是駕馭開張的意思，嘗南向侵魏，欲報前敗。社崙死後，兄弟繼立，篡殺相尋，從弟大檀，先統西方別部，入靖國亂，自號紇升蓋可汗，寓有致勝的意義，承兄遺志，復來攻魏。且聞魏主新立，意存輕視，竟率眾六萬騎，大舉入雲中。

魏主燾兼程馳救，三日二夜，趨至盛樂，盛樂是北魏舊都，已被大檀奪去，大檀復縱騎來戰。兵多勢盛，圍繞魏主至五十餘重，魏兵大懼，獨魏主燾神色自若，親挽強弓，射倒柔然大將於陟斤。柔然兵不戰自亂，再經魏主麾兵力擊，得將大檀擊退。魏主燾收復盛樂，還至平城，再遣將士五道並進，追逐大檀出漠北，殺獲甚多，方才班師（敘述柔然源流，筆不苟略）。魏主燾因他無知，狀類蟲豸，改號柔然為蠕蠕。越年，夏主勃勃病歿，長子瓄先死，次子昌嗣立。魏嘗稱勃勃為屈丐，意在卑辱勃勃，但勃勃凶狡善兵，頗亦為魏所懼。至是聞勃勃已死，因欲乘機伐夏，群臣請先伐蠕蠕，然後西略，獨太常博士崔浩請先伐夏。魏相長孫嵩道：「我若伐夏，大檀必乘虛入寇，豈不可慮？」浩駁道：「赫連殘虐，人神共棄，且土地不過千里，我軍一到，彼必瓦解。蠕蠕新敗，一時未敢入寇，待他來襲，我已好奏凱歸來了！」魏主燾與浩意合，決計西征，乃遣司空奚斤率四萬五千人襲蒲阪，將軍周幾襲陝城，用河東太守薛謹為嚮導，向西出發。魏主燾自為後應，行次君子津，適遇天氣暴寒，河冰四合，遂率輕騎二萬渡河，掩襲夏都統萬城。夏主昌方宴集群臣，驚聞魏兵掩至，驚擾的了不得，慌忙撤去筵席，號召兵將，由夏主親自督領，出城拒戰。看官！你想這倉猝召集的部眾，怎能敵得過百戰雄師？一經交鋒，便即敗潰。夏主昌匆匆走還，城未及閉，已被魏將豆代田，麾輕騎追入，直逼西宮，縱火焚西門。宮門驟閉，代田恐被截住，逾垣趨出，仍還大營。魏主燾尚在城外，見代田回來，面授勇武將軍，再分兵四掠，俘獲萬計，得牛馬十

餘萬頭。會夏主昌復登陴拒守，兵備頗嚴。魏主燾乃語諸將道：「統萬城堅，尚未可取，且俟來年再舉，與卿等共取此城便了。」遂掠夏民萬餘人而還。

時周幾已攻破弘農，逐去守吏曹達。幾入弘農，一病身亡，由奚斤代統各軍，進攻蒲阪。守將乙斗，即遁往長安。長安留守赫連助興，為夏主弟，見乙斗來奔，也棄城奔往安定，大好關中，被奚斤唾手取去。易得易失，也有定數。

北涼王沮渠蒙遜，氐王楊盛子玄，聞魏兵連捷，並皆惶恐，各遣使至魏，納貢稱藩（北涼及氐詳見後文）。魏主燾當然喜慰，更命軍士伐木陰山，大造攻具，再謀伐夏。可巧夏主遣弟平原公定，率眾二萬，進攻長安，與魏帥奚斤，相持數月，未見勝負。魏主燾仍用前策，擬乘虛往襲統萬，簡兵練士，部分諸將，命司徒長孫翰及常山王拓跋素等，陸續出發。自督騎兵繼進，至拔鄰山，捨去輜重，徑率輕騎三萬人，倍道先行。群臣俱勸阻道：「統萬城非旦夕可下，奈何輕進？」魏主笑道：「兵法以攻城為最下，不得已出此一策；若與步兵攻具，同時俱進，彼必堅壁以待。我攻城不下，食盡兵疲，進退無路，如何了得！不如用輕騎直薄彼都，再用羸形誘敵，彼或出戰，定可成擒。試想我軍離家，已二千餘里，又有大河相隔，全靠著一鼓銳氣，來求一戰，置諸死地而後生，便在此一舉了！」番主卻亦能軍。遂揚鞭急進，分兵埋伏深谷，但用數千人至城下。

夏主昌飛召平原公定，叫他還援。定命使人返報，請夏主堅守，俟擒住奚斤，便即還救。夏主依議施行。適夏將狄子玉，縋城出降，報明定計。魏主燾即命退軍，軍士稍稍遲慢，立加鞭撲，又縱使奔夏，令報魏軍虛實。夏主聞魏兵無繼，且乏輜重，便督眾出擊。要中計了。

第九回　平謝逆功歸檀道濟　入夏都擊走赫連昌

魏主燾且戰且走，夏兵分作兩翼，鼓譟追來，約行五六里，突遇風雨驟至，揚沙走石，天地晦冥，魏宦官趙倪頗曉方術，亟白魏主道：「今風雨從賊上來，彼順風，我逆風，天不助人，願陛下速避賊鋒！」道言未畢，崔浩在旁呵叱道：「你說什麼？我軍千里遠來，賴此決勝，賊貪進不止，後軍已絕，我正好發伏掩擊，天道無常，全憑人事作主呢！」

魏主連聲稱善，再誘夏兵至深谷間，一聲鼓號，伏兵齊起。魏主燾分為兩隊，抵擋夏兵，復一馬當先，突入夏兵陣內。夏尚書斛黎文，持槊刺來，魏主燾攬轡一躍，馬失前蹄，身隨馬僕。危乎險哉。斛黎文見魏主墜馬，即下馬來捉魏主，虧得魏將拓跋齊，上前急救，大呼勿傷我主！一面說，一面攔住斛黎文，拚死力鬥。斛黎文未及上馬，那魏主已騰身躍起，拔刀刺斃斛黎文。復乘馬馳突，殺死夏兵十餘人，身中數箭，仍然奮擊不止。魏兵俱一齊殺上，夏兵大敗。

夏主昌欲逃回城中，偏被魏主繞出馬前，截住去路，沒奈何撥馬斜奔，逃往上封去了。魏司徒長孫翰，率八千騎追夏主昌，直至高平，不及乃還。魏主燾乘勝攻城，城中無主，立即潰散，當由魏兵擁入，擒住文武官吏，及后妃公主宮女，不下萬人。只夏主母由夏將擁出，西奔得脫。此外馬約三十餘萬匹，牛羊約數千萬頭，均為魏兵所得，還有府庫珍寶，車旗器物，不可勝計。小子有詩嘆道：

雄踞西方建夏都，一傳即被索頭驅；
可憐巢覆無完卵，男作俘囚女作奴！

魏主燾既得統萬城，親自巡閱，禁不住嘆息起來。究竟為著何事，且看下回便知。

謝晦舉兵，上表自訟，看似振振有詞，曾亦思廢立何事，弒逆何罪，

躬冒大不韙之名，尚得虛詞解免乎？夫賢如霍光，猶難免芒刺之憂，卒至身後族滅。謝晦何人，乃思免責。叛軍一舉，便即四潰，晦叛君，晦眾即叛晦，勢有必至，無足怪也。赫連勃勃乘亂崛起，借凶威以據西陲，禍不及身，必及其子。赫連昌之為魏所制，雖曰不乃父若，要亦勃勃之貽禍難逃耳。故保身在義，保國在仁，仁義兩失，未有不身死國亡者也。觀此回而益信云。

第九回　平謝逆功歸檀道濟　入夏都擊走赫連昌

第十回

逃將軍棄師中虜計　亡國後侑酒作人奴

第十回　逃將軍棄師中虜計　亡國後侑酒作人奴

　　卻說魏主燾巡閱夏都，見他城高基厚，上逾十仞，下闊三十步，就是宮牆亦備極崇隆，內築臺榭，統皆雕鏤刻劃，飾以綺繡，不禁喟然嘆道：「蕞爾小國，勞民費財，一至於此，怎得不亡呢！」可為後鑑。遂將所得財物，分給將士，留常山王素鎮守統萬，自率眾還平城。所有男女俘虜，悉數帶歸。夏太史令張淵、徐辯，頗有才學，仍命為太史令。故晉將軍毛修之，前被夏擄（見第六回）。至是復為魏所俘，因他善解烹調，用為大官令。夏后、夏妃，沒入掖庭。夏公主數人，內有三女生成絕色，統是赫連勃勃所出，魏主燾召納後宮，迫令侍寢。紅顏力弱，只好勉抱衾裯，輪流當夕，魏主特降恩加封，俱號貴人。其父可名為丐，其女如何驟貴？尋且進冊赫連長女為繼后，這且不必細表。

　　唯魏主燾因奚斤在外，日久勞師，特召令北還。斤上書答覆，力請添兵滅夏，乃命宗正娥清，太僕邱堆，率兵五千，進略關右，援應奚斤；復撥精兵萬人，馬三千匹，發往軍前。赫連定聞統萬失守，更見魏兵日增，也奔往上邽，奚斤追趕不及，乃進軍安定，與娥清、邱堆合兵，擬再進取上邽。偏是天氣不正，馬多疫死，營中亦漸漸乏糧，一時不便再進，但深壘自固，遣邱堆督課民間，勒令輸粟，士卒又四出劫掠，不設儆備。夏主昌伺隙掩擊，殺敗邱堆。堆收殘騎還安定城，夏兵又時至城下抄掠，令魏軍不得芻牧。

　　奚斤頗以為憂，監軍侍御史安頡道：「赫連昌輕率寡謀，往往自出挑戰，若伏兵掩擊，定可擒他。」斤以糧少馬乏為辭，安頡道：「今日不戰，明日又不戰，糧愈少，馬愈乏，死在旦夕，還想破敵麼？」斤尚欲靜守待援，頡知他無能，自與將軍尉眷密議，選騎以待。果然夏主昌自來攻城，當先督陣，頡與尉眷縱騎殺出，奮力搏戰，適大風驟起，塵沙飛揚，魏兵乘風馳突，專向夏主前殺去。夏主料不可敵，情急返奔，被頡策馬追上，

槊傷夏主坐騎，夏主昌墜落馬下，魏兵活捉而歸。夏兵除死傷外，悉數遁去。

安頡、尉眷押夏主昌至平城，魏主燾卻優禮相待，唯爵會稽公，令居西宮門內。昌儀容頗偉，又嫻騎射，為魏主所受寵，便將妹子始平公主，給與為妻。擄人妻妹，卻以己妹償之，好算特別報酬。且嘗與出獵逐鹿，深入山谷。群臣恐昌有異心，一再進諫，魏主道：「天命有歸，何必顧慮！」仍曙待如初。封安頡為建威將軍，兼西平公，尉眷為寧北將軍，兼漁陽公。

奚斤以功出偏裨，引為己恥，探得夏主弟赫連定，自上邽奔平涼，僭號稱帝，便齎三日軍糧，率兵擊定。定設伏邀擊，大破魏軍，擒去奚斤，並及他將娥清、劉拔。太僕丘堆，輸輜重至安定，聞斤等被擒，棄去輜重，還奔長安。夏主定乘勝進逼，丘堆又棄城奔蒲阪。

魏主聞報，立命安頡往斬丘堆，代領部眾，控御夏兵。且又欲督軍出討，會聞柔然寇邊，乃先擊柔然，星夜北驅，直抵慄水。柔然酋長大檀，不及抵禦，自毀廬舍，倉皇西走，部落四散。魏主分軍搜討，俘獲甚眾，進至涿邪山，懼有伏兵，乃引軍南歸。大檀一蹶不振，憤悒而死。子吳提嗣立，號敕連可汗，番語稱神聖為敕連，他亦自知衰弱，遣人至平城朝貢，向魏乞和。魏主得休便休，許為北藩，北方已算征服了。先是宋主義隆嗣位，曾遣使如魏修好，魏亦遣使報聘。及魏主將伐柔然，正值魏使北歸，述宋主語，索還河南，否則將發兵攻取云云。魏主大笑道：「龜鱉小豎，有何能為？我若不先滅蠕蠕，轉使腹背受敵了。今日北征，他日南伐未遲！」崔浩又從旁慫恿，乃決計北行，果得征服柔然，馬到成功。凱旋後，加授浩為侍中，特進撫軍大將軍，凡遇軍國大事，必先諮浩，然後施行。

第十回　逃將軍棄師中虜計　亡國後侑酒作人奴

宋元嘉七年春季，宋主義隆，特選甲卒五萬，命右將軍到彥之，安北將軍王仲德，兗州刺史竺靈秀，並為統領，泛舟入河。使驍騎將軍段宏，率騎兵八千，直指虎牢，豫州刺史劉德武，領兵萬人繼進，皇從弟長沙王劉義欣（即道憐長子），統兵三萬，監督征討諸軍事，出鎮彭城。先遣殿前將軍田奇使魏。傳語魏主道：「河南是我宋地，故遣兵修復舊境，與河北無涉。」

魏主燾勃然道：「我生髮未燥，已聞河南屬我，奈何前來相侵？必欲進軍，悉聽汝便，看汝能奪我河南否？」遂遣奇返報，一面使群臣會議。眾請出兵三萬，先發制人，並誅河北流民，絕宋嚮導。獨崔浩進議道：「南方卑溼，入夏水漲，草木蒙密，地氣鬱蒸，容易生疫，不利行師；若彼果能北來，我正可以逸待勞，俟他疲倦，然後出擊，那時秋高馬肥，因敵取食，才不失為萬全計策呢！」魏主素來信浩，便按兵不發。

嗣由南方諸將，一再上表，乞派兵助守，並請就漳水造艦，為禦敵計，朝臣統是贊成。更想出一法，謂宜署司馬楚之、魯軌、韓延之為將帥，使他招誘南人（楚之等入魏分見上文）。崔浩又諫阻道：「楚之等為宋所忌，今聞我悉發精兵，大造舟艦，欲存立司馬氏，誅除劉宗，他必全國震駭，拚死來爭，我徒張虛聲，反召實害，豈非大謬！況楚之等皆纖利小才，止能招合無賴，斷不能成就大功，徒使我兵連禍結，有何益處！」見地原勝人一籌。魏主未免躊躇，浩更援據天文，謂「南方舉兵，實犯歲忌，定必不利，我國儘可無憂！」

魏主不欲違眾，命造戰艦三千艘，調幽州以南戍兵，會集河上，且授司馬楚之為安南大將軍，封琅琊王出屯潁川。宋右將軍到彥之等，自淮入泗，適值淮水盛漲，逆流而上，每日止行十里，自孟夏至孟秋，始至須昌，未免沿途逗留，否則亦未必至此，乃泝河西上。到了磧磝，魏兵已撤

戍北歸，再進滑臺，也只留一空城，又趨向洛陽虎牢，統是城門大開，並無一個魏卒。彥之大喜，命朱修之守滑臺，尹衝守虎牢，杜驥守金墉，餘軍入屯靈昌津，列守南岸，直抵潼關。大眾統有歡容，唯王仲德有憂色，語諸將道：「諸君未識北土情偽，必墮狡計。胡虜仁義不足，凶狡有餘，今斂戍北歸，併力完聚，待至天寒冰合，必將復來，豈不可慮？」彥之等尚似信未信，說他多心。是謂之愚。

才過月餘，天氣轉寒，魏主燾大舉南侵，令冠軍將軍安頡，督護諸軍，來擊彥之。彥之遣裨將姚聳夫等，渡河接戰，哪裡擋得住魏軍，慌忙退還，麾下已十亡五六。頡乘勝逾河，攻金墉城，城中乏糧，宋將杜驥南遁，城遂被陷。洛陽已拔，又移軍攻虎牢。守將尹衝，忙向彥之處求援。彥之令裨將王蟠龍，率軍援應，行至七女津，被魏將杜超截擊，陣斬蟠龍。尹衝聞援軍敗沒，便與滎陽太守崔模，迎降魏軍，虎牢又復失去。

彥之自魏兵南渡，畏縮得很，逐日退師，還保東平，且上表宋廷，請速派將添兵。宋主義隆，命征南將軍檀道濟，都督征討諸軍事，出兵伐魏，魏亦續遣壽光侯叔孫建，汝陰公長孫道生，越河南下，接應安頡。到彥之聞魏軍大至，道濟未來，不禁惶急異常，便欲引退，將軍垣護之貽書諫阻，謂宜令竺靈秀助守滑臺，更督大軍進趨河北。彥之怎肯聽從，且擬焚舟步走。

王仲德進言道：「洛陽既陷，虎牢自不能守，這是應有的事情；今我軍與虜相距，不下千里，滑臺尚有強兵，若遽舍舟南走，士卒必散，愚意謂且引舟入濟，再定行止。」彥之乃督率艦隊，自清河入濟南。才至歷城，聞報魏兵追來，慌忙焚舟棄甲，登岸徒步，一溜風似的逃還彭城。何不改姓為逃。竺靈秀也棄了須昌，南奔湖陸，青、兗大震。

第十回　逃將軍棄師中虜計　亡國後侑酒作人奴

　　長沙王義欣誓眾戒嚴。將佐恐魏兵大至，勸義欣委鎮還都，義欣慨然道：「天子命我鎮守彭城，義當與城存亡，奈何棄去？」如君才不愧一義字。遂堅持不動，人心稍定。

　　魏兵東至濟南，濟南城內，兵不滿千，太守蕭承之，用了一個空城計，開門以待。魏人疑有伏兵，探望多時，始終不敢進城，相率退去。叔孫建入攻河陸，竺靈秀棄軍遁走。各敗報傳入宋都，宋主大怒，命誅靈秀，收擊到彥之、王仲德，下獄免官。仲德似尚可貸。遷垣護之為北高平太守，旌賞直言，並促檀道濟速救滑臺。

　　道濟自清河進兵，為魏將叔孫建、長孫道生所拒，先後三十餘戰，多半得勝。轉戰至歷城，被叔孫建等前後邀擊，焚去芻糧，遂不得進，魏將安頡、司馬楚之等，得併力攻滑臺。朱修之堅守數月，援絕糧空，甚至燻鼠為食，魏又使將軍王慧龍助攻，眼見得城池被陷、修之成擒。

　　檀道濟食盡引還，魏叔孫建得宋降卒，訊知道濟乏食還軍，即趨兵追趕。將及宋軍，宋軍大懼，道濟卻不慌不忙，擇地下營，夜令軍士唱籌量沙，貯作數囷，用米少許，遮蓋囷上，擺列營前。到了黎明，魏兵前哨探視，見米囷雜列，不勝驚訝，忙報知叔孫建。叔孫建聞道濟有糧，還道是降卒妄言，喝令處斬，率騎士逼道濟營，道濟令軍士被甲隨著，自己白服乘輿，從容出來，向南徐走。叔孫建疑為誘敵，不敢進擊，反且引退，道濟得全軍而回。宋將中應推此人。

　　魏主已攻克河南，飭安頡旋師。安頡係歸朱修之，魏主嘉他固守，拜為侍中，妻以宗女。司馬楚之請再舉伐宋，魏主不許，召楚之為散騎常侍，令王慧龍為滎陽太守。慧龍在郡十年，農戰並修，聲威大著，宋主義隆，使人往魏，散布謠言，但稱慧龍功高位下，積怨已久，有降宋背魏等

情。魏主不信，宋主復遣刺客呂玄伯，往刺慧龍。玄伯詐為降人，投入滎陽，被慧龍搜出匕首，縱使南歸，且笑語道：「彼此各皆為主，我不怪汝！」玄伯感泣請留，慧龍竟留侍左右，待遇甚優。後來慧龍病歿，玄伯代為守墓，終身不去，這也好算做豫讓第二了。褒中寓貶。

且說夏主赫連定戰敗魏軍，擒住魏帥奚斤等，據有關中，聲勢復盛，嘗遣使至宋，約同攻魏，共分魏地。魏主燾正擬出兵討夏，聞報大怒，遂親赴統萬城，進襲平涼，夏主方出居安定，引兵還救，途中遇魏將古弼，便即交戰。古弼佯退，引夏主入伏中，殺得夏兵東倒西歪，斬首至數千級。夏主走保鶉觚原，命餘眾結一方陣，抵禦魏兵。魏將古弼縱兵環集，又由魏主遣將尉眷等，來助古弼。兩軍相合，把鶉觚原圍住，截斷夏兵糧道，連樵汲都無路可通。夏兵又飢又渴，馬亦乏草可食，沒奈何下鶉觚原，突圍出走。夏主定從西面殺出，正遇魏將尉眷截住，一場死鬥，方得殺開一條血路，奔往上邽，所有夏主弟烏視拔禿骨，及公侯以下百餘人，一古腦兒被魏人擒去。

魏兵乘勝攻安定，夏將東平公乙斗，竟棄了安定城，遁入長安，嗣復西奔上邽，往依赫連定去了。

那平涼城為魏主所攻，經旬未下，夏上谷公杜干，廣陽公度洛弧，嬰城固守，專望夏主定來援，魏主使赫連昌招降，亦不見從，乃掘塹營壘，督兵圍攻。相持至一月有餘，杜干等已是力盡，且聞夏主定敗奔上邽，無從得援，沒奈何開城出降。

魏將豆代田先驅入城，擄得夏宮中后妃，並在獄中擇出奚斤等人，送交魏主。魏主大喜，入城安民，置酒高會，令豆代田就座左席，位出諸將上，並呼奚斤至前道：「全汝生命，賴有代田，汝宜膝行奉酒，方可報

第十回　逃將軍棄師中虜計　亡國後侑酒作人奴

德。」奚斤不敢違命，只好捧觴至代田前，屈膝奉飲。代田起座接受，一飲而盡。魏主又命將夏后釋縛，喚她侑宴，令就代田處斟酒。代田見她低眉半蹙，淚眼微紅，一種嬌愁態度，令人暗暗生憐，便起稟魏主道：「她也是一個主母，望陛下稍稍顧全！」魏主微笑道：「你愛她麼，我便把她賜你便了。」代田喜出望外，出座拜謝，及酒闌席散，便將夏后領去，享受美人滋味，越宿又接到詔敕，晉封井陘侯，加散騎常侍右衛將軍，既邀豔福，復沐寵榮，真個是喜氣重重，得未曾有了。只難為了赫連定，叫他作元緒公。

平涼既下，長安一帶，復為魏有，魏主留巴東公延普鎮安定，鎮西將軍王斤鎮長安，自率各軍還平城。那夏主定僅保上邽，所有故土，多半失去，自思東隅難復，不如改闢西境，還可取彼償此，再振雄圖。

當時隴西有西秦國，係鮮卑種族，初屬苻秦，苻秦敗亡，乞伏國仁，據有涼州、臨洮、河州，自稱大單于，領秦、河二州牧。國仁死，弟乾歸嗣，盡有隴西地，始稱秦王，歷史上號為西秦。乾歸為兄子公府所弒，公府復為乾歸子熾磐所殺，熾磐併吞南涼禿髮氏（禿髮傉檀為西秦所滅事見晉史），拓地益廣。傳子暮末，屢與北涼戰爭，師財勞匱，眾叛親離。暮末不得已向魏乞降，魏遣將往迎暮末，暮末焚城邑，毀寶器，率部民萬五千人東行。道出上邽，正值夏主定有心西略，便出兵邀擊。暮末不敢爭鋒，退保南安，夏主定令叔父韋伐，驅兵進逼，即將南安城圍住。城中無糧可依，人自相食，秦侍中出連輔政，乞伏國祚及吏部尚書乞伏跋跋，逾城奔夏。暮末窘急萬狀，只好面縛輿櫬，出城請降。

夏將韋伐，把暮末送至上邽，又將乞伏氏宗族五百餘人，悉數擒獻，當被夏主定嚴刑屠戮，殺得一個不留。危亡在即，還要如此慘虐，安得不自速其死！復驅秦民十餘萬口，自治城渡河，欲奪北涼疆土，作為根據。

不意吐谷渾（吐讀如突，谷讀如欲）王慕璝，驟發勁騎三萬人，前來襲擊，頓令這癡心妄想的赫連定，從此了結，一命嗚呼。

吐谷渾也是鮮卑支派，遠祖名叫谷吐渾，為晉初鮮卑都督慕容廆庶兄，舊居遼西。遷往陰山，再傳至孫葉延，頗好學問，用王父字為氏，故國號吐谷渾。又三傳至阿豺，據有並、氐、羌地方數千里，自稱驍騎將軍沙州刺史。宋景平初年，通使江南，進獻方物，宋少帝封為澆河公，未及拜受。至宋主義隆入嗣，始受冊命。阿豺有子二十人，臨死時，命諸子各獻一箭，共得二十支。又召母弟慕利延入帳，令他取折一箭，應手而斷，更命把十九箭總作一束，再使取折，慕利延費盡腕力，不損分毫。阿豺顧語子弟道：「汝等可共視此箭，孤單易折，眾厚難摧，願汝等戮力同心，保全社稷！」至理名言，不可勿視。言訖即逝。

弟慕璝嗣立，奉表至宋，宋封為隴西公，慕璝又遣使通魏，魏亦封為大將軍。至是聞夏主西來，遂遣慕利延等率騎三萬，沿河截擊，乘著夏兵半濟，奮殺過去。夏兵大半溺死，夏主定拖泥帶水，登岸飛逃，偏被敵騎逾河追至，七手八腳，把他拖去。當下置入囚車，獻與慕璝，慕璝又遣侍郎謝太寧，押定送魏。魏主燾即令斬定，且嘉獎慕璝，加封為西秦王。

既而赫連昌亦叛魏西走，為河西軍將格斃，並收捕赫連昌子弟，一併誅夷。夏傳三主而亡，勃勃子孫，被誅殆盡。小子有詩嘆道：

侈言徽赫與天連（勃勃改姓赫連即本此意），三主相傳廿六年；
虎父不能生虎子，平城流血幾成川。

夏已滅亡，上邽為氐王所據，自稱都督雍、涼、秦三州軍事，且發兵進窺漢中，與宋構釁。欲知詳情，俟下卷說明。

宋主欲規復河南，何不先用檀道濟，而乃命怯懦無能之庸帥，僥倖一

第十回　逃將軍棄師中虜計　亡國後侑酒作人奴

試，痴望成功？魏兵之不戰而退，明明是欲取姑與之謀，譬如鷙鳥搏食，必先斂翼，然後一往無前。王仲德雖尚能料事，顧亦徒託空言，未嘗預備。至於魏兵再下，宋師屢敗，始用檀道濟以援應之，晚矣！道濟之唱籌量沙，古今傳為奇計，但只能卻敵，不能破敵，大好中州，終淪左衽，嗟何及耶！赫連兄弟，先後就擒，男作俘囚，女作妾媵，未始非勃勃殘惡之報。赫連定已經授首，赫連昌尚屬倖存，受魏封爵，娶魏公主，假令安分守己，不生異圖，則赫連氏何至無後？乃復叛魏西走，卒至全族誅夷，凶人之後，其果無噍類也乎！

第十一回

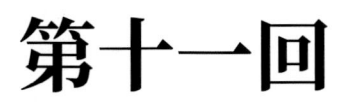

破氐帥收還要郡　殺司空自壞長城

第十一回　破氐帥收還要郡　殺司空自壞長城

卻說關隴南面，有一勝地，叫做仇池，地方百頃，平地起凸，四面斗絕，高約七里有奇，統是羊腸曲道，須經過三十六個回峰，力登絕頂。上面水草豐美，且可煮鹽，向為氐族所據。東漢末年，氐族頭目，姓楊名騰，占據此地。其孫名千萬，稱臣曹魏，受封百頃王，再傳至楊飛龍，勢漸強盛，晉封他為平西將軍。飛龍無嗣，養外甥令狐茂搜為子，茂搜冒姓楊氏，又三傳至楊初，自號仇池公。曾孫名纂，為苻秦所滅。苻秦敗亡，楊氏遺族楊定，亡奔隴右，收集舊眾千餘家，仍據仇池，徙居歷城（距仇池二十里，與山東之歷城不同），奪取天水、略陽等地，僭稱隴西王，後為西秦王乞伏乾歸所殺。從弟楊盛，留守仇池，自稱仇池公，出略漢中，向晉稱藩，晉封盛為徵西大將軍，兼仇池王。宋主篡晉，復封盛為車騎將軍，晉爵武都王。盛仍奉晉正朔，尚沿用義熙年號。

元嘉二年，盛病將死，授遺囑與子玄道：「我年已老，當終為晉臣，汝宜善事宋帝。」玄涕泣受命，及盛沒後，向宋告哀，始用元嘉正朔。宋令玄仍襲父爵，玄又通好北魏，受封征南大將軍兼南秦王。才越四年，又復病劇，召弟難當入，語道：「今國境未寧，正須撫慰，我子保宗，年尚沖昧，煩弟繼承國事，毋墜先勳！」難當固辭，願輔立保宗。至玄死發喪，難當果不食言，立保宗為嗣主。偏是難當妻姚氏，密語難當道：「國險未平，應立長君，奈何反事孺子呢？」婦人專喜播弄是非。難當聽信婦言，竟將保宗廢去，自稱都督雍、涼、秦三州軍事，兼徵西大將軍秦州刺史武都王。

可巧赫連族滅，上邽空虛，他即命子順收取上邽，充任留守。又授保宗為鎮南將軍，使戍宕昌。保宗謀襲難當，事洩被拘。難當又欲併吞漢中，伺隙思逞（補敘詳明）。

會梁州刺史甄法護，刑政不修，宋主特遣刺史蕭思話代任，思話尚未

涖鎮，那楊難當又乘機先發，調撥兵將，徑襲梁州。甄法護本來糊塗，一切兵備，統已廢弛，驚聞氐眾到來，嚇得魂馳魄散，慌忙挈領妻孥，逃出城外，奔投洋州。氐眾當然入城。

蕭思話到了襄陽，接得梁州失守的消息，忙遣司馬蕭承之，率五百人前進，長史蕭汪之，率五百人為後應。看官聽著！這蕭承之就是後來齊太祖的父親，前為濟南太守，曾用空城計卻魏（事見前回）。此次調任漢中太守，偕思話東行，兼充行軍司馬。既奉思話軍令，作為前驅，自思隨兵太少，應該沿途招募，便陸續收集丁壯，約得千人，乃進據礏頭。

楊難當焚掠漢中，引眾西還，留將軍趙溫居守梁州，溫令魏興太守薛健據黃金山，副守姜寶據鐵城。鐵城與黃金山相對，僅隔里許，斫樹塞道，阻截宋軍。蕭承之遣陰平太守蕭坦，進攻二戍，掃除蕪穢，長驅直達，先拔鐵城，繼下黃金山，殺得薛健、姜寶大敗而逃。趙溫親自出馬，來攻坦營，坦又出兵奮擊，舞刀先進，左斫右劈，殺死氐眾數十人。後面兵士隨上，攪破溫陣，溫知不可當，狼狽遁去。坦亦受創，退歸大營養痾，承之另遣司馬錫文祖，往戍黃金山。後隊蕭汪之亦至，還有平西將軍臨川王劉義慶（即道規繼子，見第七回）。方出鎮荊州，也遣將軍裴方明，帶兵三千，來助思話。思話派參軍王靈濟，率偏師出洋川，進向南城。氐將趙英，據險扼守，為靈濟所破，將英擒住。南城空虛，無糧可因，靈濟引軍退還，與承之合師。

承之督令諸軍追擊氐眾，行抵漢津，但見兩岸遍布敵營，中通浮橋，步騎雜沓，戈戟森嚴，料知有一場惡鬥，乃立營布陣，從容待戰。極寫承之。那敵營中的統帥，乃是楊難當子楊和，會集趙溫、薛健等人，據津拒敵，兵約萬餘。既見宋軍到來，便麾眾來攻，環繞承之行營，至數十匝。承之開營逆戰，因與敵接近，弓箭難施，只好各用短刀，上前力搏。偏氐

第十一回　破氐帥收還要郡　殺司空自壞長城

眾盡穿犀甲，刃不能入，承之急命將士截斷長稍，上繫大斧，橫砍過去，每一動手，砍倒氐兵十餘人，氐眾抵敵不住，紛紛潰散。楊和等逃回寨中，放起一把無名火來，將所有營帳及所築浮橋，盡行毀去，退保大桃。

既而蕭思話、裴方明等一齊馳至，與承之併力進攻，連戰皆捷，不但將大桃敵眾，悉數逐走，就是梁州亦唾手取來。從前楊盛時候，略漢中地，奪去魏興、上庸、新城三郡，至是且盡行克復，漢中全境，無一氐人。楊難當恐宋軍入境，慌忙上表謝罪，宋主義隆，方下詔赦宥。令蕭思話鎮守漢中，加號寧朔將軍。召蕭承之還都，令為太子屯騎校尉，收逮甄法護下獄，賜令自盡。此外有益州賊趙廣，秦州賊馬大玄，先後作亂，俱得蕩平，這也無容細表。

且說魏主燾既得河南，分兵戍守，加授崔浩為司徒，長孫道生為司空。道生平素儉約，得一熊皮為毯，數十年不易，魏主嘗使歌工作頌，有智如崔浩，廉如道生二語。浩更勸魏主偃武修文，徵求世冑遺逸，得范陽人盧玄，博陵人崔綽，趙郡人李靈，河間人邢穎，渤海人高允，廣平人遊雅，太原人張偉等，各授中書博士。唯崔綽以母老為辭，不肯受官。浩又改定律令，除四歲五歲刑律，增一年刑，授議親議貴議功諸例，凡官階九品以上，得酌量減免，婦人當刑而孕，概令延期，待產後百日，始按律取決。闕下懸登聞鼓，使冤民得詣闕伸訴，擊鼓上聞，輿情僉服，國內稱治。一面欲通好江左，息爭安民，乃請命魏主，令散騎侍郎周紹南來，至宋聘問，並乞和親。宋主含糊作答，但遣使臣魏道生報聘，嗣是兩國使節，往來不絕。

魏主立子晃為太子，又派散騎常侍宋宣至宋，為太子求婚，宋主仍然支吾對付，卒無成議，唯南北和好，約得十餘年，好算是魏主的美意。應該使南人領情。

宋主義隆，聞魏主求賢恤民，也下了幾道勸農舉才的詔敕，無如親貴擅權，吏胥舞法，就使有幾個遺賢耆老，怎肯冒昧出山，虛縻好爵。武帝時，嘗召武陽人李密為太子洗馬，密願終養祖母劉氏，上了一篇陳情表，決意辭徵（作者誤，此係晉武帝）。武帝只好收回成命，許令終養。還有譙郡戴逵子顒，承父遺訓，雅好琴書，屢徵不起。南陽人宗炳，與妻羅氏，並隱江陵，亦終不就徵。他如廣武人周續之，臨沂人王弘之，魯人孔淳之，枝江人劉凝之等，均立志高尚，迭經宋廷召用，並皆固辭。最著名的是尋陽陶淵明先生，他名潛，字元亮，係晉大司馬陶侃曾孫，晉季曾為彭澤縣令，郡遣督郵至縣，故例應束帶迎見，淵明慨然道：「我不能為五斗米折腰！」乃解組自歸。隨賦〈歸去來辭〉，自明志趣。門前種五柳樹，因作《五柳先生傳》，為己寫照。妻翟氏亦與同志，偕隱慄里，淵明前耕，翟氏後鋤，並安勤苦，不慕榮利。宋司徒王弘，為江州刺史時，嘗使淵明友人龐通之，齎著酒餚，邀他共飲。淵明嗜酒，欣然應召，入座便飲。俄頃弘至，淵明只自飲酒，不通姓名，既醉即去。平時所著文章，必書年月，但在晉義熙以前，嘗署年號，一入宋初，唯署甲子，隱寓不事宋室的意思。宋主義隆，正擬遣發徵車，適淵明病歿，方才罷議，後世號淵明為靖節先生。疊敘高人，以愧干祿之士。

　　王弘聞訃，亦嘆息不置。元嘉九年，弘進爵太保，才閱月餘，亦即逝世。王華、王曇首又皆病終。荊州刺史彭城王義康已入任司徒，錄尚書事，至是因元老喪亡，遂得專握政權。領軍將軍殷景仁升任尚書僕射，太子詹事劉湛升任領軍將軍。湛本為景仁所引，既沐榮寵，卻暗忌景仁。且前時曾為彭城長史，與義康有僚佐情，遂格外巴結義康，想將景仁擠排出去。是謂小人。偏偏景仁深得主心，更加授中書令兼中護軍。湛未得加官，但命兼任太子詹事，湛益憤怒，與義康並進讒言，詆毀景仁。宋主始

第十一回　破氐帥收還要郡　殺司空自壞長城

　　終不信，待遇景仁，反且加厚。景仁亦知劉湛排己，嘗對親舊嘆息道：「引虎入室，便即噬人！」乃託疾辭職，累表不許，但令他在家養痾。湛尚不能平，擬令兵士詐為劫盜，夜入景仁私第刺殺景仁。謀尚未發，偏有人傳報宋主，宋主亟令景仁徙居西掖門，使近宮禁，因此湛計不行。宋主既知湛陰謀，何不立加窮治，乃使其連害骨肉耶？

　　嗣是義康僚屬，及湛相知的友人，潛相約勒，無敢入殷氏門。獨彭城王主簿劉敬文，有父名成，尚向景仁處求一郡守。敬文得悉，忙至湛第，長跪叩首，湛驚問何因？敬文嗚咽道：「老父悖耄，就殷家干祿，竟出敬文意外。敬文不知豫防，上負生成，闔門慚懼，無地自容！為此踵門請罪。」無恥已極。湛徐答道：「父子至親，奈何不先通知，此次且不必說，下次須要加防！」敬文聽了，如遇皇恩大赦一般，又搗了幾個響頭，方才辭出。作者亦太挖苦。

　　後將軍司馬庾炳之，頗有才辯，往來殷、劉二家，皆得相契，暗中卻輸忠宋主。宋主屢使炳之傳達密命，往諭景仁，景仁雖稱疾不朝，仍然有問必答，密表去來，俱令炳之代達，劉湛全然未知，但聞炳之出入殷家，也還道是探問疾病，不加猜疑。此等處何獨放心？

　　嗣因謝靈運得罪被收，宋主憐他多才，擬加赦宥。彭城王義康，聽劉湛言，說他恃才傲物，犯上作亂，定須置諸重典，乃流戍廣州。究竟靈運有何逆跡，待小子略略敘明。靈運前曾蒙召為祕書監（見第九回）。使整理祕閣書籍，補足闕文，且命他撰述晉書。他嘗挾才自詡，意欲入朝參政，不料應召以後，但教他職司翰墨，未免心下怏怏，所以奉命撰史，不過粗立條目，日久無成。及遷任侍中，朝夕引見，或陳詩，或獻字，宋主嘗稱為二寶，輒加嘆賞。唯總不令他參預朝綱，因此靈運益覺不平，時常稱疾不朝。有時出郭遊行，兼旬不返，既未表聞，又不請假，廷臣嘖有煩

言。宋主亦嫌他不守官方，諷令辭職，靈運始上表陳疾，奉旨東歸。

族父謝方明，為會稽太守，靈運即往省視，與方明子惠連相見，大加賞識。又與東海人何長瑜，潁川人荀雍，泰山人羊璇之，詩酒倡和，聯為知交，惠連亦得與列，稱為四友。謝氏本為名族，靈運得先世遺資，畜養僮奴數百人，又得門生數百，同遊山澤間，窮幽極險，伐木開徑，百姓驚擾，目為山賊。可巧會稽太守，換了一個新任官，叫做孟顗，顗迷信佛教，靈運獨面諷道：「得道須慧業文人，公生天當在靈運前，成佛必在靈運後。」顗深恨此言，遂與靈運有隙，上書奏訐。靈運原是多嘴，孟顗亦覺逞刁。

靈運忙詣闕自訟，得旨令為臨川內史。一行作吏，仍然遊放自若，為有司所糾劾，遣使逮治，偏他抗衡不服，竟將來使執住，且作詩道：「韓亡子房奮，秦帝魯連恥，本自江海人，忠義感君子。」這詩一傳，有司越加藉口，稱為逆跡昭著，興兵捕住靈運，請旨正法。還是宋主特別垂憐，連義康面奏諸詞，都未聽從，才得免死流粵。也是靈運命運該絕，又有人奏了一本，說他私買兵器，糾結健兒，欲就三江口起事。那時宋主只好割愛，飭令在廣州棄市。看官！你想靈運是個文人，怎能造反？無非是文辭狂放，觸怒當道，徒落得身首異處，貽恨千秋呢！實是一種文字獄。

未幾又由劉湛主謀，要把那宋室長城，憑空毀壞。真個是讒人罔極，妨功害能，說將起來，可痛！可恨！當時宋室良將，首推檀道濟，自歷城全師退歸，進位司空，仍然還鎮尋陽（即江州）。左右心腹，並經百戰，有子數人，如給事黃門侍郎檀植，司徒從事中郎檀粲，太子舍人檀隰，征北主簿檀承伯，祕書郎檀遵等，又皆秉受家傳，才具卓犖。功高未免震主，氣盛益足陵人，朝廷已時加疑忌，留意豫防。會宋主寢疾，歷久不癒，劉湛密語義康道：「宮車倘有不測，餘無足憂，最可慮的是檀道濟。」

第十一回　破氐帥收還要郡　殺司空自壞長城

義康道：「君言甚是，應如何預先處置？」湛答道：「莫如召他入朝，但託言索虜入寇，要他來都面議，如欲乘此除患，便容易下手了。」

義康點首稱善，入白宋主，請召道濟入朝。宋主神疲意懶，無暇問明底細，但模糊答應了一聲，義康遂飛詔馳召。道濟接到詔敕，即整裝起行，妻向氏語道濟道：「震世功名，必遭人忌，今無故相召，恐不免及禍哩！」頗有見識，但奉召不入，亦屬非是。道濟道：「詔敕中說有邊患，不得不赴，諒來亦無甚妨礙，卿可放心！」言為心聲，可見道濟存心不貳。隨即啟程入都。

及至建康，與義康等晤談，義康謂索虜已退，只是主疾可憂。道濟遂入宮問疾，見宋主卻是狼狼，略略慰問，便即趨出。嗣是宋主病勢，牽纏不退，道濟只好在都問安，計自元嘉十二年冬季入都，直至次年春暮，始見宋主少瘥，乃辭行還鎮。方才下船，忽有中使馳至，謂聖躬又復不安，仍命他返闕議事。道濟不敢不依，還入都城，甫至闕下，忽由義康出來，指示禁軍，拿下道濟，且令他跪聽宣敕，旁邊趨出劉湛，即捧敕朗讀道：

檀道濟階緣時幸，荷恩在昔，寵靈優渥，莫與為比，曾不感佩殊遇，思答萬分，乃空懷疑貳，履霜日久。元嘉以來，猜阻滋結，不義不暱之心，附下罔上之事，固已暴之民聽，彰於遠邇。謝靈運志凶辭醜，不臣顯著，納受邪說，每相容隱，又潛散金貨，招誘剽猾逋逃，必至寔繁彌廣，日夜伺隙，希冀非望。鎮軍將軍王仲德，往年入朝，屢陳此跡，朕以其位居臺鉉，預班河嶽，彌縫容養，庶或能革。而乃長惡不悛，凶慝遂邁，因朕寢疾，規肆禍心。前南蠻行參軍龐延祖，具悉奸狀，密以啟聞。夫君親無將，刑茲罔赦，況罪釁深重，若斯之甚，便可收付廷尉，肅正刑書，事止元惡，餘無所向。特詔！

道濟聽畢詔書，不禁大憤，張目注視劉湛，好似電閃一般。轉思已落

人手，多言無益，索性脫幘投道地：「乃壞汝萬里長城！」說著，即起身自投獄中。那陰賊險狠的劉湛，竟慫惥義康，收捕道濟諸子，令與乃父一同牽出，駢首都市。還有隨從道濟的參軍薛彤，一體收斬。又遣尚書庫部郎顧仲文，建武將軍茅亨，領兵至尋陽，捕繫道濟妻向氏，少子夷、邕、演等，及參軍高進之，悉置死刑。道濟有子十一人，統遭駢戮，諸孫亦死，只留邕子孺一人，使續檀氏宗祀。何罪至此？薛彤、高進之，皆有勇力，為道濟所倚任，時人比為關羽、張飛。魏人聞道濟被誅，私自慶賀道：「道濟一死，吳人均不足畏了！」小子走筆至此，也不禁為道濟呼冤。即自錄一詩道：

百戰經營臣力多，無端讒構起風波。
都門脫幘留遺恨，壞汝長城可奈何！

義康與湛既冤殺檀道濟，宋主病亦漸癒。忽有前滑臺守將朱修之，自虜中逃歸，替燕求援。欲知燕國詳情，容至下回再敘。

蕭承之力破氐眾，為蕭氏篡劉之濫觴，故本回特別敘明；志功首，即所以記禍始也。劉湛列元嘉五臣之一，而二王迭逝，彭城秉政，乃隱結義康，以排殷景仁，始聯殷而得主寵，繼傾殷而欲自專，小人變詐，幾不勝防，無怪景仁之引為長嘆也。謝靈運之被誅，當時謂其逆跡昭著，而史官獨以恃才凌物，為其致禍之由，誠有特見。靈運一文人耳，吟詩遭忌，鍛鍊深文，刑重罰輕，已為可憫。檀道濟以不世之功，罹不測之禍，自壞長城，冤無從訴。乃知陶靖節之歸隱柴桑，自耽松菊，其固有加人一等者歟！本回連類匯敘，彰癉從公，益可見下筆之不苟云。

第十一回　破氐帥收還要郡　殺司空自壞長城

第十二回

燕王弘投奔高麗　魏主燾攻克姑臧

第十二回　燕王弘投奔高麗　魏主燾攻克姑臧

卻說燕主馮弘，為後燕中衛將軍馮跋弟。跋嘗得罪後燕，亡命山澤。後燕主慕容熙（即慕容寶之叔）淫荒失德，跋即乘勢作亂，推慕容氏（即慕容寶）養子高雲為主，弒慕容熙。雲自稱天王，尋復遇弒，由跋代定國亂，繼為燕主，定都龍城，史家稱為北燕。魏遣使臣於什門至燕，敕令稱藩，馮跋不從，拘住於什門，迫令投降。什門不屈，跋亦不肯遣歸，魏遂與燕有隙，屢次鏖兵。既而馮跋病劇，命太子翼攝政，跋妃宋氏，欲立親子受居，迫翼退居東宮。跋弟弘乘間入閣，便即篡位，跋竟驚死。弘殺太子翼，及跋子弟百餘人。

魏主燾再督兵伐燕，連敗燕兵，燕尚書郭淵，勸弘送款獻女，向魏求和。弘搖首道：「負釁在前，結怨已深，就使屈志降敵，也未必保全，不如另圖別計。」乃再行調兵，與魏相持，魏降將朱修之，繫懷祖國，因魏主自出攻燕，擬與前時被俘諸南人，聯繫起事，往襲魏主，事成歸宋。當下商諸毛修之，毛修之亦係宋臣，被擄多年，甘心事魏，不肯相從。同名不同姓，同跡不同心，我為一嘆（毛修之被擄見第六回）。朱修之恐他洩謀，逃奔入燕。燕主弘遣令歸宋，乞師北援，因即泛海南行，仍返故都。看官！你想此時的彭城王義康，及領軍將軍劉湛，方自壞長城，冤殺良將，還有何心去援北燕，再伐北魏！朱修之替燕求救，徒託空言，唯得了一個官職，充任黃門侍郎，沒奈何蹉跎過去。

魏主燾聞南人謀變，引兵西還，燕得苟延旦夕。不意內訌復起，反召外侮，遂令馮弘自取危禍，從此敗亡。

原來弘妻王氏，生有三子，長名崇，次名朗，又次名邈，妾慕容氏生子王仁，及弘已篡國，以妾為妻，竟立慕容氏為后，王仁為太子。崇受封長樂公，出鎮遼西，朗與邈私議道：「今國家將亡，無人不曉，我父又聽慕容氏讒言，恐我兄弟要先遭慘禍了，不如先走為是。」乃同奔遼西，勸

兄降魏。嫡庶相爭，非亂即亡，弘之得國也在此，其失國也亦在此，可謂天道好還。崇遂使邈赴魏都，舉郡請降。

馮弘聞三子賣國，勃然大怒，立遣部將封羽往討。崇再向魏求救，魏授崇為車騎大將軍，兼幽、平二州牧、封遼西王，食遼西十郡。更派永昌王拓跋健，左僕射安原，往援遼西，進攻龍城。拓跋健到了遼西，探得燕將封羽，在凡城駐兵，便遣裨將樓勃，率五千騎兵往攻，封羽不戰即降，凡城復為魏有。

馮弘大懼，不得已遣使至魏，情願納女求成。魏主燾索還於什門，且令燕太子王仁為質，方許罷兵。弘乃遣於什門歸燕，什門在燕二十一年，終不屈節，魏主比為蘇武，拜治書御史。唯弘子王仁，仍未遣往，由魏使徵令入朝。弘鍾愛少子，當然遲疑，更兼寵後慕容氏，從旁阻撓，掩袖工啼，牽袍搵淚，惹得這位燕王弘，倍加憐惜，寧可亡國，不肯割愛。小不忍，則亂大謀。

散騎常侍劉滋入諫道：「從前蜀劉禪依山為固，吳孫皓據江為城，後來頓為晉俘，可見得強弱不同，終難倖免。今魏比晉強，我且不如吳蜀，若不從魏命，恐速危亡，還請陛下暫舍太子，令他入魏。一面修政治，撫百姓，收離散，賑饑窮，勸農桑，省賦役，維持國本，返弱為強，那時魏主亦不敢輕視，太子自得重歸了。」計劃甚是。道言未絕，弘已拍案道：「你也有父子情誼，難道教朕送兒就死麼？」滋亦抗聲道：「陛下遣子往魏，子未必死，國家可保；否則危亡在即，不但失一太子呢！」弘更大怒道：「逆臣咒詛朕躬，罪無可赦，左右快將他綁出朝門，斬首報來！」左右一聲遵旨，便將劉滋綁出，一刀了命（可與龍逄、比干共傳不朽，故本書不肯略過）。

第十二回　燕王弘投奔高麗　魏主燾攻克姑臧

　　隨即叱還魏使，另遣使至建康，稱藩乞援。宋廷稱他為黃龍國，會燕使齎還詔書，封弘為燕王，但未嘗出師相救，弘料不可恃，再命部將湯燭，奉貢魏都，託言太子有疾，故未遣質。魏主燾知他飾詞，下詔逐客。先命永昌王拓跋健等伐燕，割取禾稼，繼命驃騎大將軍樂平王拓跋丕，鎮東大將軍徒河、屈垣等，帶領騎兵四萬，直搗龍城。弘聞報大懼，亟備牛酒犒師。魏將屈垣先到城下，由弘遣發部吏，牽羊擔酒，犒勞魏兵，並令太常卿楊崏求和。屈垣道：「汝國不送侍子，所以我軍前來；如果悔罪投誠，速將侍子獻出，不得遲延！」楊崏唯唯而還。屈垣待了一日，未見覆音，乃縱兵大掠，虜得男女六千餘口。未幾拓跋丕亦至，麾兵薄城。燕主弘既憂外侮，復捨不得膝下寵兒，害得徬徨失措，晝夜不安。沒奈何再遣楊崏出城，限期送入侍子，求他退兵。拓跋丕總算應允，許以一月為期，自率四萬騎兵，及所掠人口，從容退去。轉眼間限期已滿，弘仍未踐約，楊崏一再入勸，弘答道：「我終不忍出此，萬一事急，不如東投高麗，再圖後舉。」崏對道：「魏用全國兵力，來壓中國，理無不克，高麗也是異族，始雖相親，終必為變，不可不防！」燕臣非無智慮。弘終不從，密遣尚書陽伊，東往高麗，請發兵相迎。陽伊未返，魏師又來，弘又向魏進貢方物，願送侍子入質。魏主燾到了此時，卻不肯應許了，魏平東將軍娥清，安西將軍古弼，奉魏主命，率精騎萬人，殺入燕境，再檄平州刺史拓跋嬰，調集遼西諸軍，一齊會合，鼓行而進，攻陷白狼城，入搗燕都。湊巧燕尚書陽伊，也乞得高麗兵將數萬人，來迎燕主，進屯臨川。燕尚書令郭生，不欲東遷，驟開城門納魏兵。魏兵疑他有詐，未敢徑入，郭生竟勒兵攻弘。弘急引高麗將葛盧、孟光入城，與生交鋒。生中箭倒斃，餘眾奔散。葛盧、孟光，乘勢掠取武庫，搬出甲冑刀械，頒給高麗兵士。高麗兵易去舊褐，煥然一新，且見城中人民殷實，索性任情打劫，徹夜不休。燕

民何辜！燕主弘遂迫民東徙，縱火焚去宮闕，但攜細軟什物，出城啟行。令后妃宮人被甲居中，陽伊率兵外護，葛盧、孟光殿後，方軌並進，綿亙八十餘里。

魏將古弼因高麗兵眾，立營自固，作壁上觀。至燕主東行，弼正舉酒獨酌，陶然忘情。忽由部將高苟子入報，請率騎兵追擊燕人，弼已含有醉意，拔刀斫案道：「誰敢打斷老夫酒興，如再多言，便即斬首！」高苟子伸舌而退。弼醉後就寢，翌日始醒，聞燕主已經遁去，始有悔意，乃率兵馳入龍城，據實奏報。不到數日，即有檻車到來，責弼擁兵縱寇，把他拘去，並召還娥清，一律加罪，黜為門卒。另派散騎常侍封撥，馳詣高麗，飭他送弘入魏。

高麗王高璉不肯送弘，但覆書魏都，謂當與馮弘俱奉王化。魏主燾恨他違命，擬發兵進討，還是樂平王丕上書規諫，方才罷議。弘到了高麗，由高璉遣人郊勞道：「龍城王馮君，遠來敝郊，敢問士馬勞苦否？」弘且慚且憤，還要擺著皇帝架子，使人齎著詔書，譙讓高璉，太不自量，高璉未免動怒，不許入城，但令弘寓居平郭，嗣復徙往北豐。弘侈然自大，政刑賞罰，獨行獨斷，仍與在龍城時相似，惹得高璉怒上加怒，竟遣發騎士，馳至北豐，奪去馮弘侍臣，並把他太子王仁，一併拘去。令人一快。

看官試想！這馮弘為了愛子嬌妻，甘心棄國，此時仍弄到父子生離，哪得不悲憤交集？當下再遣密使，奉表宋廷，哀求援助，宋主遣吏王白駒等往迎馮弘，且飭高璉給資遣送。高璉益加憤恨，索性差了兩員大將，一是孫漱，一是高仇，帶了數百兵士，至北豐殺死馮弘，並弘子孫十餘人。慕容后如何下落，可惜史中未詳。

北燕自馮跋篡立，一傳即亡。高璉陽諡弘為昭成皇帝，但說他因病暴

第十二回　燕王弘投奔高麗　魏主燾攻克姑臧

亡，浼王白駒返報宋主。宋主原不過貌示懷柔，既聞馮弘病歿，也就罷休，不復追詰了。

　　魏主燾既滅北燕，乃進圖北涼。北涼沮渠氏，世為匈奴左沮渠王，以官為姓。後涼主呂光，背秦自立，用那沮渠羅仇為尚書（後涼興滅，見《兩晉演義》），出伐西秦，竟致敗績。呂光歸罪羅仇兄弟，將他處斬，羅仇從子蒙遜，起兵報怨，推太守段業為涼州牧，自為部將，擊敗後涼，擒住呂光姪呂純。段業遂自稱涼王，用蒙遜為尚書左丞，歷史上稱為北涼。蒙遜功高權重，為業所忌，出為西平太守，因密約從兄男成，謀共除業。男成亦輔業有功，不從蒙遜計議，蒙遜先譖男成，令業賜男成自盡，然後託詞糾眾，為兄報仇。陰害從兄，為弒主計，仁義安在？遂攻入涼州，弒了段業，自為大都督大將軍涼州牧，兼張掖公。至後涼為後秦所滅，令南涼主禿髮傉檀據守姑臧，蒙遜擊走傉檀，即將姑臧奪來，作為國都，挈族遷居，加號河西王。嗣又破滅西涼，得地更廣（蒙遜滅西涼見第七回）。嘗遣使通好江南，迭受冊封，又遣子安周入侍北魏，魏亦遣官授冊。兩頭討好，計亦甚狡。僭號至二十餘年，免不得驕淫起來。西僧曇無讖自言能使鬼治病，且有祕術，為蒙遜所信重，尊為聖人，令諸女及子婦，皆往受教。恐他是肉身說法。魏主燾獨通道教，甚嫉釋徒，聞蒙遜禮事西僧，遂遣尚書李順，往徵無讖。蒙遜抗命不遣，因此失魏主歡。李順屢至姑臧，蒙遜漸不為禮，甚至箕踞上坐，受書不拜。順正色道：「齊桓公九合諸侯，一匡天下，周天子賜胙，命無下拜。桓公猶謹守臣道，下拜登受。今王不及齊桓，我朝又未嘗諭王免拜，乃反驕蹇無禮，莫非輕視我朝不成！」這一席話，說得蒙遜神色悚惶，方起拜受詔。

　　順辭行歸魏，魏主問燾及涼事，順答道：「蒙遜控制河右，將三十年，粗識機謀，綏集荒裔，雖不能貽厥孫謀，尚足傳及一世。唯禮為德輿，敬

為德基，蒙遜無禮不敬，死期將至，不出一兩年，就當斃命了。」魏主復問道：「易世以後，何時當滅？」順又道：「蒙遜諸子，臣皆見過，統是庸才，唯敦煌太守牧犍，較有器識，繼位必屬此人，但終不及乃父，這乃是天授陛下呢。」魏主喜道：「能如卿言，朕當記著！」果然過了一年，北涼遣使告哀，說是蒙遜已歿，由世子牧犍嗣位。魏主謂李順道：「卿言已驗，看來朕取北涼，亦當不遠了。」乃進授安西將軍，仍令他齎送封冊，拜牧犍為涼州刺史兼河西王。

牧犍有妹興平公主，曾由魏主求為夫人，蒙遜前已允諾，尚未遣送，至是牧犍奉父遺命，特派右丞李虨，送妹入魏，得冊為右昭儀。魏主亦願將親妹武威公主，嫁與牧犍，牧犍仍遣李虨迎歸。彼此聯姻，共敦睦誼，總道是親戚關係，可以無虞，偏魏主徵令牧犍子封壇，入侍左右。牧犍雖然不願，也只好唯命是從。且因魏使李順，仍然往來，特厚加饋賂，託他斡旋，所以魏主欲依順前言，加兵北涼，均經順婉言勸止，暫免兵戈。

忽有老人在敦煌東門，投入書函，函中寫著：「涼王三十年若七年。」守吏得書，視為奇事，四處尋覓老人，並無下落，乃將原書呈獻牧犍。牧犍也是不懂，召問奉常張慎（奉常宦官），慎答道：「臣聞虢國將亡，有神降莘，願陛下崇德修政，保有三十年世祚；若好遊畋，耽酒色，臣恐七年以後，必有大變。」可作警鐸。牧犍聽了，很是不樂。

原來牧犍有嫂李氏，色美好淫，牧犍兄弟三人，均與通姦，唯婦人格外勢利，對著牧犍，特別加媚，大得牧犍歡心，獨王后拓跋氏（即武威公主）看不過去，常有怨言。李氏遂與牧犍姊密商，寘毒食中，謀斃王后。牧犍姊何故通謀，莫非想做魯文姜麼？幸拓跋氏稍稍進食，便覺腹痛，自知遇毒，即令內侍飛報魏主。魏主燾急遣解毒醫官，乘傳往救，始得告痊。醫官還報魏主，魏主又傳諭牧犍，索交李氏，牧犍與李氏結不解

第十二回　燕王弘投奔高麗　魏主燾攻克姑臧

緣，怎肯將她獻出，佯對魏使，將李氏黜居酒泉，其實是關窟藏嬌，仍與往來。

魏主再遣尚書賀多羅至涼州，探伺牧犍舉動。多羅返報，謂牧犍外修臣禮，內實乖悖，魏主乃更問崔浩。浩答道：「牧犍逆萌已露，不可不誅！」於是大集公卿，會議出師。自奚斤以下三十餘人，統說牧犍心雖未純，職貢無闕，朝廷待以藩臣，妻以公主，原為羈縻起見，今罪惡未彰，應加恕宥。且北涼土地鹵瘠，難得水草，若往攻不下，野無所掠，反致進退兩難，不如不討為是。魏主因李順常使北涼，復詳加諮詢。順至北涼已有十二次，前時亦嘗得蒙遜賂遺，及牧犍嗣立，贈饋加厚，乃偽語道：「姑臧附近一帶，地皆枯石，野無水草，城南天梯山上，冬有積雪，深至丈餘，春夏消釋，下流成川，居民引以灌溉。若我軍往討，彼必決通渠口，洩去積水，並且無草可資，人馬飢渴，如何久留！奚斤等所言，不為無見，還請陛下三思！」

魏主召入崔浩，與述眾議，浩對眾辯論道：「《漢書‧地理志》曾謂涼州畜產，素來饒富，若無水草，畜何由蕃？且前人築造城郭，建設郡縣，定有地利可因，難道無水無草，尚可立足麼？如謂人民汲飲，全恃雪水，試想雪水消融，僅足斂塵，何能通渠灌溉？似此妄言，只可欺人，何能欺我！」數語道破，不啻親睹。李順又接口道：「眼見是真，耳聞是假，我嘗親見，何必多辯！」浩厲聲道：「汝受人金錢，便以為我目不見，樂得替人掩飾麼？」順被浩說出心病，禁不住滿面羞慚，低首而退。奚斤亦即趨出。

振威將軍伊䭿獨留白魏主道：「涼州若果無水草，涼人如何立國？眾議皆不可用，請從浩言！」魏主乃治兵西郊，下敕親征，留太子晃監國，宜都王穆壽為輔。又使大將軍嵇敬，率二萬人屯漠南，防禦柔然，自率大

軍登程。傳詔北涼，數牧犍十二罪，結末有數語道：「汝若親率群臣，委贄遠迎，謁拜馬首，尚不失為上策；至六軍既臨，面縛輿櫬，已是下策；倘執迷不悟，困死孤城，自甘族滅，為世大戮，乃真正無策了。」

牧犍受詔不報，魏主遂由雲中渡河，至上郡屬國城，部分諸軍，命永昌王拓跋健，尚書令劉潔，與常山王拓跋素為先鋒，兩道並進，樂平王拓跋丕，陽平王杜超為後繼，用平西將軍禿髮源賀為鄉導。源賀係禿髮傉檀子，入魏拜官，由魏主詢問徵涼方略，源賀答道：「姑臧城旁，有四部鮮卑，均係祖父舊民，臣願處軍前，宣揚威信，他必相率歸命。外援既服，取孤城如反掌了。」魏主稱善。源賀沿途招慰，收得諸部三萬餘人，魏軍得專攻姑臧。永昌王拓跋健，掠得河西畜產二十餘萬頭，北涼大震。

牧犍向柔然求救，柔然路遠不至，乃遣弟董來領兵萬人，出戰城南，略略爭鋒，便即潰退。牧犍嬰城固守，魏主親自督攻，見姑臧附近，水草甚饒，顧語崔浩道：「卿言已驗，可恨李順欺朕！」浩答道：「臣原不敢虛言呢。」魏主又遣使入城，諭令牧犍速降，牧犍還未肯應命，等到城中內潰，兄子萬年，領眾降魏，牧犍乃無法可施，面縛出降。計自牧犍嗣位至此，正滿七年（回應老人書中語）。

魏主但詰責數語，仍令釋縛，以妹婿禮相待。一面統軍入城，收撫戶口二十餘萬，所得倉庫珍寶，不可勝計。又使張掖王禿髮保周，龍驤將軍穆羆等，分徇諸部，雜胡聞風降附，又得數十萬人。魏主遂留樂平王丕及徵西將軍賀多羅，鎮守涼州，命牧犍帶領宗族，及吏民三萬戶，隨歸平城，北涼遂亡。

尚有牧犍弟無諱、宜得、安周等，前曾分戍沙州、酒泉、張掖等處，至此為魏軍所攻，相繼奔散。無諱又收集遺眾，更取酒泉，由魏主再遣永

第十二回　燕王弘投奔高麗　魏主燾攻克姑臧

昌王健，督軍往討。無諱窮蹙，方才請降。魏授無諱為徵西大將軍兼酒泉王，又封萬年為張掖王。無諱復有異志，再經魏鎮南將軍尉眷往擊，無諱食盡，與弟安周西走鄯善。鄯善王比龍怯走，城為無諱所據。無諱兄弟，又還據高昌，遣部吏汜雋奉表宋廷。宋封無諱為徵西大將軍河州刺史河西王，都督涼、河、沙三州軍事。無諱病死，弟安周繼得宋封，仍襲兄職，後為柔然所併。

萬年調任冀、定二州刺史，復坐謀叛罪賜死，就是牧犍父子，留居平城，忽被魏人告訐，說他隱蓄毒藥，姊妹皆為左道，朋行淫佚，毫無愧顏。終為西僧所誤。魏主遂將沮渠昭儀，勒令自盡，也怕做元緒公麼？並令司徒崔浩，賜牧犍死，誅沮渠氏宗族數百人。唯牧犍妻武威公主，係是魏主胞妹，才得保全。小子有詩嘆道：

休言婚媾本相親，隙末凶終反喪身；
才識丈夫應自立，事功由己不由人。

魏主已滅北涼，大河南北，盡為魏有，只有一氐王楊難當，尚據上邽，一隅僅保，免不得同就滅亡。欲知後事，再閱下回。

北燕、北涼，興亡之跡不同，而其因女色而亡也則同。馮弘以妾為妻，偏愛少子，沮渠、牧犍以叔盜嫂，下毒正妃，卒皆得罪強鄰，同歸覆滅。故弘之有妾慕容氏，牧犍之有嫂李氏，實皆燕涼之禍水，而以美色傾人家國者也。然馮弘之得國也，由於乃兄之寵宋夫人，嫡庶相爭，因亂竊位，故其受報也亦在於寵妾；沮渠、牧犍之嗣國也，由於乃父之譖殺男成，昆季相戕，託名報怨，故其受報也即在於豔嫂。報應之來，遲早不爽，閱者觀於燕、涼之遺事，有以知亡國之由來矣。

第十三回

捕奸黨殷景仁定謀　露逆萌范蔚宗伏法

第十三回　捕奸黨殷景仁定謀　露逆萌范蔚宗伏法

卻說氐帥楊難當，自梁州兵敗，保守己土，不敢外略，每年通使宋魏，各奉土貢。過了年餘，復自稱大秦王，立妻為王后，世子為太子，也居然大赦改元。釋出兄子楊保宗，使鎮薰亭。魏主燾聞難當僭號，即命樂平王拓跋丕，尚書令劉絜等，率軍進討。先遣平東將軍崔頤齎奉詔書，往諭難當，難當大懼，情願將上邽歸魏，令子順引還仇池。魏主才算允議，但飭拓跋丕入上邽城，撫慰初附，全軍還朝。

看官聽著！從前東晉時代，五胡並起，迭為盛衰，先後凡十六國，二趙（前趙、後趙）四燕（前燕、後燕、南燕、北燕）三秦（前秦、後秦、西秦）五涼（前涼、後涼、南涼、西涼、北涼）還有成夏，到了晉亡宋興，只有夏赫連氏，北燕馮氏，北涼沮渠氏，尚算存在。魏主燾連滅三國（滅夏見第九回，滅燕滅涼見前回）。於是竊據一方的酋長，剷除殆盡。總計十六國的土地，唯李雄據蜀稱成，三傳為晉所滅，中經譙縱攻取，復由劉裕克復（見第四回）。裕篡晉祚，蜀亦由晉歸宋，此外統為北魏所並，所以中國疆域，宋得三四，魏得六七，兩國對峙，劃分南北，後世因稱為南北朝（總揭數語，為上文結束，俾閱者醒目）。

魏以此時為最盛，威震塞外。就是西域諸國，如龜茲、疏勒、烏孫、悅般、渴槃陀、鄯善、焉耆、車師、粟特九大部落，先後入貢。遠如破落那、者舌二國，去魏都約萬五千里，亦向魏稱臣，極西如波斯，極東如高麗，統皆服魏，獨柔然不服，經魏主屢次出師，逐出漠北，部落亦漸漸離散，不敢入犯。魏主燾乃專意修文，命司徒崔浩，侍郎高允，纂修國史，訂定律歷，尚書李順，考課百官，嚴定黜陟。順素性貪利，未免受賄，品第遂致不平，魏主察破贓私，並憶及前時保庇北涼，面欺誤國等情，索性兩罪併發，立賜自盡；仕途為之一肅。

唯當時有嵩山道士寇謙之，宗尚道教，自言遇老子玄孫李譜文，授以

圖籍真經，令佐輔北方太平真君，因將神書獻入魏主。魏主轉示崔浩，浩竟擬為河圖洛書，極言天人相契，應受符命，說得魏主欣慰無似，下詔改元，稱為太平真君元年（即宋元嘉十七年）。尊寇謙之為天師，立道場，築道壇，親受符籙。謙之請魏主作靜輪宮，高約數仞，使雞犬無聞，才可上接天神。崔浩在旁慫恿，工費鉅萬，經年不成。崔浩為北魏智士，奈何迷信異端？太子晃入諫道：「天人道殊，高下有定，怎能與神相接？今耗府庫，勞百姓，無益有損，不如勿為。」魏主不聽，一意信從寇謙之。

這且慢表。且說宋主義隆，素好儉約，嘗戒皇后袁氏，服飾毋華，袁后亦頗知節省，得宋主歡。唯后族寒微，不足自贍，每由後代求錢帛，接濟母家。宋主雖然照允，但不肯多給，每約錢只三五萬緡，帛只三五十匹，後來選一絕色麗姝，納入後宮，大得宋主寵愛，不到數年，便加封至淑妃，與皇后止差一級。這淑妃姓潘，巧笑善媚，有所需求，輒邀宋主允許。袁皇后頗有所聞，故意轉託潘妃，向宋主索求三十萬緡。果然片語迴天，求無不應，僅隔一宿，即由潘妃報達袁后，如數給發。袁皇后佯為道謝，暗中卻深怨宋主，並及潘妃。往往託病臥床，與宋主不願相見。

宋主得新忘舊，把袁皇后置諸度外，每日政躬有暇，即往西宮餐宿。潘淑妃產下一男，取名為濬，母以子貴，子以母貴，潘淑妃越加專寵，宋主義隆亦越覺憐憐。區區老命，要在她母子手中送死了。古人有言，蛾眉是伐性的斧頭，況宋主本來羸弱，自為潘淑妃所迷，越害得精神恍惚，病骨支離；一切軍國大事，統委任彭城王義康。

義康外總朝綱，內侍主疾，幾乎日無暇晷，就是宋主藥食，必經義康親嘗，方准獻入。友愛益篤，倚任益專，凡經義康陳奏，無不允准。方伯以下，俱得義康選用，生殺予奪，往往由錄命處置（義康錄尚書事，見十一回），勢傾遠近，府門如市。義康聰敏過人，好勞不倦，所有內外文

第十三回　捕奸黨殷景仁定謀　露逆萌范蔚宗伏法

牘，一經披覽，歷久不忘，尤能鉤考釐別，務極精詳。唯生平有一極大的壞處，不學無術，未識大體。他自以為兄弟至親，不加戒慎，朝士有才可用，並引入己府，又私置豪僮六千餘人，未嘗稟報，四方獻饋，上品概達義康，次品方使供御。宋主嘗冬月啖柑，嫌它味劣。義康在側，即令侍役至己府往取，擇得甘大數枚，進呈宋主，果然色味俱佳，宋主不免動了疑心。還有領軍劉湛，仗著義康權勢，奏對時輒多驕倨，無人臣禮，宋主益覺不平。殷景仁密表宋主，謂相王權重，非社稷計，應少加裁抑，宋主也以為然。

　　義康長史劉斌、王履、劉敬文、孔胤秀等，均諂事義康，見宋主多疾，嘗密語義康道：「主上千秋以後，應立長君。」這句話是挑動義康，明明有兄終弟及，情願擁立義康的意思。可巧袁皇后一病不起，竟爾歸天，宋主悼亡念切，也累得骨瘦如柴，不能視事。原來宋主待后，本來恩愛，不過因潘妃得寵，遂致分情。袁皇后憤恚成疾，竟於元嘉十七年孟秋，奄奄謝世。臨終時由宋主入視，執袁后手，唏噓流涕，問所欲言。袁后不答一詞，但含著兩眶眼淚，注視多時，既而引被覆面，喘發而亡。宋主見了袁后死狀，免不得自嗟薄倖，悲悔交乘，特令前中書侍郎顏延之作一誄文，說得非常痛切，益使宋主悲不自勝，嘗親筆添入撫存悼亡感今懷昔八字，特詔諡后為元，哀思過度，舊恙復增。既有今日，何必當初？好幾日不進飲食，遂召義康入商後事，預草顧命詔書。義康還府，轉告劉湛。湛說道：「國勢艱難，豈是幼主所可嗣統？」義康流涕不答，湛竟與孔胤秀等，就尚書部曹索檢晉立康帝故例（康帝係成帝弟，事見晉史），意欲推戴義康，其實義康全未預聞。哪知宋主服藥有效，得起沈痾，漸漸聞知劉湛密謀，總道是義康串同一氣，疑上加疑。義康欲選劉斌為丹陽尹，宋主不允，義康倒也罷議，偏劉湛從旁窺察，引為己憂，不幸母又去世，丁艱

免職，湛顧語親屬道：「這遭要遇大禍了！」汝亦自知得罪麼？

　　先是殷景仁臥疾五年，常為劉湛等所讒毀，虧得宋主明察，不使中傷。及湛免官守制，景仁遽令家人拂拭衣冠，似將入朝，家人統莫名其妙。到了黃昏，果有密使到來，立促景仁入宮。景仁戴朝冠，服朝衣，應召趨入，見了宋主，尚自言腳疾，由宋主指一小床輿，令他就坐，密商要事。看官道為何因？就是要收誅劉湛，黜退義康的密謀。景仁一力擔承，便替宋主下敕，先召義康入宿，留止中書省。待至義康進來，時已夜半，復開東掖門召沈慶之。慶之為殿中將軍，防守東掖門，驚聞被召，猝著戎服，縛褲徑入。宋主驚問道：「卿何故這般急裝？」慶之答道：「夜半召臣，定有急事，所以倉猝進來。」宋主知慶之不附劉湛，遂命他捕湛下獄，與湛三子黯、亮、儼，及湛黨劉斌、劉敬文、孔胤秀等。

　　時已天晚，當即下詔暴湛罪惡，就獄誅湛父子，及湛黨八人。一面宣告義康，備述湛等罪狀。義康自知被嫌，慌忙上表辭職，有詔出義康為江州刺史，往鎮豫章，進江夏王義恭為司徒，錄尚書事。義康待義恭到省，便即交卸，入宮辭行。宋主唯對他慟哭，不置一言，義康亦涕泣而出。宋主遣沙門慧琳送行，義康問道：「弟子有還理否？」慧琳道：「恨公未讀數百卷書！」義康尚將信將疑，悵悵辭去。夢尚未醒。驍騎將軍徐湛之，係是帝甥，為會稽長公主所出（公主嫁徐逵之見第九回），至是亦坐劉湛黨，被收論死。會稽長公主聞報，倉皇入宮，手中攜一錦囊，擲置地上，囊內貯一衲布衫襖，取示宋主，且泣且語道：「汝家本來貧賤，此衣便是我母與汝父所製，今日得一飽餐，便欲殺我兒麼？」宋主瞧著，也不禁淚下。這衲布衫襖的來歷，係是宋武微賤時，由臧皇后手製，臧后薨逝，留付公主道：「後世子孫，如有驕奢不法，可舉此衣相示。」公主奉了遺囑，因將此衣藏著，這次正好取用，引起宋主悵觸，乃將湛之赦免。

第十三回　捕奸黨殷景仁定謀　露逆萌范蔚宗伏法

　　吏部尚書王球，素安恬淡，不阿權貴，獨兄子履為從事中郎，深結劉湛，往來甚密，球屢戒不悛。及湛在夜間被收，履聞變大驚，徒跣告球，球從容自若，命僕役代為取鞋，且溫酒與宴，徐徐笑問道：「我平日語汝，汝可記得否？」履附首嗚咽，不敢答言。球見他觳觫可憐，方道：「有汝叔在，汝怕什麼？但此後須要小心！」履始泣謝。越日詔誅湛黨，履果免死，但褫奪官職，不得再用。球卻得進官僕射，受任未幾，即稱疾乞休，卒得令終。熱中者其視之。

　　宋主命殷景仁為揚州刺史，仍守本官，尚書劉義融為領軍將軍。又因會稽長公主的情誼，特任徐湛之為中護軍，兼丹陽尹。會稽長公主入宮道謝，由宋主留與宴飲，相敘甚歡。公主忽起，離座下拜，叩首有聲。宋主不知何意，慌忙下座攙扶，公主悲咽道：「陛下若俯納愚言，方敢起來。」宋主允諾，公主乃起，隨即說道：「車子歲暮，必不為陛下所容，今特替他請命！」說著，淚如雨下，宋主亦覺唏噓，便與公主出指蔣山道：「公主放心，我指蔣山為誓，若背今言，便是負初寧陵（即宋武陵）！」公主乃破涕為歡，入座再飲，興盡始辭。看官欲問車子為誰？車子就是彭城王義康小字。宋主又將席間餘酒，封賜義康，並致書道：「頃與會稽姊飲宴，記及吾弟，所有餘酒，今特封贈。」義康亦上表謝恩，無容絮述。

　　唯殷景仁既預誅劉湛，兼領揚州，忽致精神瞀亂，變易常度。冬季遇雪，出廳觀望，愕然失色道：「當閣何得有大樹？」尋復省悟道：「我誤了！我誤了！」遂返寢臥榻，囈語不休。才閱數日，一命嗚呼！或說是劉湛為祟，亦未知真否，小子未敢臆斷，宋主追贈司空，賜諡文成，揚州刺史一缺，即授皇次子始興王濬。

　　宋主長子名劭，已立為太子，次子濬年尚幼衝，偏付重任，州事一切，悉委任後軍長史范曄，主簿沈璞。曄字蔚宗，具有雋才，後漢書百二十卷，

實出曄手，幾與司馬遷、班固齊名。唯素行佻達，廣置妓妾，常為士論所鄙。曄尚謂用不盡才，屢懷怨望。宋主愛他才具，令為揚州長史，嗣又擢任左衛將軍，兼太子詹事，與右衛將軍沈演之，分掌禁旅，同參機密。吏部尚書何尚之，入諫宋主道：「范曄志趣異常，不應內任，最好是出為廣州刺史，距都較遠，免致生事，尚可保全。若在內構釁，終加鈇鑕，是陛下憐才至意，反不能慎重如始了！」宋主搖首道：「方誅劉湛，復遷范曄，人將疑朕好信讒言，但教知曄性情，預為防範，他亦怎能為害呢！」忠言不聽，終致誤事。尚之不便再言，只好趨退。

彭城王義康出鎮江州，越年表辭刺史，乃令都督江、處、廣三州軍事。前龍驤將軍扶令育，詣闕上書請召還義康，協和兄弟，偏偏觸動主怒，下獄賜死。宋主始終疑忌義康，只因會稽長公主在內維持，義康還得無恙。公主又因竟陵王義宣，衡陽王義季，年已漸長，未邀重任，亦嘗與宋主談及，請令出鎮上游。宋主不得已任義宣為荊州刺史，義季為南兗州刺史，已而復調義季鎮徐州。

先是廣州刺史孔默之，因贓得罪，由義康代為奏解，方邀寬免。默之病死，有子熙先，博學文史，兼通數術，充職員外散騎侍郎。他感義康救父深恩，密圖報效。嘗按天文圖讖，料宋主必不令終，禍由骨肉，獨江州應出天子。後事果如所料，可惜尚差一著。當下屬意義康，總道是江州應讖，可以乘機佐命，一則期報私惠，二則借立奇功，主見已定，伺機待發。

好容易待了兩三年，無隙可乘，熙先孤掌難鳴，必須聯結幾個重臣，方可起事。左瞻右矚，只有范曄自命不凡，常懷觖望，或可引與同謀。乃先厚結曄甥謝綜，使為先容。綜為太子中書舍人，本與曄並處都中，朝夕過從，樂得引了熙先，同往見曄。曄與熙先談論今古，熙先應對如流，已為曄所器重，曄素好博，熙先又故意輸錢，買動曄歡，曄遂格外親愛，聯

第十三回　捕奸黨殷景仁定謀　露逆萌范蔚宗伏法

　　作知交。熙先以摴蒲買歡，實開後世干祿法門。熙先因從容說曄道：「彭城王英斷聰敏，神人所歸，今遠徙南陲，天下共憤，熙先受先君遺命，願為彭城王效死酬恩，近見人情騷動，天文舛錯，正是智士圖功的機會。若順天應人，密結英豪，表裡相應，發難肘腋，誅異己，奉明聖，號令天下，誰敢不從，未知尊見以為何如？」曄聽他一番言語，禁不住錯愕失色。熙先又道：「公不見劉領軍麼？挾權千日，碎首一朝。公自問諒不及劉領軍，萬一禍及，不可幸逃，若乘勢建功，易危為安，享厚利，收大名，豈不較善！」再進一步，是曉以利害。曄尚沉吟不決，熙先復說道：「愚尚有一言，不敢不向公直陳，公累世通顯，乃不得連姻帝室，人以犬豕相待，公豈不知恥！尚欲為人效力麼？」更進一步，是抉透隱情。這數語激起曄恨，不由的感動起來。曄父范泰，曾任為車騎將軍，從伯弘之，襲封武興縣五等候，只因門無內行，不得與帝室為婚，曄原引為恥事，所以被熙先揭破，遂啟異圖。熙先鑑貌辨色，已知曄被說動，便與曄附耳數語，曄點首示意，熙先乃出。

　　謝綜嘗為義康記室參軍，綜弟約娶義康女為妻，當然與義康聯繫。又有道人法略，女尼法靜，皆受義康豢養，素感私恩，並與熙先往來。法靜妹夫許耀，領隊在臺，約為內應。就是中護軍丹陽尹徐湛之，本是義康親黨，熙先更與連謀，並屬入前彭城府史仲承祖，日夕密議廢立事。三個臭皮匠，比個諸葛亮，況有十數人主謀，便自以為諸葛亮復生，定可成功。當下想出一法，擬嫁禍領軍將軍趙伯符，誣他逞凶行弒，由范曄、孔熙先等入平內亂，迎立彭城王義康。逞情妄噬，怎得不敗？一面由熙先遣婢採藻，隨女尼法靜往豫章，先與義康接洽，及法靜、採藻還都，熙先又恐採藻洩言，把她鴆死。殘忍。又詐作義康與湛之書，令在內執除讒慝，陽示同黨，待期舉發。

適衡陽王義季辭行出鎮，皇三子武陵王駿，簡任雍州刺史，皇四子南平王鑠，也出為南豫州刺史，同日啟行。宋主賜餞武帳岡，親往諭遣。熙先與曄，擬即就是日作亂，許臞佩刀侍駕，曄亦在側。宋主與義季等共飲，臞一再指刀，斜目視曄，究竟曄是文人，膽小如鼷，累得心驚肉跳，始終未敢動手。原來是銀樣鑞槍頭。

　　俄而座散，義季等皆去，宋主還宮，徐湛之恐事不濟，竟密表上聞。宋主即命湛之收查證據，得曄等預備檄草，上面已署錄姓名。當即按次掩捕，先呼曄及朝臣，入集華林園東閣，留憩客省，然後飭拿謝綜、孔熙先等，一一審訊，並皆供服。宋主出御延賢堂，遣人問曄，曄滿口抵賴。再命熙先質對，熙先笑語道：「符檄書疏，統由曄一人主稿，怎得誣賴別人！」自己本是首謀，偏說他人主議，小人之可畏也如此。曄還未肯供認，經宋主取示草檄，上有曄親筆署名手跡，自知無可隱諱，只好據實直陳。乃將曄拿下，與熙先等同拘獄中。

　　曄在獄上書，備陳圖讖，申請宋主推誠骨肉，勿自貽禍等語。宋主置諸不理，但命有司窮治逆案，延至二旬，還未定刑。曄在獄中賦詩消遣，尚望更生。小子閱《范曄列傳》，見有曄詠五古一首，當即隨筆抄錄，作為本回的結束。其詩云：

　　禍福本無兆，唯命歸有極；必至定前期，誰能延一息？
　　在生已可知，來緣（音畫，不慧貌）。無識。
　　好醜共一邱，何足異枉直！
　　豈論東陵上，寧辨首山側，雖無稽生琴（晉嵇康被害遭刑，索琴彈曲，操廣陵散），庶同夏侯色（魏夏侯玄為司馬師所殺，就刑東市，神色不變）。
　　寄言生存子，此路行復即。

第十三回　捕奸黨殷景仁定謀　露逆萌范蔚宗伏法

　　既而刑期已至，范曄等統要駢首市曹，臨刑時尚有各種情形，待小子下回再敘。

　　義康未嘗圖逆，而劉湛、范曄，先後構釁，名若為義康謀，實則為身家計，求逞不成，殺身亡家，觀於本回之敘錄，病其狡，轉不能不憫其愚焉！夫劉湛、范曄，無功業之足稱，而一則為領軍將軍，一則兼太子詹事，入參機密，位非不隆，曩令廢立事成，逆謀得遂，度亦不過拜相封侯已耳。況古來之佐命立功者，未必能長享富貴，飛鳥盡，良弓藏，狡兔死，走狗烹，劉、范固自稱智士，胡為辨不蚤辨，自取誅夷耶？子輿氏有言：其為人也小有才，未聞君子之大道，則足以殺其軀而已。劉湛、范曄，正此類也。彼劉斌、孔熙先輩，鄙詐小人，更不足道，而義康為所播弄，始被黜，繼遭廢，死期已不遠矣。

第十四回

陳參軍立柵守危城　薛安都用矛刺虜將

第十四回　陳參軍立柵守危城　薛安都用矛刺虜將

　　卻說范曄等繫獄兼旬，讞案已定，當然處斬，曄為首犯，當先赴市。謝綜、孔熙先等隨後，彼此互相問答，尚有笑聲。是謂愍不畏死。會曄家母妻，並來探視，且泣且詈，曄無愧色，亦無戚容。嗣由曄妹及妓妾來別，曄不禁悲涕流連。謝綜在旁冷笑道：「舅所言夏侯色，恐不若是！」曄乃收淚，旁顧親屬，不見綜母，遂顧語綜道：「我姊不來，究竟比眾不同！」又呼監刑官道：「為我寄語徐童，鬼若有靈，定當相訟地下！」原來徐湛之小名仙童，曄怨湛之洩謀，故有此言，未幾由監刑官促令開刀，幾聲脆響，頭都落地，曄子藹、遙、叔、蔓，孔熙先弟休先、景先、思先，子桂甫，孫白民，謝綜弟約，及仲承祖許曜等，皆同時伏誅。查抄曄家資產，樂器服玩，並皆珍麗，妓妾所有珠翠，不可勝計。唯曄母居處敝陋，只有一廚中少積芻薪，曄弟子冬無被，叔父單布衣，薄父母，厚妾媵，不仁如曄，宜乎速死。世人其聽之。

　　曄孫魯連，謝綜弟緯，蒙恩免死，流徙遠州。臧皇后從子臧質，前為徐、兗二州刺史，與曄厚善，宋主顧念親情，不令連坐，但降為義興太守。削彭城王義康官爵，列為庶人，徙安成郡。命寧朔將軍沈邵，為安成相，領兵防守。用趙伯符為護軍將軍。伯符係宋主祖母趙氏從子，宋主因逆黨草檄，仇視伯符，所以引為宿衛，格外親信。義康到了安成，記及慧琳贈言，方開篋閱書，讀至漢淮南厲王長事，竟掩卷自嘆道：「古時已有此事，我未曾知曉，怪不得要遭重譴了！」悔之晚矣。

　　衡陽王義季，自南兗州移鎮徐州，聞義康被廢，未免灰心，遂終日飲酒，沈湎不治，宋主屢戒不悛。俄聞北魏寇邊，越覺縱飲，夜以繼晝，他本自祈速死，所以借酒戕生。果然不出兩年，便即送命，年止二十三歲。原是速死為幸。追贈侍中司空，有子名嶷，許令襲爵。調皇三子武陵王駿為徐州刺史，捍衛京畿，控遏北虜。

看官閱過上文，應知宋、魏已經修和，為何又要開戰呢？

說來話長，由小子逐事敘明。接入無痕。

自氐王楊難當，投順北魏，遣兄子保宗出鎮薰亭（事見前回），保宗竟奔往北魏。魏授保宗為徵西大將軍、都督隴西軍事，兼秦州牧武都王，鎮守上邽，妻以公主；一面拜難當征南大將軍領秦、涼二州牧，兼南秦王。難當以受職征南，進窺蜀土，驅兵襲宋益州，拔葭萌關，圍攻涪城。太守劉道錫固守不下，難當乃移寇巴西，掠去維州流人七千餘家。宋遣龍驤將軍裴方明，會同梁、秦二州刺史劉真道，合兵往討，大破難當，搗入仇池，擒住難當子虎，及兄子保熾。難當走依上邽，仇池無主，乃留保熾居守，獻虎入宋都，殺死了事。宋命輔國司馬胡崇之為北秦州刺史，監管保熾，助守仇池。魏獨遣人迎難當至平城，起用古弼為統帥，與楊保宗等出兵祁山，直向仇池出發。胡崇之督軍逆戰，軍敗被擒，楊保熾遁走，仇池被魏奪去。魏使河間公拓跋齊，與楊保宗對鎮駱谷。保宗弟文德，勸保宗乘間叛魏，規復故國，保宗也頗感動，只恐妻室不從，未敢遽發。哪知他妻室魏公主，窺透隱情，竟提及出家從夫四字，願與保宗背魏。或謂公主不宜忘本，公主道：「事成當為國母，不比一小縣公主了。」也是利令智昏。於是保宗決計叛魏。拓跋齊微有所聞，計誘保宗，把他擒住，送往平城，活活處死。獨楊文德即據住白崖山，進圖仇池，自號仇池公，稱為保宗復仇。魏將軍古弼擊敗文德，文德退走，遣使至宋廷乞援，宋命文德為徵西大將軍武都王，特派將軍姜道盛馳救，與文德攻魏濁水城，魏將拓跋齊等逆戰，道盛敗死，文德退守葭蘆，後來又被魏兵攻破，奔入漢中，妻子僚屬，悉數陷沒。就是楊保宗妻魏公主，亦為所取，由魏主賜令自盡。宋亦以文德失守故土，削爵免官。為這一事，宋、魏覆成仇敵。

偏偏一波未平，一波又起。魏國屬部盧水胡蓋吳，糾眾叛魏，為魏所

第十四回　陳參軍立柵守危城　薛安都用矛刺虜將

　　破，吳又奉表宋廷，乞師為助。宋主也忘了前轍，即封吳為北地公，發雍、梁兵出屯境上，為吳聲援，吳終敵不住魏兵，未幾敗死，魏主遂藉口南侵，親督步騎十萬，逾河南來。

　　南頓太守鄭琨，穎川太守鄭道隱，望風遁去。豫州刺史南平王劉鑠，方鎮壽陽，亟遣參軍陳憲，往戍懸瓠城。城中戰士不滿千人，魏兵大舉來攻，環城數匝，且多設高樓瞰城，飛矢迭射，好似急雨一般，亂入城中，憲令軍士擁盾為蔽，晝夜拒守，兵民汲水，統負著戶板，為避矢計。魏兵又在衝車上面，設著大鉤，牽曳樓堞，毀壞南城，憲復內設女牆，外立木柵，督兵力拒，誓死不退。魏主怒起，親出指揮，使軍士運土填塹，肉薄登城，憲率眾苦戰，殺傷甚眾，屍與城齊，魏兵乘屍上城，挾刃相接，經憲奮臂一呼，士氣益奮，一當十，十當百，任你魏兵如何驍勇，總不能陷入城中。但見頭顱亂滾，血肉橫飛，自朝至暮，殺了一日，那孤城兀自守著，不動分毫，魏兵卻死了萬人，只好退休。城中兵民，亦傷亡過半，陳憲仍然撫定瘡痍，再與魏主相持，毫無懼色。好一員守城將吏。

　　魏永昌王拓跋仁掠得沿途生口，駐紮汝陽，徐州刺史武陵王劉駿，奉宋主命，發騎兵齎三日糧，遣參軍劉泰之、垣謙之、臧肇之，及左常侍杜幼文，殿中將程天祚等，出兵五千，往襲拓跋仁。拓跋仁但防壽陽兵，不防彭城兵，忽被泰之等突入，頓時駭散，泰之等殺斃魏兵三千餘人，毀去輜重，放出許多生口，悉令東還，然後收兵徐退。拓跋仁收集潰兵，探得泰之等兵無後繼，復來追擊，垣謙之縱轡先走，士卒驚潰。泰之戰死，肇之溺斃，天祚被擒，唯幼文得脫，檢查士卒，只得九百餘人，餘皆陣亡。

　　宋主聞報，命誅垣謙之，繫杜幼文，降武陵王駿為鎮軍將軍，再遣南平內史臧質，司馬劉康祖，率兵萬人，往援懸瓠。

魏主令任城乞地真截擊，與臧質等鏖鬥一場，乞地真馬蹶被殺，餘眾除死傷外，潰歸大營。魏主在懸瓠城下，已閱四十二日，正慮城堅難克，又聞兵挫將亡，援師將至，恐將來進退兩難，不如知難先退，乃下令撤圍，引兵北歸。陳憲以守城有功，得擢為龍驤將軍，兼汝南、新蔡兩郡太守。

　　宋主因與魏失和，遂欲經略中原。彭城太守王玄謨，素好大言，屢請北伐，丹陽尹徐湛之，吏部尚書江湛，更從旁慫恿，獨新任步兵校尉沈慶之，入朝諫阻道：「我步彼騎，勢不相敵，昔檀道濟兩出無功，到彥之失利退還，今王玄謨等未過兩將，兵力也未見盛強，不如休養待時，徐圖大舉！」宋主怫然道：「道濟養寇自資，彥之中途疾返，所以王師再屈，未見成功。朕思北虜所恃，以馬為最，今夏水盛漲，河道流通，泛舟北進，磧磝必走，滑臺易下，虎牢、洛陽，自然不守。待至冬初，城戍相接，虜馬過河，亦屬無用，或反為我所擒獲，亦未可知。此機如何輕失呢！」能說不能行奈何？慶之仍力言不可，宋主使徐湛之、江湛面與辯駁。慶之道：「治國譬如治家，耕當問奴，織當問婢，陛下今欲伐魏，反與白面書生商議，怎能有成？」江、徐二人，面有慚色，宋主大笑而罷。

　　太子劭及護軍將軍蕭思話，亦奏稱不宜出師，宋主始終不信。又接到魏主來書，語語譏諷，益足增惱。更聞魏臣崔浩，得罪被誅，虜廷少一謀士，越覺有隙可乘。崔浩被誅（詳見下文，因為時序起見，故特帶敘一筆）。遂毅然決計，下詔北征，特加授王玄謨為寧朔將軍，令偕步兵校尉沈慶之，諮議參軍申坦，率水軍入河，歸青、冀二州刺史蕭斌排程。新任太子左衛率臧質，驍騎將軍王方回，出兵許洛，徐州刺史武陵王駿，豫州刺史南平王鑠，各率部眾出發，東西並進。梁、秦二州刺史劉秀之，西徇汧隴，太尉江夏王義恭，出次彭城，節制各軍。一朝大舉，餉運浩繁，國庫中本無儲積，不得不竭力蒐括，凡王公妃主，及朝士牧守，各令量力輸

第十四回　陳參軍立柵守危城　薛安都用矛刺虜將

將，接濟兵費，且遍查揚、徐、兗、江四州人民，計家資在五十萬以上四成中要硬借一成，僧尼或有二十萬積蓄，亦應四分借一，待軍事已竣，乃許歸償，又恐兵力未足，悉徵青、冀、徐、豫、兗諸州民丁，充入行伍。如有騎射優長，武技出眾諸壯士，先加厚賞，繼委兵官，真個是八方蒐羅，不遺餘力。真正何苦？

建武司馬申元吉引兵趨磝碻，魏刺史王買德棄城北遁；將軍崔猛引兵投安樂，魏刺史張淮之亦棄城遁去。蕭斌與沈慶之留守磝碻，王玄謨率領大軍進攻滑臺。魏主初聞宋師大舉，顧語左右道：「馬今未肥，天時尚熱，我若速出，未必有功，倘敵來不止，不如退避陰山，延至冬初，便無憂了。」及滑臺被圍，已值暮秋，魏主即命太子晃屯兵漠南，防禦柔然，更令庶子南安王餘，留守平城，自引兵南救滑臺。

宋將王玄謨本不知兵，但遣鍾離太守垣護之，率百舸為前鋒，往據石濟。石濟距滑臺西南百二十里，總算要他扼截援軍，作為犄角，自領各軍駐紮滑臺城下，四面環攻。城中本多茅屋，諸將請用火箭射入，使他延燒，玄謨搖首道：「城中一草一木，統是值錢，將來都當屬我，奈何遽令燒毀呢？」無非妄想。過了一日，城中居民，即撤屋穴處，守將日夕防備，無懈可擊，玄謨又出示召募兵民，河洛壯丁，絡繹奔赴，操械投營，玄謨只給他每家匹布，還要勒供大梨八百枚，遂致眾心失望，相率解體。

城下頓兵數月，士氣日衰，忽接到垣護之來書，說是魏兵將至，請促兵攻城，愈速愈妙云云。玄謨尚不在意，蹉跎過去。又越旬餘，由偵騎倉皇奔入，報稱魏主南來，已到枋頭，有眾百萬人。嚇得玄謨面如土色，急召諸將會議。諸將又請發車為營，防備衝突，玄謨仍遲疑不決。到了夜間，但聽得鼓聲隱隱，自遠傳來，更覺驚慌失措，三更已過，斗轉參橫，突有鐵騎衝圍直入，馳向城中，玄謨也不敢下令截擊，一任來騎入城，看

官欲問騎將姓名，原來叫做陸真，是奉魏主燾命令，先來撫慰城中，報知援師消息。麾下不過數騎，王玄謨尚是怯戰，何況魏主帶來的大兵呢？

是夕魏兵大至，鼙鼓聲喧，比昨夜還要震耳，玄謨出營北望，從月光下瞧將過去，塵頭陡亂，撲面生驚，慌忙入帳傳令，立刻退走，將士已無鬥志，一聞令下，爭先奔還，玄謨也上馬急奔，只恨爹娘少生兩翅，急切飛不到江東。那魏兵從後趕來，乘勢亂斫，把宋軍後隊的將士，一古腦兒殺光，就是前隊人馬，亦多逃散。沿途委棄軍械，幾同山積，眼見是贈與魏人了。一刀一劍，統是值錢，奈何甘心贈虜？

垣護之尚在石濟，得知魏軍渡河，正擬致書玄謨，與約夾攻，不料玄謨未戰先潰，魏人奪得玄謨戰艦，反來截擊護之歸路。護之又驚又憤，把百舸列成一字，橫駛歸來，中流被戰艦阻住，連貫鐵絙三重，繫以巨鎖，護之先執長柄巨斧，猛力奮劈，得將鐵絙割斷一重，部眾也依法施行，你斬我斫，立將三重攻破，越舸南下。魏人見他來勢凶猛，卻也不攔阻，由他衝過，各舸多半無恙，只失去了一舸。

蕭斌尚在碻磝，聞報魏主來援，便命沈慶之率兵五千，往救玄謨。慶之道：「玄謨士眾疲敝，不足一戰，寇虜已逼，五千人何足濟事，不如勿往！」斌強令馳救，慶之方才出城，約行數里，即見玄謨狼狽奔還，自知前進無益，也只好中途折回，與玄謨同見蕭斌。斌面責玄謨，意欲將他處斬，慶之忙諫阻道：「佛貍（係魏主燾小字）威震天下，控弦百萬，豈玄謨所能抵敵，徒殺戰將，反以示弱，願明公慎重為是！」玄謨罪實可殺，不過所殺非時。斌意乃解，再議固守碻磝，慶之道：「今青冀虛弱，乃欲坐守窮城，實非良策；若虜眾東趨，青冀恐非我有了。」斌因欲還鎮，適值詔使到來，令斌等留住碻磝，再圖進取。慶之又入語斌道：「將在外，君命不受，詔從遠來，未明事勢，今日須要從權，未可專從君命！」斌答

143

第十四回　陳參軍立柵守危城　薛安都用矛刺虜將

道：「且俟經過眾議，方定行止。」慶之抗聲道：「節下有一范增不能用，空議何益？」（范增係項羽臣，慶之藉以自比）。斌笑顧左右道：「不意沈公卻有此學問。」慶之益厲聲道：「眾人雖知古今，尚不如下官耳學呢。」斌乃留王玄謨戍碻磝，申坦、垣護之據清口，自率諸軍還歷城。

　　先是宋主出師，除飭徐、豫兩親王，分道發兵外，又任第六子隨王誕為雍州刺史，使鎮襄陽，且暫輟江州軍府，將所有文武官吏，移住雍州，歸誕調撥。誕遣中兵參軍柳元景，振威將軍尹顯祖，奮武將曾方平，建武將軍薛安都，略陽太守龐法起等，從西北進兵，入盧氏縣，斬魏縣令李封，用城中豪民趙難為縣令，使充向道。再進兵攻弘農，擒住魏太守李初古。連章奏捷，有詔命元景為弘農太守。元景又使龐法起、薛安都、尹顯祖等西進，自在弘農督餉濟軍。

　　法起等到了陝城，城垣險固，攻打不下，魏洛州刺史張是連提，率眾二萬，渡殽救陝，縱騎突入宋軍，很是厲害。宋軍紛紛卻退，薛安都呼喝不住，惱得氣沖牛斗，脫去盔甲，只著絳袖兩襠（前襠心，後襠背，謂之兩襠）。並卸去馬鞍，躍馬橫矛，當先突出，直向魏軍陣內殺入。無論魏軍如何精悍，但教被他矛頭鉤著，無不喪命。宋軍也趁勢殺轉，反將魏軍衝散。說時遲，那時快，魏將張是連提，見安都奮著兩條赤膊，銳不可當，便令軍士一齊放箭，統向安都射來，偏安都這枝蛇矛，神出鬼沒，看他四面旋舞，連箭簇都不能近身，不過安都手下的隨軍，倒被射死了好幾個。戰至日暮，兩軍尚有餘勇，未肯罷手。可巧宋將魯元保，從函谷關殺到，來助安都，魏將見有生力軍來援，方收軍退去。

　　越宿天曉，曾方平又引兵到來，與安都談及戰事，方平也是個不怕死的好漢，慨然語安都道：「今強敵在前，堅城在後，正是我等效死的日子。我與君約，同出決戰，君若不進，我當斬君，我若不進，君可斬我！」安

都大喜道：「願如君言！」（以死為約，越不怕死，越是不死）。

方平又召入副將柳元佑，與他附耳數語，元佑應令自去。有勇還貴有謀。乃與安都至陝城西南，列陣待戰。

魏將張是連提，倒也不管死活，仗著兵多馬眾，前來接仗。安都在左，方平在右，各率部眾猛進。兩下裡喊殺連天，聲震山谷，約有百數十個回合，魏兵死傷甚眾，已覺無力支撐。驀聽得鼓聲大震，一彪軍從南門殺來，旌旗甲冑，很是鮮明，嚇得魏軍膽顫心驚，步步倒退。這支人馬，就是柳元佑領計前來。安都乘勢奮擊，流血凝肘，矛被折斷，易矛再進，殺到天昏地暗，日薄西山。張是連提，料知不能再持，策馬欲奔，不防安都突至馬前，兜心一矛，戳破胸膛，倒斃馬下。魏軍失了主帥，當然大潰，將卒傷亡三千餘人，此外墜河填塹，不可勝數，有二千人無路可走，降了宋軍。

翌日，柳元景亦馳至陝城，責語降卒道：「汝等本中國人民，反為虜盡力，必待力屈乃降，究是何意？」降卒齊聲道：「虜將驅民使戰，稍一落後，便要滅族，且用騎蹙步，未戰先死，這是將軍所親見，還乞見原！」諸將請盡殺降兵，元景道：「王旗北指，當使仁聲載路，奈何多殺無辜！」仁人之言。遂悉數縱歸，眾皆羅拜，歡呼萬歲而去。

元景乃督攻陝城，隔宿即下，更令龐法起等進攻潼關。魏戍將婁須遁去，關為法起所據，揭榜安民，關中豪傑，及四山羌胡，統輸款軍前，情願投效。不意宋廷傳下詔書，竟召柳元景等還鎮，元景只好奉詔班師，仍歸襄陽。小子有詩嘆道：

王旗西指入河潼，百戰功成指顧中。
誰料朝廷常失策，無端馬首促歸東！

第十四回　陳參軍立柵守危城　薛安都用矛刺虜將

欲知宋廷召還西師的原因，且至下回再表。

陳憲、薛安都，一善守，一善戰，將將或不足，將兵則固屬有餘。他如沈慶之持重，柳元景之好仁，俱有名將態度，以之將將，未必不能勝任，有此干城之選，而不獲重用，乃獨任闒茸無能之蕭斌，為正軍之統帥，虛驕無識之王玄謨，為正軍之前驅，幾何而不喪師失律，貽誤軍機也！周易有言：長子帥師，弟子輿屍，貞凶。如蕭斌、王玄謨者，正受此害，漢弧不張，胡焰益熾，不謂之貞凶得乎！師貴文人，惡小子，宋室君臣，皆未足語此。必以恢復河南為宋主咎，尚非探本之論也。

第十五回

騁辯詞張暢報使　貽溲溺臧質覆書

第十五回　騁辯詞張暢報使　貽溲溺臧質覆書

　　卻說宋廷馳詔入關，召還柳元景以下諸將，詔中大略，無非因王玄謨敗還，柳元景等不宜獨進，所以叫他東歸。元景不便違詔，只好收軍退回，令薛安都斷後，徐歸襄陽。為這一退，遂令魏兵專力南下，又害得宋室良將，戰死一人。

　　原來豫州刺史南平王劉鑠，曾遣參軍胡盛之出汝南，梁坦出上蔡，攻奪長社，再遣司馬劉康祖，進逼虎牢。魏永昌王拓跋仁，探得懸瓠空虛，一鼓攻入，又進陷項城。適宋廷召還各軍，各歸原鎮，劉康祖與胡盛之，引兵偕歸。行至尉武鎮，那後面的魏兵，卻是漫山遍野，蜂擁而來。胡盛之急語康祖道：「追兵甚眾，望去不下數萬騎，我兵只有八千人，眾寡不敵，看來只好依山逐險，間道南行，方不致為虜所乘哩。」康祖勃然道：「臨河求敵，未得出戰，今得他自來送死，正當與他對壘，殺他一個下馬威，免令深入，奈何未戰先怯呢？」勇有餘而智不足。遂結車為營，向北待著，且下令軍中道：「觀望不前，便當斬首！驚顧卻步，便當斬足！」軍士卻也齊聲應令。聲尚未絕，魏軍已經殺到，四面兜集，圍住宋營。宋軍拚命死鬥，自朝至暮，殺斃魏兵萬餘人，流血沒踝，康祖身被數創，意氣自若，仍然麾眾力戰。會日暮風急，虜帥拓跋仁，令騎兵下馬負草，縱火焚康祖車營，康祖隨缺隨補，親自指揮，不防一箭飛來，穿透項頸，血流不止，頓時暈倒馬下，氣絕身亡。餘眾不能再戰，由胡盛之突圍出走，帶著殘兵數百騎，奔回壽陽，八千人傷亡大半。

　　魏兵乘勢蹂躪尉武，尉武鎮將王羅漢，手下只三百人，怎禁得虜騎數萬，把他困住，一時衝突不出，被他擒去。魏使三郎將鎖住羅漢，在旁看守，羅漢伺至夜半，覷著三郎將睡臥，扭斷鐵鍊，趨至三郎將身旁，竊得佩刀，梟他首級，抱鎖出營，一溜風似的跑到盱眙，幸得保全性命。

　　拓跋仁進逼壽陽，南平王鑠登陴固守。魏主拓跋燾把豫州軍事，悉委

永昌王仁，自率精騎趨徐州，直抵蕭城。前寫宋師出發，何等勢盛，此時乃反客為主，可見勝敗無常，令人心悸。蕭城距彭城只十餘里。彭城兵多糧少，江夏王義恭，恐不可守，即欲棄城南歸。沈慶之謂歷城多糧，擬奉二王及妃女，直趨歷城，留護軍蕭思話居守。長史何勗，與慶之異議。欲東奔鬱洲，由海道繞歸建康。獨沛郡太守張暢，聞二議齟齬不決，即入白義恭道：「歷城、鬱洲，萬不可往，亦萬不易往，試想城中乏食，百姓統有去志，但因關城嚴閉，欲去無從，若主帥一走，大眾俱潰，虜眾從後追來，難道尚能到歷城、鬱洲麼？今兵糧雖少，總還可支持旬月，哪有捨安就危，自尋死路？若二議必行，下官願先濺頸血，汙公馬蹄。」道言甫畢，武陵王駿亦入語道：「叔父統制全師，欲去欲留，非道民（道民係駿小字）所敢干預；唯道民本此城守吏，今若委鎮出奔，尚有何面目歸事朝廷？城存與存，城亡與亡，道民願依張太守言，效死勿去！」十一年南朝天子，是從此語得來。義恭乃止。

魏主燾到了彭城，就戲馬臺上，疊氈為屋，瞭望城中，見守兵行列整齊，器械精利，倒也不敢急攻。便遣尚書李孝伯至南門，餽義恭貂裘一襲，餉駿橐駝及騾各數頭，且傳語道：「魏主致意安北將軍，可暫出相見，我不過到此巡閱，無意攻城，何必勞苦將士，如此嚴守！」武陵王駿，曾受安北將軍職銜，恐魏主不懷好意，因遣張暢開門報使，與孝伯晤談道：「安北將軍武陵王，甚欲進見魏主，但人臣無外交，彼此相同，守備乃城主本務，何用多疑？」

孝伯返報魏主，魏主求酒及橘蔗，並借博具，由駿一一照給，魏主又餉氈及胡豉與九種鹽，乞假樂器。義恭仍遣張暢出答。暢一出城，城中守將，見魏尚書李孝伯，控騎前來，便拽起吊橋，闔住城門。孝伯復與暢接談，暢即傳命道：「我太尉江夏王，受任戎行，末齎樂具，因此妨命！」

第十五回　騁辯詞張暢報使　貽溲溺臧質覆書

孝伯道：「這也沒甚關係，但君一出城，何故即閉門絕橋？」暢不待說畢，即接口道：「二王因魏主初到，營壘未立，將士多勞，城內有十萬精甲，恐挾怒出城，輕相陵踐，所以閉門阻止，不使輕戰。待魏主休息士馬，各下戰書，然後指定戰場，一決勝負。」頗有晉欒鍼整暇氣象。孝伯正要答詞，忽又由魏主遣人馳至，與暢相語道：「致意太尉安北，何不遣人來至我營，就使言不盡情，也好見我大小，知我老少，觀我為人，究竟如何？若諸佐皆不可遣，亦可使僮幹前來。」暢又答道：「魏主形狀才力，久已聞知，李尚書親自銜命，彼此已可盡言，故不復遣使了。」孝伯接入道：「王玄謨乃是庸才，南國何故誤用，以致奔敗？我軍入境七百里，主人竟不能一矢相遺，我想這偌大彭城，亦未必果能長守哩！」暢駁說道：「玄謨南土偏將，不過用作前驅，並非倚為心膂，只因大軍未至，河冰適合，玄謨乘夜還軍，入商要計，部兵不察，稍稍亂行，有什麼大損呢？若魏軍入境七百里，無人相拒，這由我太尉神算，鎮軍祕謀，用兵有機，不便輕告。」虧他自圓其說。孝伯又易一詞道：「魏主原無意圍城，當率眾軍直趨瓜步，若一路順手，彭城何煩再攻？萬一不捷，這城亦非我所需，我當南飲江湖，聊解口渴呢！」暢微笑道：「去留悉聽彼便，不過北馬飲江，恐犯天忌；若果有此，可是沒有天道了！」這語說出，頓令孝伯出了一驚。看官道為何故？從前有一童謠云：「虜馬飲江水，佛貍死卯年。」是年正歲次辛卯，孝伯亦聞此語，所以驚心。便語暢告別道：「君深自愛，相去數武，恨不握手！」暢接說道：「李尚書保重，他日中原蕩定，尚書原是漢人，來還我朝，相聚有日哩！」遂一揖而散。好算一位專對才。

次日，魏主督兵攻城，城上矢石雨下，擊傷魏兵多人。魏主遂移兵南下，使中書郎魯秀出廣陵，高涼王拓跋那出山陽，永昌王拓跋仁出橫江，所過城邑，無不殘破。江淮大震，建康戒嚴，宋主亟授臧質為輔國將軍，

使統萬人救彭城。行至盱眙，聞魏兵已越淮南來，亟令偏將臧澄之、毛熙祚等，分屯東山及前浦，自在城南下營。哪知臧、毛兩壘，相繼敗沒，魏燕王拓跋譚，驅兵直進，來逼質營。質軍驚散，只剩得七百人，隨質奔盱眙城，所有輜重器械，悉數棄去。

盱眙太守沈璞，蒞任未久，卻繕城浚隍，儲財積穀，以及刀矛矢石，無不具備。當時僚屬猶疑他多事，及魏軍憑城，又勸璞奔還建康。璞奮然道：「我前此籌備守具，正為今日，若虜眾遠來，視我城小，不願來攻，也無庸多勞了。倘他肉薄攻城，正是我報國時候，也是諸君立功封侯的機會哩！諸君亦嘗聞昆陽、合肥遺事麼？新莽、苻秦，擁眾數十萬，乃為昆陽、合肥所摧，一敗塗地，幾曾見有數十萬眾，頓兵小城下，能長此不敗麼？」僚佐聞言，方有固志。

璞招得二千精兵，閉城待敵。至臧質叩關，僚屬又勸璞勿納，璞又嘆道：「同舟共濟，胡越一心，況兵眾容易卻虜，奈何勿納臧將軍！」遂開城迎質。質既入城，見城中守備豐饒，喜出望外，即與璞誓同堅守，眾皆踴躍呼萬歲。

那魏兵不帶資糧，專靠著沿途打劫，充作軍需。及渡淮南行，民多竄匿，途次無從抄掠，累得人困馬乏，時患饑荒，聞盱眙具有積粟，巴不得一舉入城，飽載而歸。偏偏攻城不拔，轉令魏主無法可施，因留數千人駐紮盱眙，自率大眾南下。

行抵瓜步，毀民廬舍，取材為筏，屋料不足，濟以竹葦。揚言將渡江深入，急得建康城內，上下震驚。宋主亟命領軍將軍劉遵考等，率兵分扼津要，自採石至暨陽，綿亙六七百里，統是陳艦列營，嚴加備禦。太子劭出鎮石頭，總統水師。丹陽尹徐湛之，往守石頭倉城。吏部尚書江湛，兼

第十五回　騁辯詞張暢報使　貽溲溺臧質覆書

　　職領軍，軍事處置，悉歸排程。宋主親登石頭城，面有憂色，旁顧江湛在側，便與語道：「北伐計議，本乏贊同，今日士民怨苦，並使大夫貽憂，回想起來，統是朕的過失，愧悔亦無及了！」江湛不禁赧顏，俯首無詞。宋主復嘆道：「檀道濟若在，豈使胡馬至此！」誰叫你自壞長城？

　　嗣又轉登幕府山，觀望形勢，自思重賞之下，當有勇夫，因即榜示軍民，有能得魏主首，封萬戶侯，或梟獻魏王公首，立賞萬金。又募人齎野葛酒，置空村中，誘令魏人取飲，俾他毒死。統是兒女子計策。偏偏所謀不遂，智術兩窮。還幸魏主無意久持，遣使攜贈橐駝名馬，請和求婚。宋主亦遣行人田奇，答送珍羞異味。魏主見有黃柑，當即取食，且大進御酒。左右疑食中有毒，密戒魏主，魏主不應，但出雛孫示田奇道：「我遠來至此，並非貪汝土地，實欲繼好息民，永結姻援。汝國若肯以帝女配我孫，我亦願以我女配武陵王，從此匹馬不復南顧了！」田奇乃歸白宋主。宋廷大臣，多半主張和親，獨江湛謂戎狄無信，不如勿許。忽有一人搶入道：「今三王在阽，主上憂勞，難道還要主戰麼？」這數語的聲浪，幾乎響徹殿瓦，豺狼之聲，害得江湛大驚失色，慌忙審視，進言的不是別人，乃是太子劉劭。自知此人難惹，便即匆匆退朝。劭且顧令左右，當階擠湛，幾至倒地，宋主看不過去，出言呵禁，劭尚抗聲道：「北伐敗辱，數州淪破，獨有斬江、徐二人，方可謝天下！」宋主蹙額道：「北伐原出我意，休怪江、徐！」汝肯認過，怪不得後來遇弒？劭怒尚未平，悻悻而出。

　　可巧魏主也不復請和，但在瓜步山上，過了殘年。越日已為元嘉二十八年元旦，魏主大集群臣，班爵行賞，便下令拔營北歸。道出盱眙，魏主又遣使入城，餽送刀劍，求供美酒。守將臧質，卻給了好幾壇，交來使帶回。魏主酒興正濃，即命開封取酒，哪知一股臭氣，由壇衝出。仔細驗視，並不是酒，乃是混濁濁的小溲！臧質亦太惡作劇。

魏主大怒，便令將士攻城，四面築起長圍，一夕即就。且運東山土石，填砌濠塹，就君山築造浮橋，分兵防堵，截斷城中水陸通道。一面貽臧質書道：

　　爾以溲代酒，可謂智士，我今所遣攻城各兵，盡非我國人，城東北是丁零與胡，南是氐羌，設使丁零死，正可減常山趙郡賊；胡死可減并州賊；羌死可減關中賊；爾若能盡加殺戮，於我甚利，我再觀爾智計也！

　　臧質得書，亦復報道：

　　省示具悉奸懷！爾自恃四足，屢犯邊境，王玄謨退於東，申坦散於西，爾知其所以然耶？爾獨不聞童謠之言乎？蓋卯年未至，故以二軍開飲江之路耳！冥期使然，非復人事。我受命掃虜，期至白登，師行未遠，爾自送死，豈容復令爾生全，饗有桑乾哉！爾有幸得為亂兵所殺；不幸則生遭鎖縛，載以一驢，直送都市耳！我本不圖全，若天地無靈，力屈於爾，齏之粉之，屠之裂之，猶未足以謝本朝。爾智識及眾力，豈能勝苻堅耶！今春雨已降，兵方四集，爾但安意攻城，切勿遽走！糧食乏者可見語，當出廩相遺。得所送劍刀，欲令我揮之爾身耶？各自努力，毋煩多言！

　　魏主接閱覆書，當然大怒，特製鐵床一具，上置許多鐵鑱，彷彿與尖刀山相似。且咬牙切齒，指床示眾道：「破城以後，誓生擒臧質，叫他坐在鑱上，嘗試此味！」臧質得知消息，亦寫著都中賞格，有斬佛貍首封萬戶侯等語。魏主益怒，麾兵猛攻，並用鉤車鉤城樓。臧質將計就計，命守卒數百人，各執巨緪，將他來鉤繫住，反令車不得退。相持至夜間，質見魏兵少懈，縋桶懸卒，出截各鉤，悉數取來。次日辰刻，魏主改用衝車攻城，城土堅密，頹落不多。魏兵即肉薄登城，更番相代，前仆後繼，質與沈璞分段扼守，飭用長矛巨斧，或戳或斫，一些兒沒有放鬆。可憐魏兵只

第十五回　騁辯詞張暢報使　貽溲溺臧質覆書

有下墜，不能上升，究竟性命是人人所惜，死了幾十百個，餘外亦只好退休。今日攻不下，明日又攻不下，好容易過了一月，仍然不下，魏兵倒死了萬餘人。春和日暖，屍氣薰蒸，免不得釀成疫癘，魏兵多半傳染，均害得骨軟神疲。探得宋都消息，將遣水軍自海入淮，來援盱眙，並飭彭城截敵歸路，魏主知不可留，乃毀去攻具，向北退走。

盱眙守將欲追躡魏兵，沈璞道：「我軍不過二三千名，能守不能戰，但教佯整舟楫，示欲北渡，能使虜眾速走，便無他慮了！」可行則行，可止則止，是謂良將。魏主聞盱眙具舟，果然急返，路過彭城，也無暇住足，匆匆馳去。彭城將佐，勸義恭出兵追擊，謂虜眾驅過生口萬餘，當乘勢奪回。義恭很是膽怯，不肯允議。

越日詔使到來，命義恭盡力追虜，是時魏兵早已去遠，就使有翅可飛，也是無及。義恭但遣司馬檀和之馳向蕭城，總算是奉詔行事，沿途一帶，並不見有魏兵，但見屍骸累累，統是斷脰截足，狀甚可慘。途次遇著程天祚，乃是由虜中逃歸，報稱南中被掠生口，悉數遭屠，丁壯都斬頭斬足，嬰兒貫諸槊上，盤舞為戲，所過郡縣，赤地無餘，連春燕都歸巢林中，說將起來，真是可嘆！誰生厲階，一至於此？還有王玄謨前戍碻磝，也由義恭召還，碻磝仍被魏兵奪去。

看官聽著！這廢王劉義康，就在這戰鼓聲中了結生命。當時故將軍胡藩子誕世，擬奉義康為主，糾集羽黨二百餘人，潛入豫章，殺死太守桓隆之，據郡作亂。適值交州刺史檀和之卸職歸來，道出豫章，號召兵吏，擊斬誕世，傳首建康。太尉江夏王義恭，引和之為司馬。且奏請遠徙義康，宋主乃擬徙義康至廣州。先遣使人傳語，義康答道：「人生總有一死，我也不望再生，但必欲為亂，何分遠近？要死就死在此地，已不願再遷了！」宋主得來使返報，很是介意。及魏兵入境，內外戒嚴，太子劭及

武陵王駿等，恐義康乘隙圖逞，屢把大義滅親四字，申勸宋主。宋主遂遣中書舍人嚴龍，持藥至安成郡賜義康死。如前誓何？義康不肯服藥，蹙然道：「佛教不許自殺，願隨宜處分。」零陵王曾有此語，不意於此復得之，劉裕有知，亦當悔弒零陵。嚴龍遂用被掩住義康，將他扼死。死法亦與零陵相同。

太尉江夏王義恭，徐州刺史武陵王駿俱因御虜無功，致遭譴責，義恭降為驃騎將軍，駿降為北中郎將。青、冀刺史蕭斌，將軍王玄謨，亦坐罪免官。自經此次宋、魏交爭，南兗、徐、兗、豫、青、冀六州，邑里為墟，倍極蕭條。元嘉初政，從此澒衰了。小子有詩嘆道：

自古佳兵本不祥，況聞將帥又非良；
六州殘破民遭劫，畢竟車兒太不明（車兒係宋主義隆小字）！

兵為禍始，身且凶終。過了一兩年，南北俱有重大情事，出人意表。小子當依次演述，請看官續閱下回。

觀張暢之出報魏使，措詞敏捷，可稱為外交家。觀臧質之復答魏書，下筆詼諧，可稱為滑稽派。但吾謂寧效張暢，毋效臧質。張暢所說，不亢不卑，能令魏使李孝伯自然心折，三寸舌勝過十萬師，張暢有焉。臧質以溲代酒，殊出不情，所致覆書，語語挑動敵怒，曩令沈璞無備，區區孤城，豈能長守！且使魏主無意北歸，誓拔此城，彭城又不敢發兵相救，則援絕勢孤，終有陷沒之一日，恐虜主所設之鐵床，難免質之一坐耳。然則張暢之卻敵也，得之於鎮定；臧質之卻敵也，得之於僥倖，鎮定可恃，僥倖不可恃，臧質一試見效，至欲再試三試，宜後來之發難江州，一跌赤族也。

第十五回　騁辯詞張暢報使　貽溲溺臧質覆書

第十六回

永安宮魏主被戕　含章殿宋帝遇弑

第十六回　永安宮魏主被弒　含章殿宋帝遇弒

　　卻說魏主燾馳還平城，飲至告廟，改元正平，所有降民五萬餘家，分置近畿，無非是表揚威武，誇示功績的意思。魏自拓跋嗣稱盛，得燾相繼，國勢益隆，但推究由來，多出自崔浩功業。浩在魏主南下以前，已為了修史一事，得罪受誅，小子於十四回中，曾已提及，不過事實未詳，還宜補敘。本回承前啟後，正應就此表明。

　　浩與崔允等監修國史，已有數年（見十三回），魏主嘗面諭道：「務從實錄」，浩因將魏主先世，據實列敘，毫不諱言。著作令史閔湛郗標，素來巧佞，見浩平時撰著，極口貢諛，且勸浩刊布國史，勒石垂示，以彰直筆。浩依言施行，鐫石立衢，所有北魏祖宗的履歷，無論善惡，一律直書。時太子晃總掌百揆，用四大臣為輔，第一人就是崔浩，此外三人，為中書監穆壽，及侍中張黎、古弼。弼頭甚銳，形似筆尖，忠厚質直，頗得魏主信任，嘗稱為筆頭公。浩亦直言無隱，常得太子敬禮，因此權勢益崇，為人所憚。古人說得好，道高一尺，魔高一丈，崔浩具有幹才，更得兩朝優寵，事皆任性，不避嫌疑，免不得身為怨府，遭人構陷，中書侍郎高允，已早為崔浩擔憂，浩全不在意，放任如故。致死之由。果然讒夫交構，大禍猝臨，一道敕書，竟將浩收繫獄中。

　　高允與浩同修國史，當然牽連，太子晃嘗向允受經，意圖營救，便召允與語道：「我導卿入謁內廷，至尊有問，但依我言，當可免罪。」允佯為遵囑，隨太子進見魏主。太子先入，謂允小心慎密，史事俱由崔浩主持，與允無涉，請貸允死罪。魏主乃召允入問道：「國史統出浩手麼？」允跪答道：「太祖記是前著作郎鄧淵所作，先帝記及今上記，臣與浩共著，浩但為總裁，至下筆著述，臣較浩為更多。」魏主不禁盛怒，瞋目視太子道：「允罪比浩為大，如何得生？」太子面有懼色，慌忙跪求道：「天威嚴重，允係小臣，迷亂失次，故有此言。臣兒曾向允問明，俱說是由浩所為。」

魏主又問允道：「東宮所陳，是否確實？」允從容答道：「臣罪當滅族，不敢虛妄，殿下哀臣，欲丐餘生，所以有此設詞。」壯哉高允。魏主怒已少解，復顧語太子道：「這真好算得直臣了！臨死不易辭，不失為信，為臣不欺君，不失為貞，國家有此純臣，奈何加罪！」便諭令起身，站立一旁。復召崔浩入訊。浩面帶驚惶，不敢詳對。魏主令左右牽浩使出，即命高允草詔，誅浩及僚屬僮吏，凡百二十八人，皆夷五族。允持筆不下，魏主一再催促，允擱筆奏請道：「浩若別有餘釁，非臣所敢諫諍；但因直筆觸犯，罪不至死，怎得滅族！」魏主又怒，喝令左右將允拿下。太子晃更為哀求，魏主乃霽顏道：「非允敢諫，更要致死數千人了。」太子與允，拜謝而退。越日有詔傳出，命誅崔浩，並夷浩族；餘止戮身，不及妻孥。還是一場冤獄。

他日太子責允道：「我欲為卿脫死，卿終不從，致觸上怒，事後追思，尚覺心悸。」允答道：「史所以記善惡，垂戒今古。崔浩非無他罪，但作史一事，未違大禮，不應加誅，臣與浩同事，浩既誅死，臣何敢獨生！蒙殿下替臣救解，恩同再造，不過違心苟免，非臣初願，臣今獨存，尚有愧死友哩！」太子不禁動容，稱嘆不置。語為魏主所聞，也有悔意。會尚書李孝伯病篤，訛傳已死，魏主嗚咽道：「李尚書可惜！」半晌又改言道：「朕幾失詞，崔司徒可惜！李尚書可哀！」嗣聞孝伯病癒，遂令入代浩職，每事與商，彷彿如浩在時，這且毋庸細表。

唯太子晃為政精察，素與中常侍宗愛有嫌，給事中仇尼道盛，得太子歡，亦與愛不協。偏魏主好信愛言，愛遂讒間東宮，先將仇尼道盛，指為首惡，次及東宮官屬十數人。魏主竟一體處斬，害得太子晃日夕驚惶，致成心疾，未幾遂歿。太嚇不起。

既而魏主知晃無罪，很是悲悼，追諡晃為景穆太子，封晃子濬為高陽

第十六回　永安宮魏主被弒　含章殿宋帝遇弒

王。嗣又以皇孫世嫡，不當就藩，乃復收回成命。濬時年十二，聰穎過人，魏主格外鍾愛，常令侍側。只宗愛見魏主追悔，自恐得罪，遂想了一計，做出弒逆的大事來了。

一年易過，苦難下手。至魏正平二年春季，魏主燾因酒致醉，獨臥永安宮。宗愛伺隙進去，不知他如何動手，竟令這英武果毅的魏主燾，死得不明不白，眼出舌伸。也是殺人過多的報應。

經過了好多時，始有侍臣入視，見魏主這般慘狀，駭極欲奔，狂呼而出，那時宗愛早已溜出外面，佯作驚愕情狀，即與尚書左僕射蘭延、侍中和疋（音雅）、薛提等，商量後事，暫不發喪。當下審擇嗣君，互生異議。和疋以皇孫尚幼，欲立長君，薛提獨援據經義，決擬立孫。彼此辯論一番，尚未定議，和疋竟召入東平王翰，置諸別室，將與群臣會議，立為嗣君。宗愛獨密迎南安王餘，自便門入禁中，引至柩前嗣位。這東平王翰及南安王餘。統是魏主燾子，太子晃弟，翰排行第三，餘排行第六。宗愛嘗譖死東宮，聽著薛提立孫的議論，原是反對，但與翰亦夙存芥蒂，不願推立，因即矯傳赫連皇后命令（魏立赫連后，見第十回），召入蘭延、和疋、薛提三人，待他聯翩入宮，竟突出宦官數十名，各持刀械，一擁而上，嚇得三人渾身發顫，眼睜睜的被他縛住，霎時間血濺頸中，頭顱落地。東平王翰居別室中，還痴望群臣來迎，好去做那嗣皇帝，不意室門一響，闖入許多閹人，執刀亂斫，半聲狂叫，一命嗚呼！真是冤枉。

宗愛即奉餘即位，宣召群臣入謁，一班貪生怕死的魏臣，哪個還敢抗議；不得已向餘下拜，俯首呼嵩。隨即照例大赦，改元永平，尊赫連氏為皇太后，追諡魏主燾為太武皇帝，授宗愛為大司馬大將軍太師，都督中外諸軍事，領中祕書，封馮翊王。備述宗愛官職，所以見餘之不子。餘因越次繼立，恐眾心未服，特發庫中財帛，遍賜群臣。不到旬月，庫藏告罄。

偏是南方兵甲，驀地來侵，幾乎束手無策，還虧河南一帶，邊將固守，勝負參半，才將南軍擊退。

原來宋主義隆，聞魏主已殂，又欲北伐，可巧魏降將魯軌子爽，及弟秀復來奔宋，奏稱父軌早思南歸，積憂成病，即致身亡，臣爽等謹承遺志，仍歸祖國云云（魯軌先奔秦，後奔魏，俱見第五、六回中）。宋主大喜，立授爽為司州刺史，秀為潁州太守，與商北伐事宜。爽等竭力慫恿，遂遣撫軍將軍蕭思話，督率冀州刺史張永等，進攻磞磝。魯爽、魯秀、程天祚等，出發許洛，雍州刺史臧質，率部眾趨潼關。沈慶之等固諫不從。青州刺史劉興祖請長驅中山，直搗虜巢，亦不見聽。反使侍郎徐爰，傳詔軍前，遇有進止，須待中旨施行。從前宋師敗績，均由宋主專制過甚，諸將趑莫決，所以致此。此次仍蹈前轍，眼見是不能成功。

張永等到了磞磝，圍攻兼旬，被魏兵穴通道地，潛出毀營，永竟駭退，士卒多死。蕭思話自往督攻，又經旬不下，糧盡亦還。臧質頓兵近郊，但遣司馬柳元景等向潼關，梁州參軍蕭道成（即蕭承之子），亦會軍赴長安，未遇大敵，無狀可述。唯魯爽等進搗長社，魏守將禿髮（幡）棄城遁去，再進至大索，與魏豫州刺史拓跋僕蘭，交戰一場，斬獲甚多。追至虎牢，聞磞磝敗退，魏又派兵來援，乃還鎮義陽。柳元景等自恐勢孤，亦引軍東歸，一番舉動，又成畫餅。宋主因他擅自退師，降黜有差，這也不在話下。

且說魏主餘聞宋師已退，放心安膽，整日裡沉湎酒色，間或出外畋遊，不恤政事。宗愛總握樞機，權焰滔天，不但群臣側目，連魏主餘亦有戒心。有時見了宗愛，頗加裁抑，宗愛不免含憤，又復懷著逆謀，欲將餘置諸死地。小人難養，觀此益信。會餘夜祭東廟，宗愛即囑令小黃門賈周等，用著匕首，刺餘入胸，立刻倒斃。

第十六回　永安宮魏主被弒　含章殿宋帝遇弒

　　群臣尚未聞知，唯羽林郎中劉尼，得知此變，便入語宗愛，請立皇孫濬以副人望。愛愕然道：「君大癡人，皇孫若立，肯忘正平時事麼？」（招太子晃事）。尼默然趨出，密告殿中尚書源賀。賀有志除奸，即與尼同訪尚書陸麗，與麗晤談道：「宗愛既立南安，今復加弒，且不願迎立皇孫，顯見他包藏禍心，不利社稷，若不早除，後患正不淺哩！」麗驚起道：「嗣主又遭弒麼？一再圖逆，還當了得！我當與諸君共誅此賊，迎立皇孫！」遂召尚書長孫渴侯，商定密計，令與源賀率同禁兵，守衛宮廷，自與尼往迎皇孫。皇孫濬才十三歲，即抱置馬上，馳至宮門。長孫渴侯開門迎入，麗入宮擁衛皇孫，尼率禁兵馳還東廟，向眾大呼道：「宗愛弒南安王，大逆不道，罪當滅族。今皇孫已登大位，傳令衛士還宮，各守原職！」大眾聞言，歡呼萬歲。尼即麾眾拿下宗愛、賈周，勒兵返營。奉皇孫濬御永安殿，即皇帝位，召見群臣，改元興安。誅宗愛、賈周，具五刑，夷三族。追尊景穆太子晃為皇帝，廟號恭宗，妣鬱久閭氏為恭皇后。立乳母常氏為保太后，常氏本遼西人，因事入宮，濬生時母即去世，由常氏哺乳撫育，乃得成人，所以特別尊養，隱示報酬。尋且竟尊為皇太后。雖曰報德，未足為訓。封陸麗為平原王，劉尼為東安公，源賀為西平公，長孫渴侯為尚書令，加開府儀同三司，國事粗定，易危為安。那南朝的宋天子，卻親遭子禍，死於非命，彷彿有銅山西崩，洛鐘東應的情狀，這正所謂亂世紛紛，華夷一律呢。

　　宋自袁皇后病逝後，潘淑妃得專總內政。太子劭性本凶險，又憶及母后病亡，由淑妃所致，不免仇恨淑妃，並及淑妃子濬。濬恐為劭所害，曲意事劭，因得與劭相親。劭姊東陽公主，有婢王鸚鵡，與女巫嚴道育往來，道育夤緣干進，得見公主，自言能辟穀導氣，役使鬼物。婦人家多半迷信，遂視道育為神巫。道育嘗語公主道：「神將賜公主重寶，請公主留

意！」公主記在心中，入夜臥床，果見流光若螢，飛入書笥，慌忙起視，開篋得二青珠，即目為神賜，益通道育。

　　劭與濬出入主家，由公主與語道育神術，亦信以為真。他兩人素行多虧，常遭父皇喝斥，可巧與道育相識，便浼他祈請，欲令過不上聞。道育設起香案，對天膜拜，唸唸有詞，也不知他是什麼咒語。是無等等咒。既而向空問答，好似有天神下降，與他對談，約有半個時辰，才算禱畢。無非搗鬼。入語劭、濬二人道：「我已轉告天神，必不洩漏。」二人大喜，共稱道育為天神。道育恐所言未驗，索性為劭、濬設法，用巫蠱術，雕玉成像，假託宋主形神，瘞埋含章殿前。東陽公主婢王鸚鵡，與主奴陳天與，黃門陳慶國，共預祕謀。劭擢天與為隊主，宋主說他錄用非人，面加詰責。天神何不代為掩飾。劭未免心虛，且恨且懼，適濬出鎮京口，遂馳書相告。濬覆書道：「彼人若所為不已，正好促他餘命。」彼人暗指宋主，劭與濬往來通訊，嘗稱宋主為彼人，或曰其人。卻是一個新名詞。

　　已而東陽公主，一病不起，竟致謝世。何不先浼道育替她禳解？王鸚鵡年亦濅長，既為公主畢喪，理應遣嫁，當由濬代為主張，命嫁府佐沈懷遠為妾。懷遠格外愛寵，竟至專房。鸚鵡原是得所，偏她有一種說不出的隱情，橫亘在胸，未免喜中帶憂。看官道為何因？原來鸚鵡在主家時，曾與陳天與私通，此次嫁與懷遠，恐天與含著醋意，洩漏巫蠱情事，左思右想，無可為計，不如先殺天與，免貽後患。世間最毒婦人心。當下自往告劭，但說是天與謀變，將發陰謀。劭怎知情弊，立將天與殺死，陳慶國駭嘆道：「巫蠱祕謀，唯我與天與得聞，天與已死，我尚能獨存麼？」遂入見宋主，一一具陳。宋主大驚，即遣人收捕鸚鵡，並搜檢鸚鵡篋中，果得劭、濬書數百紙，統說詛咒巫蠱事。又在含章殿前，掘得所埋玉人，當命有司窮治獄案，更捕女巫嚴道育，道育已聞風逃匿，不知去向。想是由天

第十六回　永安宮魏主被弒　含章殿宋帝遇弒

神救去了。只晦氣了一個王鸚鵡，囚禁獄中。宋主連日不歡，顧語潘淑妃道：「太子妄圖富貴，還有何說？虎頭（浚小字）也是如此，真出意料！汝母子可一日無我麼？」遂遣中使切責劭、浚，兩人無從抵賴，只得上書謝罪。宋主雖然懷怒，尚是存心舐犢，不忍加誅！真是溺愛不明。

蹉跎蹉跎，又經一載，已是元嘉三十年了。浚自京口上書，乞移鎮荊州，宋主有詔俞允，聽令入朝。會聞嚴道育匿居京口張旿家，即飭地方官掩捕，仍無所得。但拘住道育二婢，就地審訊，供稱道育曾變服為尼，先匿東宮，後至京口依始興王（浚封始興王已見十三回中），曾在旿家留宿數宵，今復隨始興王還朝云云。宋主大怒，即命京口送二婢入都，將與劭、浚質對。

浚至都中，頗聞此事，潛入宮見潘淑妃。淑妃抱浚泣語道：「汝前為巫蠱事，大觸上怒，還虧我極力勸解，才免汝罪，汝奈何更藏嚴道育？現在上怒較甚，我曾叩頭乞恩，終不能解，看來是無可挽回，汝可先取藥來，由我自盡，免得見汝慘死哩！」浚聽了此言，將母推開，奮衣遽起道：「天下事任人自為，願稍寬懷，必不相累！」說著，搶步出宮去了。宋主召入侍中王僧綽，密與語道：「太子不孝，浚亦同惡，朕將廢太子劭，賜浚自盡，卿可檢尋漢、魏典故，如廢儲立儲故例，送交江、徐二相裁決，即日舉行。」僧綽應命趨出，當即檢出檔冊，齎送尚書僕射徐湛之，及吏部尚書江湛，說明宋主密命，促令裁奪。江湛妹曾嫁南平王鑠，徐湛之女為隨王誕妃，兩人各懷私見，因入謁宋主，一請立鑠，一請立誕。宋主頗愛第七子建平王弘，意欲越次冊立，因此與二相辯論，經久未決。

僧綽入諫道：「立儲一事，應出聖懷，臣意宜請速斷，不可遲延！古人有言，當斷不斷，反受其亂，願陛下為義割恩，即行裁決！若不忍廢立，便當坦懷如初，不勞疑議。事機雖密，容易播揚，不可使變生意外，

貽笑千秋！」宋主道：「卿可謂能斷大事，但事關重大，不可不三思後行！況彭城始亡，人將謂朕太無親情，如何是好？」瞻望徘徊，終歸自誤。僧綽道：「臣恐千載以後，謂陛下只能裁弟，不能裁兒！」宋主默然不應，僧綽乃退。

嗣是每夕召湛之入宮，秉燭與議，且使繞壁檢行，防人竊聽。潘淑妃遣人伺察，未得確報，俟宋主還寢，佯說劭、濬無狀，應加懲處。宋主以為真情，竟將連日謀畫，盡情告知。淑妃急使人告濬，濬即馳往報劭，劭與隊主陳叔兒，齋帥張超之等，密謀弒逆，即召集養士二千餘人，親自行酒，囑令戮力同心。

到了次日，夜間詐為詔書，偽稱魯秀謀反，飭東宮兵甲入衛，一面呼中庶子蕭斌，左衛率袁淑，中舍人殷仲素，左積弩將軍王正見等，相見流涕道：「主上信讒，將見罪廢，自問尚無大過，不願受枉，明旦將行大事，望卿等協力援我，共圖富貴！」說至此，起座下拜。蕭斌等慌忙避席，逡巡答語道：「從古不聞此事，還請殿下三思！」劭不禁變色，現出怒容。斌憚劭凶威，便即改口道：「當竭力奉令！」仲素等亦依聲附和。淑獨呵叱道：「諸君謂殿下真有此事麼？殿下幼嘗患瘋，今或是舊疾復發哩。」劭益加奮怒，張目視淑道：「汝謂我不能成事麼？」淑答道：「事或可成，但成事以後，恐不為天地所容，終將受禍！如殿下果有此謀，還請罷休！」陳叔兒在旁說道：「這是何事，尚說可罷手麼？」遂麾淑使出。

淑還至寓所，繞床行走，直至四更乃寢。何不速報宋主。翌晨宮門未開，劭內著戎服，外罩朱衣，與蕭斌同乘畫輪車，出東宮門，催呼袁淑同載。淑睡床未起，經劭停車力促，乃披衣出見，劭使登車，辭不肯上，即被劭指麾左右，一刀了命。實是該死。遂趨至常春門，門適大啟，推車直入。舊制東宮隊不得入禁城，劭取出偽詔，指示門衛道：「接奉密敕，有

第十六回　永安宮魏主被戕　含章殿宋帝遇弒

所收討，可放後隊入門。」門衛不知是詐，便一併放入。張超之為前驅，領著壯士數十人，馳入雲龍門。馳過齋閣，直進含章殿，宋主與徐湛之密謀達旦，燭尚未滅，門階戶局，衛兵亦尚寢未起。

超之等一擁入殿。宋主驚起，舉幾為蔽，被超之一刀劈來，剁落五指，投幾而僕。超之復搶前一刀，眼見得不能動彈，嗚呼哀哉！享年四十七歲。小子有詩嘆道：

到底妖妃是禍胎，機謀一洩便成災；
須知梟獍雖難馭，釁隙都從帷簾來！

宋主被弒，徐湛之直宿殿中，聞變驚起，趨往北戶，未知能逃脫性命否，且待下回續詳。

北朝弒主，南朝亦弒主，僅隔一年，禍變相若，以天地間不應有之事，而乃數見不鮮，可慨孰甚！尤可駭者，魏閹宗愛，一載中敢弒二主，當時忠如崔允，直如古弼，俱尚在朝，不聞仗義討賊，乃竟假手於劉尼、陸麗諸人，向未著名，反能誅逆，彼崔允、古弼輩，得毋虛聲純盜耶！宋主被弒，出自親子，當斷不斷，反受其亂，誠如王僧綽所言。江、徐兩相，得君專政，不能為主除害，尋且與主同盡，懷私者終為私敗，人亦何苦不化私為公也！然亂臣賊子遍天下，而當時之泯泯棼棼，已可概見。太武稱雄，元嘉稱治，史臣所云，其然豈其然乎！

第十七回

發尋陽出師問罪　克建康梟惡鋤奸

第十七回　發尋陽出師問罪　克建康梟惡鋤奸

　　卻說徐湛之趨入北戶，正擬開門逃生，那背後已有亂兵追到，立被殺死。江湛夜直上省，早起聞喧噪聲，料知有變，喟然嘆道：「不用王僧綽言，乃竟至此！」遂避匿小屋中，亦被亂兵搜捕，結果性命。左細仗主廣威將軍卜天與，不暇被甲，執刀持弓，疾呼左右出戰，一箭射去，幾中劭頭。劭急忙閃避，幸得躲過，劭黨圍擊天與，砍斷天與左臂，大吼一聲，倒地而亡。隊長張泓之、朱道欽、陳滿等，一同戰死。

　　劭入含章殿中閣，殺斃中書舍人顧嘏，他如宿衛舊將羅訓、徐罕，及左衛將軍尹弘，皆望風屈附。劭又使人闖入東閣，往殺潘淑妃。淑妃方才起床，尚未盥櫛，驀見亂兵衝入，嚇做一團。赳赳武夫，管什麼玉骨冰肌，竟把她一刀砍死，剖開胸膛，挖心獻劭。何不前時仰藥，免得受此慘劫。還有宮中侍役，平時得宋主親信，約有數十人，也共做了刀頭面，隨著潘淑妃的芳魂，同到冥府中去侍宋主了。

　　濬宿居西府，由舍人朱法瑜，跟蹌走告道：「不好了！不好了！宮中變起，外面統說是太子造反了！」濬佯驚道：「有這等事麼？奈何奈何！」法瑜道：「不如急往石頭，據城觀變。」將軍王慶呵止道：「宮中有變，未知主上安危，做臣子的理應投袂赴難，奈何反往石頭！」濬尚未知宮中確耗，竟從南門趨出，帶著文武千餘人，馳往石頭城。

　　城中由南平王鑠留守，見濬奔至，驚問宮廷情狀。濬答說未畢，即由張超之到來，召濬入朝。濬屛去左右，向超之問明底細，便戎服上馬，急馳而去。朱法瑜勸阻不從，王慶叩馬直諫，提出聲罪討逆四字，更與濬意相反。濬即怒叱道：「皇太子有令，敢有多言，便當斬首！」遂與張超之匆匆入朝，與劭相見。劭說道：「弟來甚好！可惜這潘淑妃——」說到妃字，不禁住口。濬問道：「敢是已死了麼？」劭見他形色自如，才答道：「為兄的一時失檢，淑妃竟為亂兵所害！」濬怡然道：「這是下情所願，死何足

惜！」劭可無父，濬亦何必有母！

劭甚是喜慰，又詐傳詔書，召入大將軍江夏王義恭，及尚書令何尚之，拘至別室，脅令屈服。並召百官入殿，有數十人應召到來。劭即被服冕旒，居然登位，且宣示敕書道：

徐湛之、江湛弒逆無狀，吾勒兵入殿，已無所及，號惋崩衄，心肝破裂。今罪人斯得，元凶克殄，可大赦天下，改元太初，俾眾周知！

即位已畢，便還居永福省，不敢臨喪，但命親黨入宮殿中，棺殮宋主及潘淑妃，諡宋主義隆為景皇帝，廟號中宗。當即發喪，葬長寧陵，命蕭斌為尚書僕射，領軍將軍，何尚之為司空，前太子右衛率檀和之戍石頭，徵虜將軍營道侯義綦鎮京口。義綦係道憐幼子。殷仲素為黃門侍郎，王正見為左軍將軍，張超之、陳叔兒以下，皆升官進爵有差。又令輔國將軍魯秀，與屯騎將軍龐秀之，分掌禁軍，殺尚書左丞荀赤松，右丞臧凝之。兩人係江、徐親屬，所以被殺。王僧綽授任吏部尚書，兼官司徒，嗣由劭檢查故牘，及江湛家書疏，得僧綽所上前代廢儲典故，不禁怒起，即令加誅。遲死數日，便是逆臣。僧綽弟僧虔亦死。劭又誣稱宗室王侯，與僧綽謀反，收繫義欣子長沙王瑾，及瑾弟楷。義慶子臨川王曄，義融子桂陽侯顗，義宗子新渝侯玠（義融、義宗皆義欣弟），一併處死。授江夏王義恭為太保，南譙王義宣為太尉，始興王濬為驃騎將軍，調雍州刺史，臧質為丹陽尹，隨王誕為會州刺史，立妃殷氏為皇后，后季父殷衝為司隸校尉。號女巫嚴道育為神師，釋王鸚鵡出獄，厚賞金帛。鸚鵡至劭處謝恩，劭見她妖冶善媚，格外加憐，竟引入密室，特賜雨露。鸚鵡本來淫蕩，驟然得此奇遇，真是喜出望外，流連枕蓆，曲意承歡，引得劭心花怒開，通宵取樂，恨不即立她為后。只因正宮有主，一時不便廢易，權且列作妾媵，再

第十七回　發尋陽出師問罪　克建康梟惡鋤奸

作後圖。鸚鵡原是禽類，應與禽獸為匹。是時武陵王駿，移鎮江州，仍然開府（回應十四回中江州罷府事，文筆不漏，且與十三回中江州應出天子語，亦遙相印證）。適值江蠻為寇，駿出屯五洲，並由步兵校尉沈慶之，自巴水來會，並討群蠻。劭陽授駿為征南將軍，暗中卻與沈慶之手書，令他殺駿。可巧典簽董元嗣，也自建康至五州，具言太子弒逆狀，慶之密語僚佐道：「蕭斌婦人，餘將帥皆不足道，看來東宮同惡，不過三十人，此外脅從，必不為用，我若輔順討逆，不患無成！」乃入帳見駿，駿已略聞密書消息，陰有戒心，即託疾不見。慶之竟自突入，取出劭書，當面示駿。駿無從避匿，但對書泣下道：「我死亦不怕，但上有老母，可否許我一訣？」原來駿母為路淑媛，嘗隨駿就藩，所以駿有此言。慶之奮然道：「殿下視慶之為何如人？慶之受先帝厚恩，今日當輔順討逆，唯力是視，殿下何必多疑！」駿起座再拜道：「國家安危，皆在將軍！」慶之答拜畢，即命內外勒兵，剋期東指。

府主簿顏竣道：「劭據有天府，急切難攻，若單靠一隅起義，未免孤危，不如待諸鎮協謀，然後舉事。」慶之厲聲道：「今欲仗義出師，乃來這黃頭小兒，撓阻軍心，怎得不敗？宜斬首號令，振作士氣！」駿見慶之動怒，忙令竣拜謝慶之，慶之乃和顏語竣道：「君但當司筆札事，出兵打仗，非君所能與聞。」駿喜說道：「願如將軍言！」當下戒嚴誓眾，命沈慶之為府司馬，襄陽太守柳元景，隨郡太守宗慤，為諮議參軍，內史朱修之署平東將軍，顏竣為錄事，長史劉延孫為尋陽太守，行留府事。

慶之部署內外，才閱旬日，便已整備，時人目為神兵。當命顏竣草檄，傳示四方，使共討劭。荊州刺史南譙王義宣，雍州刺史臧質，司州刺史魯爽，首先起應，舉兵相從。駿留魯爽守江陵，自與臧質出赴尋陽。

劭聞駿出師，調兗、冀二州刺史蕭思話為徐、兗二州刺史，起張永為

青州刺史。思話不奉劭命，竟率兵應駿，建武將軍垣護之，也自歷城赴尋陽，與駿聯合。就是隨王誕亦致書與駿，願共討逆。不到一月，已是義師四起，伐鼓淵淵。可見人心未死。劭尚自恃知兵，召語朝士道：「卿等但助我料理文書，不必注意軍旅，若有寇難，我自能抵禦，但恐賊虜未敢遽動呢！」嗣聞四方兵起，方有憂色，乃下令戒嚴。

春去夏來，警信益急，柳元景統領寧朔將軍薛安都等，出發溢口，共計十有二軍。武陵王駿，亦自尋陽出發，命沈慶之總掌中軍，浩浩蕩蕩，殺奔建康。一面傳檄入都，歷數劭罪。

劭得閱檄文，探知是顏竣手筆，便召太常顏延之入殿，投檄相示道：「你可知何人所作？」延之方應劭徵，入為光祿大夫，竣即延之長子，延之從容覽檄，料知劭是故意質問，便直供道：「這當是臣兒所為。」劭又問道：「汝如何知曉？」延之道：「臣子竣筆意如此，臣不容不識。」劭又道：「竣如何這般毀我？」延之道：「竣不顧老父，怎知顧陛下！」劭怒少解，叱令退朝，命拘竣子至侍中下省，義宣子至太倉空舍，一體幽禁，且欲盡殺三鎮將士家口。

江夏王義恭，司空何尚之進言道：「人生欲舉大事，必不顧家，否則定是脅從，無法解免；若將他家室誅滅，益令眾心絕望，更增敵焰呢。」娓娓動聽，保全不少。劭也以為然，因不復問。唯自思朝廷舊臣，均不足恃，只好厚撫輔國將軍魯秀，及右軍參軍王羅漢，委以軍事，令蕭斌為謀主，殷衝掌兵符。斌勸劭整率水軍，自出決戰，或保據梁山，固壘扼守。江夏王義恭有心結駿，恐他倉猝起兵，船隻狹小，不利水戰，乃勸劭養銳待期，不宜遠出。斌厲色道：「武陵郎二十少年，能做出這般大事，殆未可量；況復三方同惡，勢據上流，沈慶之諳練軍事，柳元景、宗愨屢次立功，形勢如此，實非小敵。今都中人心未離，尚可勉力一戰，若端坐檯

第十七回　發尋陽出師問罪　克建康梟惡鋤奸

城，如何能久持哩！」劭不聽斌言，但慰勞將士，督治戰艦，擬俟敵軍逼近，然後決戰。呆鳥。或勸劭保石頭城，劭說道：「前人據守石頭，無非待諸侯勤王，我若守此，何人來援，唯應與他決戰，方可取勝。」既而遣龐秀之出戍石頭，秀之竟往奔駿軍，於是人情大震。

駿軍到了鵲頭，宣城太守王僧達，又馳往謁駿，駿即授為長史，置諸左右。柳元景因舟艦未堅，不便水戰，特倍道疾行，至江寧登岸，使薛安都帶領鐵騎耀兵淮上，且貽書朝士，為陳逆順利害。朝士多潛出建康，往投軍前。駿自尋陽東行，途次遇疾，不能見將士，唯顏竣出入臥內，親視起居。有時因駿病加劇，不便稟白，即專行裁決，軍政以外，所有文檄往來，似出一人，毫無稽滯。

好容易過了兼旬，連舟中甲士，亦未知駿有危疾，毫不慌張。那柳元景日報軍情，俱由竣批答出去，令他相機進取，不為遙制。元景潛至新亭，依山為壘，劭使蕭斌統步軍，褚湛之統水軍，與魯秀、王羅漢等，合精兵萬餘人，攻新亭寨。劭自登朱雀門督戰。

元景下令軍中道：「鼓繁氣易衰，聲喧力易竭，汝等但銜枚接仗，聽我鼓起，方許發聲。」傳令已畢，遂分兵士為兩隊，出寨決鬥，一隊抵敵步軍，一隊防遏水軍，所有勇士，悉數遣出，但留左右數人，宣傳軍令。兩下裡猛力交鋒，爭個你死我活。一邊是仗義而來，人人奮勇，一邊是貪賞而至，個個爭先。自午前殺至午後，不分勝敗。那王羅漢殺得性起，挺著一枝長矛，闖入義軍隊內，左挑右撥，無人敢當。褚湛之亦麾兵登岸，與蕭斌左右夾攻，看看義軍勢弱，有些兒招抵不上。元景出營督隊，也捏著一把冷汗。忽聞蕭斌軍內，打起幾聲退鼓，頓令蕭斌、褚湛之等，動起疑來，向後卻顧。元景覷著此隙，援枹擊鼓，鼕鼕不絕，部眾聞鼓踴躍，吶一聲喊，統向敵軍殺去。敵軍駭散，多半墜入淮水，溺斃甚多。劭見各

军敗退，自率餘眾，再來攻壘，覆被元景殺敗，傷亡無數。蕭斌受傷先遁，魯秀、褚湛之、檀和之，統奔降柳營，劭單騎走脫，馳還建康。

元景迎納魯秀等，談及軍事，才知前次退鼓，乃由魯秀所擊，就是褚、檀兩人，也由秀邀他反正，所以同奔。元景大喜，露布告捷，且迎武陵王駿至新亭。

駿病體已痊，即至新亭勞軍，乘便入江寧城。湊巧江夏王義恭，自建康脫身馳至，上勸進書。又來了散騎侍郎袁爰，佯說是追趕義恭，亦至武陵王處投順。爰素習朝儀，遂令兼太常丞，草述即位儀注。編制已就，便在新亭築壇，由武陵王駿即皇帝位，大赦天下。文武各賜爵一等，從軍加二等，改謚大行皇帝曰文，廟號太祖。授大將軍義恭為太尉，錄尚書事，兼南徐州刺史，南譙王義宣為中書監，兼揚州刺史，隨王誕為衛將軍，兼荊州刺史，臧質為車騎將軍，兼江州刺史，沈慶之為領軍將軍，蕭思話為尚書左僕射，王僧達為右僕射，柳元景、顏竣為侍中，宗慤為右衛將軍，張暢為吏部尚書。其餘將士各加官有差。改號新亭為中興亭，再圖進取。

劭自新亭奔還，聞義恭逃去，即將他十二子一併拘到，盡行殺斃，立子偉之為太子，又復大赦。唯劉駿、義恭、義宣、誕不原。命濬為南徐州刺史，與南平王鑠並錄尚書事，濬聞駿軍將至，憂迫無計，當與劭想出一法，用輦迎蔣侯神像，舁置宮中，稽顙求福，拜大司馬，封鍾山王，又封蘇侯為驃騎將軍，也是焚香頂禮，日夕虔求。想是嚴道育教他。偏是臧質等步步進逼，直指建康。劭遣殿中將軍燕欽等出拒，相遇曲阿，未戰即潰。劭乃緣淮樹柵，派兵戍守。男丁多半逃散，城內外只有婦女，也迫令從軍，充當役使。魯秀等募勇士攻破大航，鉤得一舶。王羅漢尚逍遙江上，挾妓醉酒，忽聞秀軍已經登岸，急得不知所措，慌忙出降。緣淮各戍依次奔散，器仗鼓蓋，充塞路衢。

第十七回　發尋陽出師問罪　克建康梟惡鋤奸

　　劭聞戍軍潰退，沒奈何閉守六門，並在城內鑿塹立柵，城中一日數驚，非常慌亂。丹陽尹尹弘等逾城出降，蕭斌亦令部兵解甲，自石頭城攜著白旛，奔投軍前。魯秀等奏達新亭奉詔以斌甘黨惡，情罪較重，飭即處斬，當下將斌械送，梟首行轅。

　　這時候的元凶劉劭，自知大事已去，毀去乘輿及冕服，打算逃走，浚勸劭載運寶貨，航海遠奔。劭恐人情離散，載寶出走，反惹眾目，意欲輕騎逃生。兩人計議未決，那閶闔門外的守兵，已走還入殿，薛安都、程天祚等領著義師，乘亂隨入。臧質、朱修之分門殺進，同會太極殿前。逆黨四處逃奔，王正見首被擒獲，當場斬首。張超之走入含章殿，匿御床下，被義軍追尋得手，抓出殿階，亂刀分屍，刳腸剖心，啗肉立盡。

　　劭不能出走，穴通西垣，竄入武庫井中，義軍隊副高禽，率兵進內，七手八腳，將劭擒住，反綁起來。劭問道：「天子何在？」禽答道：「就在新亭！」當下牽劭出庭，臧質瞧著，向他悲慟。劭靦然道：「天地所不覆載，丈人何為見哭？」此時也自知罪麼？臧質何故慟哭，我亦要問。質乃停淚，把劭縛住馬上，押送行轅。一面捕得偽皇后殷氏、偽皇子偉之等兄弟四人，並諸女妾媵，及嚴道育、王鸚鵡等婦女繫獄，男子械送，封府庫，清宮禁，只不見了傳國璽。再遣人向劭詰問，劭言在嚴道育處，因將道育身上檢搜，果然藏著，便即取獻新皇。道育懷藏國寶，莫非要送與天神不成！

　　劭與四子俱至軍門，江夏王義恭等出視，義恭先叱劭道：「我背逆歸順，有何大罪，乃殺我十二兒？」劭答道：「殺死諸弟，原是我負叔父！」江湛妻庾氏，乘車往詈，龐秀之亦加誚讓，劭厲聲道：「何必多說！我死罷了！」義恭怒起，先命斬劭四子，然後及劭。劭臨刑時，尚嘆息道：「不圖宋室弄到如此！」出汝逆賊，所以如此。劭父子首都梟示大航，暴屍市曹。

義恭奉命先歸，道出越城，正值浚父子狼狽逃來，還有鑠亦偕行。見了義恭，浚下馬問道：「南中郎今作何事？」義恭道：「皇上已君臨萬國！」浚又道：「虎頭來得太遲了！」虎頭見前。義恭道：「未免太遲。」浚又問：「可不死否？」義恭道：「可詣行闕請罪。」乃勒令上馬相從，乘他不備，剁下頭顱。浚有三子，一併斬首，獻至行轅，命與劭父子首同懸大航。

　　又有詔傳入建康，凡偽皇后殷氏以下，俱賜自盡。殷氏且死，語獄丞江恪道：「我等無罪，何故枉殺？」恪答道：「受冊為后，怎得無罪！」殷氏道：「這是暫時的冊封，稍遲數月，便當冊王鸚鵡為后了。」隨即用帛自盡。諸女妾媵皆自殺，唯嚴道育、王鸚鵡兩人，牽出都市，鞭笞交下，宛轉致斃。要想做天師、皇后的滋味。焚屍揚灰，擲置江中。殷衝為殷氏季父，尹弘王羅漢，曾事劭盡力，一概賜死。淮南太守沈璞，坐守湖上，觀望不前，亦即加誅。

　　嗣主駿自新亭入都，就居東府，百官踵府請罪，有詔不問。遂遣建平王弘至尋陽，迎生母路淑媛，及妃王氏入都。尊母為皇太后，冊妃為皇后。追贈袁淑為太尉，徐湛之為司空，江湛為開府儀同三司，王僧綽為金紫光祿大夫。毀劭所居東宮齋室，作為園池。封高禽為新陽縣男，追號潘淑妃為長寧國夫人，特置守塚。禍由彼起，不應追贈，即如王僧綽之甘受偽命，亦不宜贈官。進江夏王義恭為太傅，領大司馬，南平王鑠為司空，建平王弘為尚書左僕射，隨王誕為右僕射，尋且改南譙王義宣為南郡王，隨王誕為竟陵王。餘皆論功行賞，各有遷調。唯褚湛之本為浚婦翁，自南奔歸順後，赦去前罪，受職丹陽尹，女為浚妃，因湛之反正，浚與妃絕，亦得免誅。又有何尚之雖曾附逆，但與義恭從中調護，保全三鎮，心向義軍，理應特別原情，仍授為尚書令。子何偃為大司馬長史，任遇如故。

　　宋主駿乃入居大內，粗享太平。小子有詩詠道：

第十七回　發尋陽出師問罪　克建康梟惡鋤奸

江州天下語非虛，一舉功成惡盡除。

畢竟人情猶向義，元凶結局果何如！

過了兩月，南平王鑠，竟致暴亡。究竟為著何事，待小子下回表明。

弒宋主者為元凶劭。劭何能弒主？潘淑妃實召之。宋主死而淑妃亦死，宜也。淑妃死而劭與濬相繼俱死，尤其宜也。武陵王駿，亦南平王鑠之流，非真能成大事者，幸賴沈慶之昌言起義，始得號召義旅，入誅元凶。天下雖滔滔皆是，而公論猶存，凶人卒殄，是可見弒君弒父者，終不能幸全性命；否則天理淪亡，順逆不辨，幾何不胥為禽獸也。乃逆黨殄平，不問原委，且追贈潘淑妃為長寧國夫人，另置守塚，是豈不可以已乎！吾乃知駿之終為暗主也。

第十八回

犯上興兵一敗塗地　誅叔納妹隻手瞞天

第十八回　犯上興兵一敗塗地　誅叔納妹隻手瞞天

卻說南平王鑠，與義恭等還入建康，雖得進位司空，但因歸義最遲，終為宋主駿所忌。鑠亦常懷憂懼，寤寐不安，夜眠時或嘗驚起，與家人絮談，語多荒謬，及神志清醒，始自覺為失魂。一日食中遇毒，竟爾暴亡。當時統說由宋主所使，將他毒斃，表面上追贈司徒，總算掩飾過去。

越年就是宋主駿元年，年號孝建。才經一月，江州復起亂事，免不得又要興師。自宋主駿入都定位，凡被劭拘禁諸子，及義宣諸兒，當然放出。立長子子業為皇太子，並封義宣子愷為南譙王。義宣固辭，乃降封愷為宜陽縣王，愷兄弟有十六人，姊妹亦多，或隨義宣就藩，或留住都中。義宣受宋主駿命，兼鎮揚州，他卻不願內任，情願還鎮荊州。宋主駿准如所請。義宣陛辭而去，所留都中子女，仍然居京邸中。

宋主駿年才三八，膂力方剛，正是振作有為的時候，偏他有一種好色的奇癖。好色亦是常情，不得目為奇癖。無論親疏貴賤，但教有幾分姿色，被他瞧著，便要召入御幸，不肯放鬆。路太后居顯陽殿中，內外命婦，及宗室諸女，免不得進去朝謁，駿乘間闖入，選美評嬌，一經合意，便引她入宮，迫令侍寢。有時竟在太后房內，配角幾齣龍鳳緣。太后溺愛得很，聽令胡鬧，不加禁止，因此醜聲外達，喧傳都中。

義宣諸女曾出入宮門，有幾個生得一貌如花，被宋主駿瞧著，也不管她是從姊從妹，竟做了春秋時候的齊襄公。義宣女不好推脫，只好勉遵聖旨，也湊成了第二、三個魯文姜。天下事若要不知，除非莫為，漸漸的傳到義宣耳中。看官！你想這義宣恨不恨呢？女為帝妃，何必生恨！

會雍州刺史臧質調任江州，自謂功高賞薄，陰蓄異圖，聞義宣懷恨宋主，遂遣心腹往謁義宣，齎投密書。略云：

自來負不賞之功，挾震主之威者，保全能有幾人！今萬物繫心於公，

聲聞已著，見機不作，將為他人所先。若命魯爽、徐遺寶驅西北精兵，來屯江上，質率沅江樓船，為公前驅，已得天下之半。公以八州之眾，徐進而臨之，雖韓、白（韓信、白起）復生，不能為建康計矣。且少主失德，聞於道路，沈（慶之）柳（元景）諸將，亦我之故人，誰肯為少主盡力者？夫不可留者年也，不可失者時也，質常恐溘先朝露，不得展其贄力，為公掃除。再或蹉跎，悔將無及，願明公熟思之！

義宣得書，反覆覽誦，不免心動。質係臧皇后從子（臧皇后見前），與義宣為中表兄弟，質女為義宣子採妻，更做了兒女親家，戚誼纏綿，深相投契，此次怨及宋主，又是不謀而合，義宣總道他有幾分把握，自然多信少疑。還有諮議參軍蔡超，司馬竺超民等，希圖富貴。統勸義宣乘時舉事，如質所言，義宣乃覆書如約。

時魯爽為豫州刺史，素與義宣交好，亦與質相往來。兗州刺史徐遺寶，向為荊州部將，義宣即遣使分報二人，密約秋季舉兵，爽方被酒，未曾聽明來使傳言，即日調集將士，首先發難。私造法服登壇，自號建平元年。遺寶亦整兵向彭城。爽弟瑜在建康，聞信奔至爽處。瑜弟弘為質府佐，有詔令質收捕。質執住詔使，也即舉兵，一面報知義宣，促令會師。

義宣出鎮荊州，先後共計十年，雖然兵強財富，但欲稱戈犯闕，期在秋涼。驚聞魯爽、臧質，先期發難，自己勢成騎虎，不得不倉猝起應。只因師出無名，不得不與質互商，想出一條入清君側的話柄，各奉一表，傳達建康。宣義自稱都督中外諸軍事，置左右長史司馬，使僚佐上箋稱名，加魯爽為征北將軍。爽送所造輿服至江陵，使征北府戶曹投義宣版文，有云：丞相劉今補天子，名義宣，車騎臧今補丞相，名質，皆版到奉行。義宣瞧著，很加詫異。我亦驚疑。復貽書臧質，密令注意。質意圖籠絡，特加魯弘為輔國將軍，令戍大雷。義宣亦遣諮議參軍劉湛之，率萬人助弘，

第十八回　犯上興兵一敗塗地　誅叔納妹隻手瞞天

並召司州刺史魯秀，欲使為湛之後繼。秀至江陵，入見義宣，彼此問答片時，即出府太息道：「我兄誤我，乃與痴人作賊，這遭要身敗家亡了！」既知義宣不足恃，何不另求自全之計？

宋主駿聞義宣發難，恐他兵力盛強，不能抵敵，乃與諸王大臣商議，為讓位計，擬奉乘輿法物，往迎義宣。竟陵王誕勸阻道：「兵來將擋，火來水滅，況義宣犯上作亂，無幸成理，奈何持此座與人！」宋主乃止，命大司馬江夏王義恭，作書勸諭義宣，歷陳禍福。義宣不報，於是授領軍將軍柳元景為撫軍將軍，兼雍州刺史，左衛將軍王玄謨為豫州刺史，安北司馬夏侯祖歡為兗州刺史，安北將軍蕭思話為江州刺史。四將一齊會集，即令元景為統帥，往討義宣、臧質及魯爽。

雍州刺史朱修之得義宣檄文，佯為聯絡，暗中卻通使建康，願共討逆。宋廷本慮他趨附義宣，所以令元景兼刺雍州，既得修之密報，當然復諭獎勉，調他為荊州刺史。益州刺史劉秀之，斬義宣使，遣中兵參軍韋崧，率萬人襲江陵。義宣尚未聞知，命臧、魯兩軍先發，自督部眾十萬，出發江津，舳艫達數十里。授子愷為輔國將軍，與左司馬竺超民，留鎮江陵，檄朱修之出兵接應。修之已輸誠宋室，哪裡還肯發兵？義宣始知修之懷貳，特遣魯秀為雍州刺史，分兵萬人，令他北攻修之。

王玄謨聞秀北去，不由的心喜道：「魯秀不來，一臧質怕他什麼！」遂進兵扼守梁山。冀州刺史垣護之，係徐遺寶姊夫，遺寶邀護之同反，護之不從，且與夏侯祖歡約擊遺寶，遺寶方進襲彭城，長史明胤預先防備，擊退遺寶，並與祖歡、護之合軍，夾擊湖陸。遺寶保守不住，焚城出走，奔投魯爽。兗州叛兵已了。

爽引兵直趨歷陽，與臧質水陸俱下。殿中將軍沈靈賜，奉元景將令，帶著百舸，遊弋南陵，正值臧質前鋒徐慶安，率艦東來，靈賜即掩殺過

去。可巧遇著東風,順勢逆擊,把慶安坐船擠翻,慶安覆入水中,由靈賜指麾勇夫,解衣泅水,得將慶安擒住,回軍報功。臧質聞慶安被擒,怒氣直衝,驅艦急進,徑抵梁山。王玄謨扼守多日,營柵甚固,質猛攻不下,乃夾岸立營,與玄謨相拒,且促義宣從速援應。義宣自江津啟行,突遇大風暴起,幾至覆舟,尚幸駛入中夏口,始得無恙。已兆死讖。

好容易到了尋陽,留待臧、魯二軍消息。既得臧質來書,便撥劉湛之率兵助質,又督軍進駐蕪湖。質復進攻梁山,順流直上,得拔西壘。守將鬍子友等迎戰失利,棄壘東渡,往就玄謨,玄謨忙向柳元景告急。元景正屯兵姑熟,急遣精兵助玄謨,命在梁山遍懸旗幟,張皇聲勢。又令偏將鄭琨、武念出戍南浦,為梁山後蔽,果然臧質派將龐法起,率眾數千,來擊梁山後面,冤冤相湊,與琨、念碰著。一場廝殺,法起大敗,墮斃水中。

時左軍將軍薛安都,龍驤將軍宗越,往戍歷陽,截擊魯爽,斬爽先行楊胡興。爽不能進,留駐大峴,使弟瑜屯守小峴,作為犄角。宋廷特簡鎮軍將軍沈慶之,出督歷陽將士,奮力進討。慶之係百戰老將,為爽所憚,且因糧食將盡,麾兵徐退,自率親軍斷後,從大峴趨往小峴。兄弟相見,杯酒敘情,總道是官軍未至,可以放心暢飲,不防薛安都帶著輕騎,倍道追來,直至小峴營前。爽與瑜方才得悉,倉皇出戰,隊伍未齊,爽已飲得醉意醺醺,不顧好歹,儘管向前亂闖,兜頭碰著薛安都,挺刃欲戰,偏偏骨軟筋酥,抬手不起。但聽得一聲大喝,已被安都一槍刺倒,墮落馬下。安都部將范雙,從旁閃出,梟爽首級。爽眾大潰,瑜亦走死。安都追至壽陽,沈慶之繼至,壽陽城內,只有一個徐遺寶,怎能支持?便棄城往奔東海,為土人所殺。豫州叛眾又了。

兗、豫二州,俱已蕩平,爽繫累世將家,驍勇善戰,號萬人敵,一經授首,頓使義宣、臧質,心膽皆驚。沈慶之又將爽首齎送義宣,義宣益

第十八回　犯上興兵一敗塗地　誅叔納妹隻手瞞天

懼。勉強到了梁山，與質相晤，質獻上一策，請義宣攻梁山，自率萬人趨石頭，義宣遲疑未決。原來江夏王義恭，屢與義宣通書，謂質少無美行，不可輕信。實是離間之計。因此義宣懷疑。劉湛之又密白義宣道：「質求前驅，志不可測，不如合攻梁山，待已告克，然後東進，方保萬全。」義宣遂不從質議，只令質進攻東城。

那時薛安都、宗越等，均已馳至梁山，垣護之亦至，王玄謨慷慨誓師，督眾大戰。薛安都、宗越，並馬出壘，分作兩翼，俟質眾登岸，即衝殺過去。安都攻質東南，一槍刺死劉湛之，宗越攻質西北，亦殺斃賊黨數十人。質招抵不上，只好退走，紛紛登舟，回馳西岸。不防垣護之從中流殺來，因風縱火，煙焰蔽江。質眾大亂，走投無路，各舟又多延燃，燒死溺死等人，不計其數。可謂水火既濟。

義宣在西岸遙望，正在著急，那垣護之、薛安都、宗越各軍，已乘勝殺來，嚇得不知所措，即駛船西走，餘眾四潰。臧質亦單舸遁去，梁山所遺賊砦，統被官軍毀盡，內外解嚴。質奔還尋陽，欲與義宣計事，偏義宣已先經過，不及入城，但命將臧採妻室即義宣女，接取了去，一同西奔。質知尋陽難守，毀去府舍，挈了妓妾，奔往西陽。太守魯方平，閉門不納，轉趨武昌，也遇著一碗閉門羹。日暮途窮，無處存身，沒奈何竄入南湖，採蓮為食。未幾有追兵到來，他自匿水中，用荷覆頭，止露一鼻。忽為追將鄭俱兒望見，射了一箭，直透心胸。既而兵刃交加，腸胃盡出，梟首送建康。江州叛首又了。

義宣奔至江夏，欲趨巴陵，遣人往探，返報巴陵有益州軍，不得已回入徑口，步向江陵。眾散且盡，左右只十數人，沿途乞食，又患腳痛。好幾日始至江陵郭外，遣人報知竺超民，超民乃率眾出迎。義宣見了超民，且泣且語，備述敗狀。超民恐眾心變動，慌忙勸阻，義宣左右顧望，又

見魯秀亦在，驚問底細，方知秀為朱修之殺敗，走回江陵。不如意事常八九，可與人言無二三，沒奈何垂頭喪氣，偕超民等同入城中。親吏翟靈寶，謁過義宣，便即進言道：「今荊州兵甲，不下萬人，尚可一戰，請殿下撫問將佐，但說臧質違令致敗，現特治兵繕甲，再作後圖。從前漢高百敗，終成大業，怎知他日不轉敗為勝，化家為國呢！」義宣依議召慰將佐，也照了靈寶所說，對眾曉諭。他本來口吃舌短，如期期艾艾相似，語不成詞。此次又倉皇誓眾，更屬謇澀得很，及說到漢高百敗一語，他竟忙中有錯，誤作項羽千敗。語言都不清楚，記憶又甚薄弱，乃想入做皇帝，真是痴人！大眾都忍不住笑，各變做掩口葫蘆。義宣始覺錯說，禁不住兩頰生紅，返身入內，竟不復出。

　　魯秀、竺超民等尚欲收拾餘燼，更圖一決，叵奈義宣昏沮，腹心皆潰，所有城中將弁，多悄悄遁去。魯秀知不可為，因即北行。義宣聞秀已北去，亦欲隨往，急令愛妾五人，各扮男裝，自與子愷帶著佩刀，攜著乾糧，前導後擁，跨馬而出。但見城中兵民四擾，白刃交橫，又不覺驚惶無措，嚇落馬下。真正沒用傢伙。還虧竺超民隨送在後，把他扶起，送出城外，復將自己乘馬，授與義宣，乃揖別還城，閉門自守。義宣出城數里，並不見有魯秀，隨身將吏，又皆逃散，單剩子愷一人，愛妾五人，黃門二人，舉目蒼涼，如何就道？不得已折回江陵，天色已晚，叩城不應，乃轉趨南郡空廨，荒宿一宵。無床蓆地，待至天明，遣黃門通報超民。超民已變初意，竟給他敝車一乘，載送至刺奸獄中。義宣入獄，坐地長嘆道：「臧質老奴，誤我至此！」似你這般痴人，即不為臧質所誤，恐亦未必長生。嗣由獄吏遣出五妾，不令同居，義宣大慟道：「常日說苦，尚非真苦，今日分別，才算是苦！」

　　那魯秀本擬奔魏，途次從卒盡散，單剩了一個光身，不便北赴，也只

第十八回　犯上興兵一敗塗地　誅叔納妹隻手瞞天

　　好還向江陵。到了城下，城上守兵，彎弓競射，秀急忙趨避，背後已中一箭，自覺逃生無路，投濠溺斃。守兵出城取首，傳送都中，詔令左僕射劉延孫至荊、江二州，旌別枉直，分行誅賞。且由大司馬義恭，與荊州刺史朱修之，叫他馳入江陵，令義宣自行處治。書未及達，修之已入江陵城，殺死義宣及子愷，並同黨蔡超、顏樂之、徐壽之；就是竺超民亦不能免罪，一併伏誅。義宣有子十八人，兩子早死，尚餘十六子，由宋廷一一逮捕，俱令自盡。臧質子孫，亦悉數誅夷。豫章太守任薈之，臨川內史劉懷之，鄱陽太守杜仲儒，並坐質黨，同時處斬。加封沈慶之為鎮北大將軍，柳元景為驃騎將軍，均授開府儀同三司。餘如王玄謨以下，皆遷升有差。

　　先是晉室東遷，以揚州為京畿，荊、江二州為外藩，揚州出粟帛，荊、江二州出甲兵，各使大將鎮守。宋因晉舊，規制不改。宋主駿懲前毖後，謂各鎮將帥，一再叛亂，無非由地大兵多所致，遂令劉延孫分土析疆，劃揚州、浙東五郡，為東揚州，置治會稽，並由荊、湘、江、豫四州中，劃出八郡，號為郢州，置治江夏，撤去南蠻校尉，把戍兵移居建康，荊、揚二鎮，坐是削弱，但從此地力虛耗，緩急難資。太傅義恭，見宋主志在集權，不欲柄歸臣下，乃請將錄尚書事職銜，就此撤銷，且裁損王侯車服器用，樂舞制度，共計九條。宋主自然准奏，尚因王侯儀制，裁抑未盡，更令有司加添十五條，共計二十四條，嗣是威福獨專，隱然有言莫予違的狀況。

　　沈慶之功高望重，恐遭主忌，年紀又已滿七十，乃告老乞休，宋主不許，慶之入朝固請道：「張良名賢，漢高且許他恬退，如臣衰庸，尚有何用？願乞賜骸骨，永感聖恩！」宋主仍面加慰留。經慶之叩頭力請，繼以涕泣，乃授慶之為始興公，罷職就第。柳元景亦辭去開府，遷官南兗州刺史，留衛京師，朝右諸臣，見義恭及沈、柳兩人，尚且斂抑懼罪，哪個還

敢趾高氣揚？大家屏足重息，兢兢自守。就使宮廷有重大情事，也不敢進諫，個個做了仗馬寒蟬。不意庸才如駿，卻有這番專制手段。

宋主駿樂得放肆，除循例視朝外，每日在後宮宴飲，狎褻無度。前時義宣諸女，雖得仰承雨露，尚不過暗地偷歡，未嘗列為嬪御，至此由宋主召令入宮，公然排入妃嬙，追歡取樂。只是姊妹花中，性情模樣，略有不同，有一個生得姿容纖冶，體態苗條，面似芙蕖，腰似楊柳，水汪汪的一雙媚眼，勾魂動魄，脆生生的一副嬌喉，曼音悅耳，痴人生此嬌女恰也難得，引得這位宋主駿，當作活寶貝看待，日夕相依，寵傾後宮。幾度春風，結下珠胎，竟得產一麟兒，取名子鸞，排行第八，宋主越加喜歡，拜為淑儀。但究竟是個從妹，不便直說出去，他託言是殷琰家人，入義宣家，由義宣家，沒入掖廷。俗語有云，張冠李戴，明明是個義宣女，冒充殷氏家人，封號殷淑儀，這真叫做張冠李戴呢。小子有詩嘆道：

自古人君戒色荒，況兼從妹備嬪嬙；
冠裳顛倒同禽獸，國未亡時禮已亡。

中冓醜聞總難掩飾，當時謗言四起，又惹出一場鬩牆的大釁來了。欲知後事，且看下回。

宋武七男，少帝、文帝，為臣子所廢弒，義真、義康，先後受戮，義季不壽，所存者僅義恭、義宣耳。義宣討逆有功，受封南郡，方諸姬旦，幾無多讓。曩令始終不貳，安鎮荊州，則以懿親而作外藩，幾何不與國同體也。乃始而誅逆，繼且為逆，輕率如臧質，狂躁如魯爽，引為同黨，率爾揭竿，乃知向之躬與討逆者，第為一時之僥倖，至此則情態畢露，似醉似痴。聖狂之界，只判幾希。能討逆則足媲元聖；一為逆則即屬痴人，身名兩敗，家族誅夷，非不幸也，宜也。然義宣啟釁之由，始自宋主駿之淫

第十八回　犯上興兵一敗塗地　誅叔納妹隻手瞞天

及己女,義宣敗而女為淑儀,寵擅專房,女無恥,男無行,易劉為殷,欲蓋彌彰,其得保全首領以歿也,何其幸歟!然骨肉相殘,人禽無辨,禍不及身,必及子孫:閱者於此,足以觀因果焉。

第十九回

發雄師慘屠骨肉　備喪具厚葬妃嬙

第十九回　發雄師慘屠骨肉　備喪具厚葬妃嬙

卻說宋主駿既誅義宣，復納義宣女為淑儀，冒稱殷氏，一面壓制諸王，凌轢大臣，省得他多嘴多舌，起事生風。偏是專制益甚，反動益烈，群臣原屏足重息，那宋主自己的親弟，卻未肯受他抑迫，免不得互起猜嫌。原來宋主駿有二兄，一劭、一濬，已經誅死。親弟卻有十六人，最長的即南平王鑠，遇毒暴亡；次為廬陵王紹，已經早卒，又次為建平王弘，佐駿除劭，官左僕射，未幾亦歿，又次為竟陵王誕，受職右僕射；又次為東海王禕，義陽王昶，武昌王渾，湘東王彧（即明帝），建安王休仁，山陽王休祐，海陵王休茂，鄱陽王休業，新野王夷父，順陽王休範，巴陵王休若，除夷父濛逝外，餘皆少年受封，無甚表見。敘次明白。

孝建元年，柳元景辭去雍州兼職，令武昌王渾為雍州刺史，渾年輕有力，身長七尺，蒞任以後，與左右戲作文檄，自稱楚王，年號元光，備置百官。長史王翼之，上表奏聞，有詔削渾王爵，免為庶人，尋即逼令自殺。痴兒可憫。竟陵王誕，年齡較長，功績最高，討劭時已預義師，討義宣時，又主張出兵。得平三鎮，遂進宮太子太傅，領揚州刺史。他遂造立亭舍，窮極工巧，園池華美，冠絕一時。又募壯士為衛，甲仗鮮明，誇耀畿甸。宋主駿本來多疑，更經義宣亂後，益滋猜忌，見誕舉動不經，特陽示推崇，加誕為司空，調任南徐州刺史，出鎮京口。嗣因京口尚近都城，更徙誕為南兗州刺史，另派右僕射劉延孫鎮守南徐，陰加戒備。朝內用了兩戴一巢，作為腹心，遇有軍國大事，必與三人裁決，然後施行。兩戴一名法興，一名明寶，舊為江州記室，宋主即位，均擢為南臺侍御史；兼中書通事舍人。一巢名叫尚之，涉獵文史，頗擅聲譽，亦得與兩戴同官。

到了孝建三年冬季，兩戴一巢，上書獻諛，無非說是臣民翕服，遠近畏懷。宋主駿亦躊躇滿志，特命改孝建四年元旦，為大明元年正朔，大赦天下，行慶施惠，粉飾太平。忽由東平太守劉胡，遞入急報，說索虜內

侵，與戰失利，乞即發兵出援。宋主乃遣薛安都等往救，馳至東平，魏兵已退，因即班師。嗣是內外粗安，直至次年秋季，南彭城妖民高闍，與沙門曇標等謀反，勾通殿中將軍苗允，擬內應外合，推闍為帝，幸有人告訐密謀，事前捕獲，斬首了案，中書令王僧達，自恃才高，誹議朝政，路太后兄子嘗訪僧達，升榻高坐，竟被屏棄，遂入訴太后，求懲僧達。太后轉告宋主，宋主已恨他訕上，即誣僧達與闍通謀，冤冤枉枉的把他賜死。

已而魏鎮西將軍封敕文，又入攻清口，為守將傅乾愛所破，魏徵西將軍皮豹子，復入寇青州，也為青、冀刺史顏師伯所敗，索頭軍不能得志，相繼退還。南兗州刺史竟陵王誕，竟乘隙思逞，託詞防魏，繕城聚甲，將與宋主駿一決雌雄。又是一個痴人。參軍劉智淵，料知誕將作亂，請假還都，密報誕狀。宋主命智淵為中書侍郎，俟誕起事，即加聲討。會吳郡民劉成，豫章民陳談之，均上書告變，一說誕私造乘輿，一說誕密行巫蠱。宋主連得二書，遂召臺臣劾誕罪惡，應收付廷尉治罪。及批答出去，卻援著議親議功故例，特別寬宥，但降爵為侯，撤去南兗州領職，遣令就國。另擢義興太守桓閬為兗州刺史，撥給羽林禁兵，且遣中書舍人戴明寶，為閬主謀，乘間襲誕。做了堂堂天子，為何專喜鬼祟。

閬至廣陵（即南兗州治所），誕毫不防備，典簽蔣成，得戴明寶密函，約為內應。成恐孤掌難鳴，更與府舍人許宗之相謀，求他臂助。宗之佯為允諾，悄悄的入府白誕，時已入夜，誕正就寢，聽得宗之密報，披衣驚起，立呼左右，及平時食客數百人，收捕蔣成，一面列兵登陴，闔城拒守。待至黎明，果聞桓閬叩城，便即斬了蔣成，擲首城下。閬得了成首，始知事洩，急忙策馬倒退，不防誕驅兵殺出，倉猝間不及措手，立被殺斃，只戴明寶脫身奔還。

宋主聞報，特起始興公沈慶之為車騎大將軍，兼領南兗州刺史，統兵

第十九回　發雄師慘屠骨肉　備喪具厚葬妃嬙

討誕。誕毀去郭邑，驅城外居民入城，分發書檄，要結遠邇，且遣人奉表，投諸建康城外。當有人拾起表文，呈入宮廷，宋主當即披閱，但見上面寫著道：

往年元凶禍逆，陛下入討，臣背凶赴順，可謂常節。及丞相構難，臧魯協從，朝野恍惚，咸懷憂懼，陛下欲遣百官羽儀，星馳推奉，臣前後諫諍，方賜俞允，社稷獲全，是誰之力？陛下接遇殷勤，累加榮寵，驃騎揚州，旬月移授，恩秩頻加，復賜徐兗，臣感蒙恩遇，久要不忘！豈謂陛下信用讒言，遂令無名小人，來相掩襲！不任枉酷，即加誅翦，雀鼠貪生，仰違詔敕。今親勒部曲，鎮扞徐兗。先經何福，同生皇家，今有何怨，便成胡越。陵鋒奮戈，萬沒豈顧；蕩定以期，冀在旦夕。陛下宮闈之醜，豈可三緘？臨紙悲塞，不知所言！特錄誕表，見得誕猶可原，以揭宋主不義不友之隱。

看官，你想宋主駿覽著此表，尚能不怒憤填胸麼？當下遣官四緝，凡與誕有親友關係，及誕黨同籍期親，留居都中，不論他通誕與否，一體處斬，共死千餘人。淫刑以逞。自己出居宣武堂，內外戒嚴，奈何不與從妹同宿？且促慶之速進廣陵，並飭豫州刺史宗愨，徐州刺史劉道隆，會師廣陵城下，限期破城。

宗愨南陽人，字元幹，少有大志，叔父炳高尚不仕，嘗問愨志如何？愨答道：「願乘長風破萬里浪！」炳嘆道：「汝不富貴，且破我家！」愨兄泌方娶妻，吉夕有盜入門，愨年僅十四，挺身拒盜，盜約十餘人，皆披靡不敢入室，勇名始著。後隨江夏王義恭麾下，義恭舉愨南略林邑，奏績北歸。已而為隨郡太守，復征服雍州群蠻，元凶劭肆逆時，從討有功，官左衛將軍，封洮陽侯。宗係一代人傑，故敘述較詳。至誕據廣陵，不服朝命。愨正駐節豫州，表求赴討，當即乘驛入都，而受節度。時年逾六十，

顧盼自豪，宋主很是嘉勉，便遣令赴軍，歸沈慶之節制。

誕聞宗慤到來，頗加畏懼，但下令軍中道：「宗慤助我，儘可放心！」慤至城下，知城中有如此偽令，即繞城一周，躍馬大呼道：「我宗慤也！只知討逆，不知助逆。」如聞其聲。誕自悔失計，登城俯望，正值慶之指麾眾士，將要攻城，便淒聲呼語道：「沈公沈公，年垂白首，何苦來此？」慶之道：「朝廷因君狂愚，不足勞動少壯，所以遣老夫前來。」

誕見軍勢甚盛，頗有懼色，當即下城整裝，留中兵參軍申靈賜居守，自將步騎數百人，及帳下親卒，託詞出戰，開門北走。約行十餘里，望見後面塵頭陡起，料有追兵到來，大眾讙噪道：「同一遇敵，不如還城！」誕蹙額道：「我若還城，卿等能為我盡力否？」眾皆許諾。部將楊承伯牽住誕馬，且泣語道：「無論生死，且返保城池，速即退還，尚可入城，遲恐不及了！」誕乃復還，即與追軍相值，來將為戴寶之，單騎直前，挺槊刺誕，幾中咽喉，虧得楊承伯用刀格去，敵住寶之，餘眾擁誕衝鋒，殺開一條走路，匆匆還城。承伯且戰且行，寶之因隨兵不多，也放令走還。

誕既入城，授申靈賜為驃騎府錄事，參軍王嶼之為中軍長史，世子景粹為中軍將軍，別駕范義為中軍長史，此外府州文武將佐，一概加秩，築壇歃血，誓眾固守。命主簿劉琨之為中兵參軍，琨之係宋宗室將軍劉遵考子，不肯就職，正色謝誕道：「忠孝不能兩全，琨有老父在都，未敢奉命！」誕怒他抗違，囚繫獄中，不屈遇害。右衛將軍垣護之，虎賁中郎將殷孝祖等，前曾奉詔防魏，至是俱還廣陵，與沈慶之合軍攻城。誕遺慶之食物，慶之毫不啟視，悉令毀去。誕又在城上捧一函表，託慶之轉達朝廷，慶之道：「我受詔討賊，不能為汝送表，汝欲歸死朝廷，便當開門遣使，我為汝護送便了！」寫慶之忠直。誕無詞可答，乃遣將分出四門，襲擊宋營，俱被宋將殺退。

第十九回　發雄師慘屠骨肉　備喪具厚葬妃嬪

　　宋主頒發金章二鈕，齎至軍前，一為竟陵縣開國侯，食邑一千戶，係是懸賞擒誕，一為建興縣開國男，食邑三百戶，乃是懸賞先登。並命慶之預設三烽，舉一烽是克外城，舉兩烽是克內城，舉三烽是已擒誕。且又遣屯騎校尉譚金，前虎賁中郎將鄭景玄，率羽林兵再助慶之，促令速拔廣陵。會值夏雨連綿，不便進攻，因此久持不下，詔使相繼催迫，絡繹道旁。及天雨已霽，宋主命太史擇日，擬渡江親征，太傅義恭固諫，方才罷議。但使御史奏劾慶之，並將原奏寄示行營，令他自省。若使慶之不忠，豈非激令附逆？慶之益督勵諸軍，奮勇進攻，誕屢戰屢敗，窮蹙無法，將佐多逾城出降。記室參軍賀弼，曾再四諫誕，終不見聽。或勸弼宜早出，弼答道：「叛君不忠，背主不義，只好一死明心罷了！」乃飲藥自殺。參軍何康之等，斬關出降，誕拘住康之母，縛置城樓，不給飲食，母且呼且號，數日而死。誕已死在目前，尚且如此殘忍。慶之親冒矢石，攻破外郛，乘勢進拔內城，誕與申靈賜走匿後園，為慶之裨將沈胤之等追及，擊傷誕面，誕墜入水中，又被官軍牽出，梟首送京。誕母殷修華（修華為女嬪名），妻徐氏，俱隨誕在鎮，同時自盡，餘眾多死。

　　慶之連舉三烽，報捷都中，宋主御宣陽門，左右爭呼萬歲，獨侍中蔡興宗在側，絕不作聲。宋主顧問道：「卿何獨不呼？」興宗正色道：「陛下今日，正應涕泣行誅，怎得令稱萬歲？」宋主怫然不悅，且傳令軍前，飭屠廣陵城。沈慶之忙即奏阻，請自五尺以下，並皆貸死。雖得宋主許可，但丁壯皆誅，婦女充作軍賞。庶民何辜，遭此慘虐！更有殺人不眨眼的宗越，臨轅監刑，備極苛虐，或刳腸抉目，或笞面鞭腹，先令他血肉橫飛，然後剉落頭顱，共計首級三千餘，奉詔持至石頭城南岸，聚為京觀。誕子景粹，由黃門呂曇濟，攜逃出城，匿居民間，好幾日始得覓著，當然處斬。臨川內史羊璿，與誕素善，連坐伏誅。山陽內史梁曠，家在廣陵，因

不應誕召，全家被戮，至是受命為後將軍。劉琨之亦得擢為黃門侍郎。

　　沈慶之班師回朝，賞齎有差，詔進慶之為司空，領南兗州刺史。慶之受職未久，仍然乞休，且將司空職銜，讓與柳元景。自挈家屬徙居婁湖，廣闢田園，優遊自樂，蓄有妓妾數十人，奴僮千計，非經朝賀，不復出門，居然想做一陶朱公了。若果與世無求，何至後來遇禍？

　　顏竣因佐命功，得為丹陽令，席豐履厚，誇耀一時。乃父顏延之，仍布衣茅屋，不改書生本色，嘗乘羸牛笨車，出遊郊外，遇竣跨馬前來，儀從甚盛，即屏住道側。已而步入竣署，面誡竣道：「我生平不喜見要人，今不料見汝！」竣仍不改，廣築居室，華麗無比。延之又申諭道：「汝宜善為，勿令後人笑汝拙呢！」竣又嘗晏起，甚至賓客盈門，尚未出見。延之往斥道：「汝在糞土中，升雲霄上，乃遽驕惰如此，怎能長久哩？」延之生平品行無甚可取，唯誡子數語，卻是治家格言。既而延之病卒，竣丁父憂，才閱一月，即起為右將軍，仍任丹陽尹。宋主奢淫自恣，竣欲沽名市直，屢有諍言，為宋主所隱恨。身且不正，安能正君？竣見言多不納，乞請外調，有詔徙為東揚州刺史。竣始知恩寵已衰，漸有懼意。尋遭母憂，送葬還都，偏為仇家所訐，說他怨望誹謗，宋主竟將竣列入誕案，誣稱與誕通謀，勒令自盡，妻子徙交州。復遙囑押解官吏，把他男口沉死江中，延之所言，果然盡驗。功成不退，往往罹禍。

　　廬陵內史周朗，每上書言事，語多切直，宋主怒起，命傳送寧州，殺斃道旁。

　　到了大明五年，雍州刺史海陵王休茂，又復謀變，未成即死，休茂為宋主第十四弟，兄渾被誅（見本回上文），出代後任。司馬庾深之行府州事，因休茂年少，不令專決，府吏張伯超，得休茂寵，專恣不法，嘗遭深之呵責，伯超遂勸休茂殺死休之，建牙馳檄，徵兵作亂。參軍尹玄度潛結

第十九回　發雄師慘屠骨肉　備喪具厚葬妃嬙

壯士，夜襲休茂，當場擒獲，斬首送建康，母蔡美人亦死。

義恭進位太宰，希宋主意旨，即把竟陵、海陵等作為話柄，申請裁抑諸王，不使出任邊州，且令絕賓客，禁甲兵。宋主意欲准奏，由侍中沈懷文固諫，方將此議擱起，但心中未免怏怏。懷文素與顏竣、周朗友善，竣、朗受誅，唯懷文猶進直言。宋主嘗召與語道：「竣若知有死日，也不敢向朕多嘴了。」懷文不答。

看官聽說！古來直臣正士，明知暗君不能受諫，只因一腔熱血，熬受不住，總要出去多言；況宋主駿好色好貨，好博好飲，好猜忌群下，好狎侮大臣，種種行止，皆失君道，試想庸中佼佼的沈懷文，怎能隱忍過去？每過旬日，總有一二本奏牘，數十句箴言，宋主始終逆耳，不願聽從。懷文又嘗偕侍臣入宴，宋主必使列座沉醉，互相嘲謔。獨懷文素不飲酒，又不喜戲言，宋主益恨他故意違旨，出為廣陵太守。大明六年正月，入都覲賀，事畢當還，因女病乞請展期，致掛彈章，奉旨免官。懷文請賣去京宅，返歸武康原籍，哪知益觸主怒，竟誣他還家謀變，下詔賜死。

朝中又少了一個直臣，於是正人短氣，奸佞揚鑣。兩戴一巢，內邀恩寵，外受贓賕，家累千金，門外成市。還有青冀刺史顏師伯，入為侍中，生平所長，莫如諛媚，朝夕入直，事事得宋主心。好算一個人才。宋主常與他作摴蒱戲，一擲得雉，自謂必勝，師伯獨一擲得盧，急得宋主失色，不意師伯善解上意，慌忙斂子道：「幾乎得盧。」遂自願認輸。待至罷博，師伯竟輸錢百萬緡，宋主大喜。君臣相博，成何體統！況師伯所輸之錢，試問從何處得來？平時對大臣言談，好涉戲謔，常呼光祿大夫王玄謨為老傖，僕射劉秀之為老慳，顏師伯為齙。齙係露齒的意義，師伯唇不包齒，故有此稱。此外長短肥瘦，各替他取一綽號。又嬖寵一崑崙奴，狀似崑崙國人，長大多力，令他執仗侍側，稍不愜意，便令他毆擊群臣。唯蔡興宗

入朝，容儀嚴肅，頗為宋主所憚，不敢狎媟，且命與給事中袁粲，同為吏部尚書。有儀可像，其效如此！粲亦持正，吏治少清。唯宋主驕侈日甚，奢欲無度，土木被錦繡，賞賜傾庫藏，財用不足，想出一個斂取的方法，每經刺史二千石，卸職還都，輒限使獻奉，又召他入戲拚蒲，必將他宦囊餘積，悉數輸出，然後快意。彷彿無賴子所為。所得財物，又任情揮霍，因嫌宮殿狹小，特另造玉燭殿。壞高祖所居潛室，見床頭用土作障，壁上掛葛燈籠，麻繩拂，宋主瞧著，用鼻作嗤笑聲。侍中袁顗，有意諷諫，極稱高祖儉德，宋主反變色道：「田舍翁得此器用，已算是過度了！」試問汝是田舍翁何人？顗知話不投機，方才退去。

義恭自諸王被禍，日夕憂懼，他本兼領揚州刺史，因恐權重遭忌，一再表辭。宋主乃令次子西陽王子尚為揚州刺史，年未十齡。嗣又立第八子子鸞為新安王，領南徐州刺史，年僅六齡。鸞母殷淑儀，寵擅專房（見前回），鸞亦獨邀異數，怎奈紅顏命薄，天不假年，大明六年四月，殷淑儀一病身亡，惹得這位宋主駿，悲悼不休，如喪考妣。追冊淑儀為貴妃，予謚曰宣，埋玉龍山，立廟皇都。出葬時特給輼輬車，載奉靈柩，衛以虎賁班劍，導以鸞輅九旋，前後部羽葆鼓吹，幾比帝后發喪，還要烜赫。送喪人數，不下數千，外如公卿百官，內如嬪御六宮，無不排班執引，素服舉哀。宋主出南掖門，目送喪車，悲不自勝。何不去做孝子？因飭執事中謝莊，作哀策文。莊夙擅文才，援筆立就，說得非常哀豔，可泣可歌。宋主還宮偃臥，由內侍呈入哀誄，才閱數行，禁不住潸潸淚下。及全篇閱畢，起坐長嘆道：「不謂當今復有此才！」說著，自己亦覺技癢，特擬漢武帝李夫人賦，追誄殷貴妃，語語悱惻，字字纏綿，但比那謝莊哀文，尚自覺弗如。當下將謝莊哀文頒發，勒石鐫墓，都下傳寫，紙墨價為之一昂。小子因限於篇幅，無暇錄述，但總結一詩道：

第十九回　發雄師慘屠骨肉　備喪具厚葬妃嬙

　　　為暱私情益悼亡，穢聞欲蓋且彌彰；
　　　傷心南郡猶知否？父死刀頭女盛喪！

　　宋主憶妃愛子，更進子鸞為司徒，加號撫軍，命謝莊為撫軍長史，令佐愛兒。好容易過了兩年，宋主駿也要歸天了。欲知宋主何疾致死，且看下回宣告。

　　鄭伯克段於鄢，春秋不書弟賤段而甚鄭伯也，甚鄭伯之處心積慮成於殺也。宋竟陵王誕，罪不段若，而宋主駿之甚刻，則過於鄭莊，誕之反，實宋主駿激成之，雀鼠哀生，情殊可憫。及沈慶之攻克廣陵，復下詔屠城，雖經慶之諫阻，尚殺三千餘口，築為京觀，視骨肉如鯨鯢，不仁孰甚！且殺顏竣，戮周朗，賜沈懷文死，飾非拒諫，草菅人命，而獨嬖一從妹，寵一愛子，何薄於彼而厚於此耶？至若好博好財，有愧君道，蓋獨其失德之小事。古謂其父行劫，其子必且殺人，無怪子業之淫惡加甚也。

第二十回

狎姑姊宣淫鸞掖　辱諸父戲宰豬王

第二十回　狎姑姊宣淫驚披　辱諸父戲宰豬王

　　卻說宋主駿憶念寵妃，悲悼不已，後宮佳麗雖多，共產二十八男。但自殷淑儀死後，反覺得此外妃嬪，無一當意，也做了傷神的郭奉倩（即魏郭嘉），悼亡的潘安仁（即晉潘岳），漸漸的情思昏迷，不親政事。捱到大明八年夏季，生了一病，不消幾日，便即歸天。在位共十一年，年只三十五歲。遺詔命太子子業嗣位，加太宰義恭為中書監，仍錄尚書事，驃騎大將軍柳元景，領尚書令，事無大小，悉白二公。遇有大事，與始興公沈慶之參決，軍政悉委慶之，尚書中事委僕射顏師伯；外監所統，委領軍王玄謨。

　　子業即位柩前，年方十六，尚書蔡興宗親捧璽綬，呈與子業。子業受璽，毫無戚容，興宗趨出告人道：「昔魯昭不戚，叔孫料他不終，是春秋時事。今復遇此，恐不免禍及國家了！」不幸多言而中。

　　既而追崇先帝駿為孝武皇帝，廟號世祖，尊皇太后路氏為太皇太后，皇后王氏為皇太后。子業係王氏所出，王太后居喪三月，亦患重疾。子業整日淫狎，不遑問安，及太后病篤，使宮人往召子業，子業搖首道：「病人房間多鬼，如何可往？」奇語。宮人返報太后，太后憤憤道：「汝與我快取刀來！」宮人問作何用？太后道：「取刀來剖我腹，哪得生寧馨兒！」也是奇語。宮人慌忙勸慰，怒始少平，未幾即歿，與世祖同葬景寧陵。

　　是時戴法興、巢尚之等仍然在朝，參預國事。義恭前輔世祖，嘗恐罹禍，及世祖病殂，方私自慶賀道：「今日始免橫死了！」慢著。但話雖如此，始終未敢放膽，此番受遺輔政，仍然引身避事。法興等得專制朝權，詔敕皆歸掌握。蔡興宗因職掌銓衡，常勸義恭登賢進士，義恭不知所從。至興宗奏陳薦牘，又輒為法興、尚之等所易，興宗遂語義恭及顏師伯道：「主上諒暗，未親萬機，偏選舉例奏，多被竄改，且又非二公手筆，莫非有二天子不成？」義恭、師伯，愧不能答，反轉告法興，法興遂向義恭讒

構興宗，黜為新昌太守。義恭漸有悔意，乃留興宗仍住都中。同官袁粲，改除御史中丞，粲辭官不拜。領軍將軍王玄謨，亦為法興所嫉，左遷南徐州刺史，另授湘東王彧為領軍將軍，越年改元永光，又黜彧為南豫州刺史，命建安王休仁為領軍將軍。已而雍州刺史宗慤，病歿任所，乃復調彧往鎮雍州。

　　子業嗣位踰年，也欲收攬大權，親裁庶政。偏戴法興從旁掣肘，不令有為。子業當然啣恨，閹人華願兒，亦怨法興裁減例賜，密白子業道：「道路爭傳，法興為真天子，官家為假天子；況且官家靜居深宮，與人罕接，法興與太宰顏、柳，串同一氣，內外畏服，恐此座非復官家有了！」子業被他一嚇，即親書詔敕，賜法興死，並免巢尚之官。顏師伯本聯繫戴巢，權傾內外，驚聞詔由上出，不禁大驚。才閱數日，又有一詔傳下，命師伯為尚書左僕射，進吏部尚書王彧為右僕射，所有尚書中事，令兩人分職辦理；且將師伯舊領兼職，盡行撤銷。師伯由驚生懼，即與元景密謀廢立，議久不決。需者事之賊。

　　先是子業為太子時，恆多過失，屢遭乃父訽責，當時已欲易儲，另立愛子新安王子鸞。還是侍中袁顗，竭力保護，屢稱太子改過自新，方得安位。及入承大統，臨喪不哀，專與宦官宮妾，混作一淘，縱情取樂。華願兒等欲攬大權，所以抬出這位新天子來，教他顯些威勢，好做一塊當風牌。

　　元景師伯即欲宣告主惡，請出太皇太后命令，廢去子業，改立義恭。當下商諸沈慶之，慶之與義恭未協，又恨師伯平時專斷，素未與商，乃佯為應允，密表宮廷。子業聞報，遂親率羽林兵，圍義恭第，麾眾突入，殺死義恭，斷肢體，裂腸胃，挑取眼睛，用蜜為漬，叫做鬼目粽，並殺義恭四子。宋武諸子至此殆盡。另遣詔使召柳元景，用兵後隨。元景知已遇

第二十回　狎姑姊宣淫驚掖　辱諸父戲宰豬王

禍，入辭老母，整肅衣冠，乘車應召。弟叔仁為車騎司馬，欲興甲抗命，元景不從，急馳出巷，巷外禁兵林立，挾刃相向。元景即下車受戮，容色恬然。元景有六弟八子，相繼駢戮，諸姪亦從死數十人。顏師伯聞變出走，在道被獲，當即殺斃，六子尚幼，一體就誅。師伯該死，義恭、元景未免含冤。

子業復改元景和，受百官朝賀，文武各進位二等，進沈慶之為太尉，兼官侍中，袁顗為吏部尚書，賜爵縣子，尚書左丞徐爰，夙善逢迎，至是亦徼功獲賞，並得子爵。自是子業狂暴昏淫，毫無忌憚，有姊山陰公主，閨名楚玉，與子業同出一母，已嫁駙馬都尉何戢為妻，子業獨召入宮中，留住不遣，同餐同宿，居然與夫婦相似。父淫從妹，子何不可與女兄宣淫。有時又同輦出遊，命沈慶之為驂乘，沈公年垂白首，何苦如此？徐爰為後隨。

山陰公主很是淫蕩，單與親弟交歡，意尚未足，為問伊母王氏，哪得此寧馨兒？嘗語子業道：「妾與陛下男女雖殊，俱託體先帝，陛下六宮萬數，妾止駙馬一人，事太不均，還請陛下體恤！」子業道：「這有何難？」遂選得面首三十人，令侍公主。（面首，即美貌男子，面謂貌美，首謂髮黑）。公主得許多面首，輪流取樂，興味盎然。忽見吏部侍郎褚淵，身長面白，氣宇絕倫，復面白子業，乞令入侍，子業也即允許，令淵往侍公主。哪知淵不識風情，到了公主私第中，似癡似呆，隨她多方挑逗，百般逼迫，他竟守身如玉，好似魯男子一般，見色不亂，一住十日，竟與公主毫不沾染，惹得公主動怒，把他驅逐出來。恰是難得，只辜負了公主美意。

子業且封姊為會稽長公主，秩視郡王。不過因公主已得面首，自己轉不免向隅。故妃何氏頗有姿色，奈已去世，只好追冊為后，不能再起圖

歡。繼妃路氏，係太皇太后姪女，輩分亦不相符。年雖鬌秀，貌未妖淫，子業未能滿意。此外後宮妾媵，亦無甚可採，猛憶著寧朔將軍何邁妻房，為太祖第十女新蔡公主，生得杏臉桃腮，千嬌百媚，此時華色未衰，何妨召入後廷，一逞肉慾。中使立發，彼美旋來，人面重逢，豐姿依舊，子業此時，也顧不得姑姪名分了，順手牽扯，擁入床幃。婦人家有何膽力，只得由他擺布，任所欲為，流連了好幾夕。恩愛越深，連新蔡公主的性情，也坐被熔化，情願做了子業的嬪御，不欲出宮。子業更不必說，但如何對付何邁？無策中想了一策，偽言公主暴卒，舁棺出去。這棺材裡面，卻也有一個屍骸，看官道是何人？乃是硬行藥死的宮婢，充做公主，送往邁第殯葬。一面冊新蔡公主為貴嬪，詐稱謝氏，令宮人呼她為謝娘娘。可謂肖子。一日與謝貴嬪同往太廟，見廟中只有神主，並無繪像，便傳召畫工進來，把高祖以下的遺容，一一照繪。畫工當然遵旨，待繪竣後，又由子業入廟親覽，先用手指高祖像道：「渠好算是大英雄，能活擒數天子！」繼指太祖像道：「渠容貌恰也不惡，可惜到了晚年，被兒子斫去頭顱！」又次指世祖像道：「渠鼻上有齇，奈何不繪？」（齇音楂，鼻上皰也。）立召畫工添繪齇鼻，乃欣然還宮。新安王子鸞，因丁憂還都，未曾還鎮。子業記起前嫌，想著當年儲位，幾乎被他奪去，此時正好報復，便勒令自盡。子鸞年方十歲，臨死語左右道：「願後身不再生帝王家！」子鸞同母弟南海王子師，及同母妹一人，亦被殺死。並掘發殷貴妃墓，毀去碑石，怪不得先聖有言，喪欲速貧，死欲速朽。甚且欲毀景寧陵（即世祖陵見前）。還是太史上言，說與嗣主不利，才命罷議。

　　義陽王昶係子業第九個叔父（見前回），時為徐州刺史，素性褊急，不滿人口，當時有一種訛言，謂昶將造反，子業正想用兵，出些風頭，可巧昶遣使求朝，子業語來使蘧法生道：「義陽曾與太宰通謀，我正思發兵

第二十回　狎姑姊宣淫駭掖　辱諸父戲宰豬王

往討,他倒自請還朝,甚好甚好!快叫他前來便了。」法生聞言,即忙退去,奔還彭城,據實白昶。昶募兵傳檄,無人應命,急得不知所為。驟聞子業督兵渡江,命沈慶之統率諸軍,將薄城下,那時急不暇擇,夤夜北走,連母妻俱不暇顧,只挈得愛妾一人,令作男子裝,騎馬相隨,奔投北魏。在道賦詩寄慨,佳句頗多。魏主濬時已去世,太子弘承接魏祚,聞昶博學能文,頗加器重,使尚公主,賜爵丹陽王。昶母謝容華等還都,還運算元業特別開恩,不復加罪。

吏部尚書袁顗,本為子業所寵任,俄而失旨,待遇頓衰。顗因求外調,出為雍州刺史,顗舅就是蔡興宗,頗知天文,謂襄陽星惡,不宜前往。顗答道:「白刃交前,不救流矢,甥但願生出虎口呢!」適有詔令興宗出守南郡,興宗上表乞辭,顗復語興宗道:「朝廷形勢,人所共知,在內大臣,朝不保夕,舅今出居南郡,據江上流,顗在襄沔,與舅甚近,水陸交通,一旦朝廷有事,可共立桓、文(齊桓晉文)功業,奈何可行不行,自陷羅網呢!」興宗微笑道:「汝欲出外求全,我欲居中免禍,彼此各行己志罷了。」看到後來畢竟興宗智高一籌。顗匆匆辭行,星夜登途,馳至尋陽,方喜語道:「我今始得免禍了!」未必。興宗卻得承乏,復任吏部尚書。

東陽太守王藻,係子業母舅,尚太祖第六女臨川公主。公主妒悍,因藻另有嬖妾,很為不平,遂入宮進讒,逮藻下獄,藻竟憤死,公主與王氏離婚,留居宮中。豈亦效新蔡公主耶?新蔡公主,既充做了謝貴嬪,尋且加封夫人,坐鸞輅,戴龍旗,出警入蹕,不亞皇后。只駙馬都尉何邁,平白地把結髮妻房,讓與子業,心中很覺得委屈,且慚且憤,暗中蓄養死士,將俟子業出遊,拿住了他,另立世祖第三子晉安王子勛。偏偏有人報知子業,子業即帶了禁軍,掩入邁宅。邁雖有力,究竟雙手不敵四拳,眼

見是丟了性命。有豔福者，每受奇禍。

沈慶之見子業所為，種種不法，也覺看不過去。有時從旁規諫，非但子業不從，反碰了許多釘子，因此灰心斂跡，杜門謝客。遲了！遲了！吏部尚書蔡興宗，嘗往謁慶之，慶之不見，但遣親吏范羨，至興宗處請命。興宗道：「沈公閉門絕客，無非為避人請託起見，我並不欲非法相干，何故見拒！」羨乃返白慶之，慶之復遣羨謝過，並邀興宗敘談。興宗又往見慶之，請慶之屏去左右，附耳密談道：「主上瀆倫傷化，失德已甚，舉朝惶惶，危如朝露。公功足震主，望實孚民，投袂指揮，誰不響應？倘再猶豫不斷，坐觀成敗，恐不止禍在目前，並且四海重責，歸公一身！僕素蒙眷愛，始敢盡言，願公速籌良策，幸勿自誤！」慶之掀鬚徐答道：「我亦知今日憂危，不能自保，但始終欲盡忠報國，不敢自貳，況且老退私門，兵權已解，就使有志遠圖，恐亦無成！」屍居暮氣。興宗又道：「當今懷謀思奮，大有人在，並非欲徼功求賞，不過為免死起見；若一人倡首，萬眾起應，指顧間就可成事；況公係累朝宿將，舊日部曲，悉布宮廷，公家子弟，亦多居朝右，何患不從？僕忝職尚書，聞公起義，即當首率百僚，援照前朝故事，更簡賢明，入承社稷，天下事更不難立定了，公今不決，人將疑公隱逢君惡，有人先公起行，禍必及公，百口難解！公若慮兵力不足，實亦不必需兵，車駕屢幸貴第，酣醉淹留，又嘗不帶隨從，獨入閣內，這是萬世一時，決不可失呢！」慶之終不願從，慢慢兒答道：「感君至言，當不輕洩；但如此大事，總非僕所能行，一旦禍至，抱忠沒世罷了！」死了！死了！興宗知不可勸，怏怏別去。

慶之從子沈文秀受命為青州刺史，啟行時亦勸慶之廢立，甚至再三泣諫，總不見聽，只好辭行。果然不到數日，大禍臨門。原來子業既殺何邁，並欲立謝貴嬪為后，恐慶之進諫，先堵青溪諸橋，杜絕往來。慶之懷

第二十回　狎姑姊宣淫驚披　辱諸父戲宰豬王

著愚忠，心終未死，仍入朝進諫。及見橋路已斷，始悵然折回。是夕即由直閣將軍沈攸之，齎到毒酒，說是奉旨賜死。慶之不肯遽飲，攸之係慶之從子，專知君命，不顧從叔，竟用被掩死慶之，返報子業。子業詐稱慶之病死，贈恤甚厚，諡曰忠武。慶之係宋室良將，與柳元景齊名，元景河東解縣人，慶之吳興武康人，異籍同聲，時稱沈、柳。兩人以武功見稱，故並詳籍貫。

慶之死時，年已八十，長子文叔，曾為侍中，語弟文季道：「我能死，爾能報！」遂飲慶之未飲的藥酒，毒發而死。文季揮刀躍馬，出門徑去，恰也無人往追，幸得馳免。文叔弟昭明，投繯自盡，至子業被弒後，沈、柳俱得昭雪，所遺子孫，仍使襲封，這且慢表。

且說慶之已死，老成殆盡，子業益無忌憚，即欲冊謝貴嬪為正宮。謝貴嬪自覺懷慚，當面固辭，乃冊路妃為后，四廂奏樂，備極奢華。子業又恐諸父在外，不免反抗，索性一併召還，均拘住殿中，毆捶陵曳，無復人理。湘東王彧，建安王休仁，山陽王休祐，並皆肥壯，年又較長，最為子業所忌。子業號彧為豬王，休仁為殺王，休祐為賊王，嘗掘地為坑，和水及泥，褫彧衣冠，裸置坑中，另用木槽盛飯，攪入雜菜，使彧就槽餂食，似牧豬狀，作為笑謔。且屢次欲殺害三王。虧得休仁多智，談笑取悅，才得幸全。東海王褘，姿性愚陋，子業稱為驢王，不甚見猜。桂陽王休範，巴陵王休若，尚在少年，故得自由。自彧以下，均見前回。

少府劉鄳妾懷孕臨月，子業迎入後宮，俟她生男，當立為太子。湘東王彧，不願做豬，未免怨悵，子業令左右縛彧手足，赤身露體，中貫以杖，使人舁付御廚，說是今日屠豬。休仁在旁伴笑道：「豬未應死！」子業問是何故？休仁道：「待皇太子生日，殺豬取肝肺。」子業不待說畢，便大笑道：「好！好！且付廷尉去，緩日殺豬。」越宿，由休仁申請，但言豬應

豢養,不宜久拘,乃將彧釋出。及矇妾生男,名曰皇子,頒詔大赦,竟將屠豬事失記。這也是湘東王彧,後來應做八年天子,所以九死一生。

晉安王子勳,係子業第三弟,五歲封王,八歲出任江州刺史,幼年出鎮,都是宋武遺傳。子業因祖考嗣祚,統是排行第三(太祖義隆為宋武第三子,世祖駿為太祖第三子),恐子勳亦應三數,意欲趁早除去。又聞何邁曾謀立子勳,越加疑忌,遂遣侍臣朱景雲,齎藥賜子勳死。景雲行至湓口,停留不進,子勳典籤謝道邁,聞風馳告長史鄧琬,琬遂稱子勳教令,立命戒嚴。且導子勳戎服出廳,召集僚佐,使軍將潘欣之,宣諭部眾,大略謂嗣主淫凶,將危社稷,今當督眾入都,與群公卿士,廢昏立明,願大家努力云云。眾聞言尚未及對,參軍陶亮,躍然起座,願為先驅。於是眾皆奉令,即授陶亮為諮議中兵,總統軍事,長史張悅為司馬,功曹張沈為諮議參軍,南陽太守沈懷寶,岷山太守薛常寶,彭澤令陳紹宗等,傳檄遠近,旬日得五千人,出屯大雷。

那子業尚未聞知,整日宣淫,又召諸王妃公主等,出聚一室,令左右倖臣,脫去衣裳,各嬲妃主,妃主等當然驚惶。子業又縱使左右,強褫妃主下衣,迫令行淫。南平王鑠妃江氏,抵死不從,子業怒道:「汝若不依我命,當殺汝三子!」江氏仍然不依,子業益怒,命鞭江氏百下,且使人至江氏第中,殺死江氏三子敬深、敬猷、敬先。鑠已早死,竟爾絕嗣。淫惡如此,自古罕聞。子業因江氏敗興,忿尚未平,另召後宮婢妾,及左右嬖倖,往遊華林園竹林堂。堂宇寬敞,又令男女裸體,與左右互相嬲逐,或使數女淫一男,或使數男淫一女,甚且想入非非,使宮女與羝羊猴犬交,並縛馬仰地,迫令宮女與馬交媾,一宮女不肯裸衣從淫,立刻斬首。諸女大懼,只好勉強遵命,可憐紅粉嬌娃,竟供犬馬蹂躪,有幾個毀裂下體,竟遭枉死。子業反得意洋洋,至日暮方才還宮。夜間就寢,恍惚見一

第二十回　狎姑姊宣淫鶿掖　辱諸父戲宰豬王

女子突入，渾身血汙，戟指痛罵道：「汝悖逆不道，看你得到明年否？」子業一驚而醒，回憶夢境，猶在目前。翌日早起，即向宮中巡閱，適有一宮女面貌，與夢中女子相似，覆命處斬。是夜又夢見所殺宮女，披髮前來，厲色相詬道：「我已訴諸上帝，便當殺汝！」說至此，竟捧頭顱，擲擊子業，子業大叫一聲，竟爾暈去。小子有詩詠道：

　　反常尚且致妖興，淫暴何能免咎徵；
　　兩度冤魂頻作崇，莫言幻夢本無憑。

畢竟子業曾否擊死，試看下卷便知。

自古淫昏之主，莫如桀、紂；然桀在位五十二歲，紂在位三十二祀，歷年已久，昏德始彰，未有若宋子業之即位踰年，而淫凶狂暴，若是其甚者也！伊尹放太甲，霍光廢昌邑王賀，太甲昌邑王，亦不子業若，而後世以伊尹為聖，霍光為賢，國君危社稷則變置，古訓昭然，無足怪也。沈慶之以累朝元老，不能行伊、霍事，反害義恭及柳元景，尋亦被殺，愚忠若此，何足道焉！閱此回幾令人作三日嘔云。

第二十一回

戕暴主湘東正位　討宿孽江右鏖兵

第二十一回　戮暴主湘東正位　討宿孽江右麋兵

卻說子業被女鬼一擊，竟致暈去。看官不要疑他真死，他是在睡夢中受一驚嚇。還道是暈死了事，哪知反因此暈死，竟得醒悟。仔細一想，尚覺可怕，於是要想出除鬼的法子來了。還是被鬼擊死，免得刀頭痛苦。

先是子業殺死諸王，恐群下不服，或致反動，遂召入宗越、譚金、童太一、沈攸之等，令為直閤將軍，作為護衛。四子皆號驍勇，又肯與子業效力，所以俱蒙寵幸，賞賜美人金帛，幾不勝計。子業恃有護符，恣為不道，中外騷然。左右衛士，皆有異志，但因宗越等出入警蹕，憚不敢發。湘東王彧，屢次瀕危，朝不保夕，乃密與主衣阮佃夫，內監王道隆，學官令李道兒，直閤將軍柳光世等，共謀殺主，覷隙行事。子業素嫉主衣壽寂之，常加喝斥，寂之又與阮佃夫等連合，並串通子業左右，如淳於文祖、朱幼、王南、姜產之、王敬則、戴明寶諸人，同伺子業行動，候便開刀。

子業不務防人，反欲防鬼，竟帶了男女巫覡，及綵女數百人，往華林園中的竹林堂，備著弓箭，與鬼從事。鬼豈畏射，真是妄想！會稽長公主也同隨往，建安王休仁，山陽王休祐，受命前導，獨湘東王彧尚軟禁祕書省中，不使同行。當時民間訛言，湘中將出天子，子業欲南巡厭勝，令宗越等先期出閤，部署各軍，暗中謀殺湘東王，然後啟程。會因兩次夢鬼，猝擬往射，總道是鬼不勝力，且有巫覡為衛，不必召入宗越等人，所以左右扈駕，無一勇士。

當下到了竹林堂，時已黃昏，先由巫覡作法，作召鬼狀，然後由子業親發三箭，再命侍從依次遞射。平白地亂了一陣，巫覡等齊拜御前，說是鬼已盡死，喧呼萬歲。真是搗鬼。子業大喜，便命張筵奏樂，慶鬼蕩平。

正要入座飲酒，驚見有一群人，持刀直入，為首的是壽寂之，次為姜產之，又次為淳於文祖，此外不及細認。但覺他來勢凶猛，料知有變，慌忙引弓搭箭，向寂之射去。偏偏一箭落空，寂之仍然不退，反向前趨進。

不能射人，專能射鬼。那時腳忙手亂，不遑再射，只好向後逃走。休仁、休祐等已早奔出，巫覡綵女等亦皆四竄。子業且走且呼，口中叫了寂寂數聲，已被寂之追及，一刀刺入背中，再一刀斷送性命。寂之即齊聲道：「我等奉太皇太后密命，來除狂主，今已了事，餘眾無罪，不必驚慌！」話雖如此，那竹林堂中，除寂之等外，已闃如無人了。

休仁奔至景陽山，未知竹林堂消息，正在遑迫無措，可巧寂之等尋至山中，報稱宮廷無主，亟應迎立湘東王。休仁乃徑詣祕書省，見了湘東王彧，便拜手稱臣。彧雖有心弒主，但未料到這般迅速，此次從睡中驚起，由休仁促赴內廷，中途失履，跣足急行。既至東堂，猶著烏帽，休仁召入主衣，易用白帽，並給烏靴。倉猝登座，召見百官，群臣依第進謁，統無異言。當由中書舍人戴明寶，代草太皇太后命令，對眾宣讀，詞云：

前嗣王子業，少稟凶毒，不仁不孝，著自髫齡。孝武棄世，屬當辰歷，自梓宮在殯，喜容靦然。天罰重離，歡恣滋甚。逼以內外維持，忍虐未露，而凶慘難抑，一旦肆禍，遂縱戮上宰，殄害輔臣。子鸞兄弟，先帝鍾愛，含怨既往，枉加屠酷。昶茂親作扞，橫相征討。新蔡公主，逼離夫族，幽置深宮，詭云薨殞。襄事甫爾，喪禮頓釋，昏酣長夜，庶事傾遺。朝賢舊勳，棄若遺土。管絃不輟，珍羞備膳。詈辱祖考，以為戲謔。行遊莫止，淫縱無度，肆宴園陵，規圖發掘。誅剪無辜，籍略婦女。建樹偽豎，莫知誰息。拜嬪立后，慶過恆典，宗室密戚，遇若婢僕，鞭捶陵曳，無復尊卑。南平一門，特鍾其酷，反天滅理，顯暴萬端。苛罰酷令，終無紀極，夏桀殷辛，未足以譬。闒朝業業，人不自保，百姓皇皇，手足靡措。行穢禽獸，罪盈三千，高祖之業將泯，七廟之享幾絕。吾老疾沈篤，每規禍鴆，憂遂漏刻，氣命無幾。開闢以降，所未嘗聞。遠近思奮，十室而九。衛將軍湘東王體自太祖，天縱英聖，文皇鍾愛，寵冠列藩，吾早識

第二十一回　戕暴主湘東正位　討宿孽江右麾兵

神睿,特兼常禮。潛運宏規,義士投袂,獨夫既殞,懸首白旗,社稷再興,宗祐永固,人鬼屬心,大命允集,且勳德高邈,大業攸歸,宜遵漢晉故事,纂承皇極。未亡人餘年不幸,嬰此百艱,永尋情事,雖存若殞,當復奈何!當復奈何!

宣讀既畢,天已大明。直閤將軍宗越等聞變,始跟蹌趨入,湘東王好言慰撫,越等也無可奈何,唯唯從命。揚州刺史豫章王子尚,傲頑無禮,不啻乃兄,會稽長公主淫亂宮闈,俱由太皇太后命令,即日賜死。面首三十人可令殉葬!子業屍首,尚暴露竹林堂,未曾棺殮。蔡興宗語僕射王彧道:「彼雖凶悖,曾已為天下主,應使喪禮粗備,否則人言可畏,亦足寒心。」彧乃依言入白,因草具喪禮,槁葬秣陵縣南,年僅十七。改元未及一年,時人稱為廢帝。窮凶極惡,總有此日。

湘東王母沈婕妤早卒,嘗經路太后撫養,王事太后甚謹,太后愛王亦篤,至是命太后從子路休之為黃門侍郎,茂之為中書侍郎,算是報答太后的深恩。又復論功行賞,如壽寂之等十餘人,或封縣侯,或封縣子。弒主者得與榮封,究屬未當。改號東海王禕為廬江王,兼中書監太尉,建安王休仁為司徒尚書令,領揚州刺史,山陽王休祐為荊州刺史,桂陽王休範為南徐州刺史,晉安王子勳為車騎將軍,開府儀同三司。是年十二月,湘東王彧即皇帝位,宣詔中外,又有一篇革故鼎新的文字,小子亦錄述如下:

昔高祖武皇帝德潤四瀛,化綿九服;太宗文皇帝以大明定基,世祖孝武皇帝以下武寧亂,日月所照,梯山航海,風雨所均,削衽襲帶,所以業固盛漢,聲溢隆周。子業凶罵自天,忍悖成性,人面獸心,見於齠日,反道敗德,著自比年,其狎侮五常,怠棄三正,矯誣上天,毒流下國,實開闢所未有,書契所未聞。再罹過密,而無一日之哀,齊斬在躬,方深北裡之樂。虎兕難柙,憑河必彰,遂誅滅上宰,窮酆逆之酷,虐害國輔,究弩

戮之刑。子鸞同生，以昔憾殄殪，敬猷兄弟，以睚眥殲夷，徵逼義陽，將加屠膾，陵辱戚藩，捶楚妃主，奪立左右，竊子置儲，肆酗於朝，宣淫於國。事穢東陵，行汙飛走，積釁岡極，日月茲深。比遂圖犯玄宮，暴行無忌，將肆梟獍之禍，逞豺虎之心，又欲鴆毒崇憲（路太后居崇憲宮），虐加諸父。事均宮闈，聲遍國都。鴟梟小豎，莫不寵眖，朝廷忠臣，必加戮挫。收掩之旨，虣虎結轍，掠奪之使，白刃相望。百僚危氣，首領無有全地，萬姓崩心，妻子不復相保。所以鬼哭山鳴，星鉤血降，神器殆於馭索，景祚危於綴旒。朕假寐凝憂，泣血待旦，慮大宋之基，於焉而泯，武文之業，將墜於淵。賴七廟之靈，借八百之慶，巨猾斯殄，鴻沴時寨，皇綱絕而復紐，天緯缺而更張。猥以寡薄，屬承乾統，上緝三光之重，俯顧庶民之艱，業業兢兢，若履冰谷，思與億兆，同此維新。可大赦天下，改景和元年為泰始元年，一切法度，悉依前朝令典。其昏制謬封，並皆刊削，不使留存。特此諭知！

即位禮成，又有一番封賞，特進南豫州刺史劉遵考為光祿大夫輔國將軍，歷陽、南譙二郡建平王景素為南豫州刺史，荊州刺史臨海王子頊為鎮軍將軍，徐州刺史永嘉王子仁為中軍將軍，左衛將軍劉道隆為中護軍。建安王休仁，聞道隆升職，上表辭官，謂不願與道隆同朝。宋主彧幾莫名其妙，嗣經左右查明，方知子業在日，曾召入休仁母楊氏，囑令道隆逼姦。道隆樂得宣淫，竟將這位楊太妃，按倒榻上，備極醜態。楊氏亦不為無過，如何不學南平王妃？休仁不堪此辱，所以情願解職。宋主彧既知底細，便將道隆賜死。片刻歡娛，丟去性命，何苦何苦！宗越、譚金、童太一等，雖經新皇撫慰，心中終屬不安，嗣復聞有外調消息，遂與沈攸之密謀作亂。攸之竟去告密，越等當然被捕，勒斃獄中。好殺人者，終為人殺，觀越可知。尚書右僕射王彧，表字景文，因避宋主名諱，易字為名，

第二十一回　戕暴主湘東正位　討宿孽江右麈兵

正任僕射，總尚書事，內外布置，統已就緒。獨晉安王子勛，偏不肯服從命令，仍然用兵未休。

子勛年僅十齡，曉得什麼軍事，凡事統由長史鄧琬作主。琬因子勛排行第三，且起兵尋陽，與世祖駿相符，還道是後先輝映，定獲成功。當時由都中新令，傳到江州，將佐統共喜賀，琬忽取令投道地：「殿下將南面聽政，如車騎將軍等職，乃是我等所為，奈何授與殿下！」眾皆駭愕，琬獨與陶亮合謀，繕治兵甲，徵兵四方。

雍州刺史袁顗，偕諮議參軍劉胡，起兵相應，詐稱奉太皇太后密令，囑使出師。一面表達尋陽，勸子勛速即帝位。鄧琬遂替子勛傳檄，略言孤志遵前典，廢幽陟明，湘東王彧，矯害明茂，指宋主殺豫章王事。篡竊大寶，干我昭穆，寡我兄弟，藐孤同氣，猶有十三，聖靈何辜，乃致乏饗云云。這檄文傳達遠近，四處聞風；於是郢州刺史安陸王子綏，荊州刺史臨海王子頊，會稽太守尋陽王子房，均與子勛誼關兄弟，願作臂助。他如徐州刺史薛安都，冀州刺史崔道固，青州刺史沈文秀，義陽內史龐孟虯，行會稽郡事孔顗，吳郡太守顧琛，吳興太守王曇生，義興太守劉延熙，晉州太守袁標，益州刺史蕭惠開，湘州行事何慧文，廣州刺史袁曇遠，梁州刺史柳元怙，山陽太守程天祚等，皆歸附子勛。何攀龍附鳳者之多耶！鄧琬因趨附日多，遂偽言受路太后璽書，率將佐勸進，草草定儀，竟於宋主彧泰始二年，奉子勛為帝，改元義嘉，用鄧琬為尚書右僕射，張悅為吏部尚書，袁顗為尚書左僕射，此外將佐及諸州郡官吏，各加官進爵，賞賜有差，四方貢獻，多歸尋陽。

宋主彧只保有丹陽、淮南數郡，幾乎危急得很，亟派建安王休仁，都督征討諸軍事，命王玄謨為江州刺史，做了休仁的副手。沈攸之為尋陽太守，率兵萬人，出屯虎檻。休仁等出都西去，才隔數日，忽由東南傳來警

報，說是會稽太守尋陽王等，已進兵至永世縣。永世縣地隔建康，不過數百里，都下震懼，風鶴驚心。宋主彧忙召群臣計事，蔡興宗進言道：「今普天同叛，各懷異志，亟宜處以鎮靜，推誠待人；即如叛黨親戚，散布宮省，若用法相繩，轉致激變，不為瓦解，必為土崩。今宜速頒明詔，示以罪不相及，待至輿情既定，人有戰心，將見六軍精勇，器械犀利，與叛眾交戰，自操勝算，何必過憂？」宋主彧連聲稱善，依議施行。

甫越兩日，又聞豫州有附逆消息。豫州刺史殷琰，家屬多在建康，本不願歸附尋陽，建武司馬劉順，替尋陽遊說，力勸琰背東歸西，琰猶豫未決，尋由右衛將軍柳光世，出奔彭城，道過壽陽，謂建康萬不可守，又兼豫州參軍杜叔寶，從中迫脅，令琰不能自脫，沒奈何起應子勳。宋主彧又復添憂，仍召興宗等入商，蹙然與語道：「各處未平，殷琰又復同逆，奈何奈何？」興宗道：「順逆兩端，臣不暇辨，唯現時商旅斷絕，米卻豐賤，四方雲合，人情反安，照此看來，蕩平可卜。臣所憂不在今日，卻在將來。昔晉羊祐言事平以後，方勞聖慮，臣意亦這般想呢。」宋主道：「誠如卿言，且卿前言叛黨親屬，不宜株累，朕今擬厚撫琰家，卿以為何如？」興宗道：「這正是招攜懷遠的要策呢。」宋主遂令侍臣慰撫琰家，令他作書招琰。並遣兗州刺史殷孝祖甥荀僧韶，往諭孝祖，飭令即日入朝。

僧韶到了兗州，謁見孝祖道：「景和凶狂，開闢未聞，今主上夷凶剪暴，再造河山，不意群迷相煽，搖動眾聽。假使天道助逆，群凶逞志，亦必至禍難百出，不堪復問。舅父少有大志，若能招集義勇，輔佐明廷，不但匡主靜亂，且更足揚名竹帛呢。」孝祖聽了，奮袂遽起，也不管什麼妻孥，立率文武二千人，隨僧韶至建康。

時會稽各郡叛軍，愈逼愈近，內外憂危，群欲奔散，虧得孝祖馳至，所帶隨兵，饒有赳赳氣象，人心因是得安。宋主彧即進孝祖為撫軍將軍，

第二十一回　戕暴主湘東正位　討宿孽江右麋兵

督前鋒諸軍事，使往虎檻。再遣山陽王休祐為豫州刺史，督領輔國將軍劉勔，寧朔將軍呂安國等，北討殷琰。又派巴陵王休若，率同建威將軍沈懷明，尚書張永，輔國將軍蕭道成等，東討孔覬。覬方會合東南各軍，使出晉陵，氣焰甚盛。沈懷明至奔牛鎮，未敢進戰，但築壘自固。永至曲阿縣，更被嚇退，逃還延陵，往就休若。時方孟春，連日風雪，陂塘崩潰，眾無固志。諸將勸休若退保破岡，休若怒道：「叛賊未來，奈何輕退！敢有言退者斬！」諸將方不敢再言，乃築壘息甲，嚴兵以待。

適殿中御史吳喜，在宋主前自請效力，宋主授喜建武將軍，特簡羽林勇士千人，遣往軍前。喜嘗出使東吳，情性寬厚，得人敬愛，此次出兵，竟自成一路，往搗賊巢。吳人聞喜到來，多望風歡迎，不戰自服。足副大名。永世縣令孔景宣，本已叛應孔覬，為土民徐崇之所殺，向喜報捷。喜令崇之權署縣事，自進兵至吳城，連破義興軍。義興太守劉延熙，築柵長橋，保郡自守。喜正長驅進擊，又來了一個好幫手，乃是司徒參軍任農夫，也是自請從軍。到了義興，與喜同攻劉延熙，延熙保守不住，棚毀兵潰，投水自盡，眼見得義興克復了。

孔覬聞義興兵敗，不寒自慄。宋廷又遣積射將軍江方興，御史王道隆，出至晉陵，督屬諸軍，連戰皆勝，攻克晉陵，各軍皆遁，王曇生、顧琛、袁標等，亦棄郡出走。吳郡、吳興、晉州各地，相繼蕩平。捷書連達宋廷，宋主調張永等擊彭城，江方興等擊尋陽，但留建武將軍吳喜，與建威將軍沈懷明，東擊會稽。喜遂引兵入柳浦，拔西陵，兵威所至，無不披靡。上虞縣令王晏，復起兵攻郡城，孔覬逃往嵴山，單剩一個尋陽王子房。子房係子勛弟，與子勛同年，乳臭猶存，怎能自保？當被王晏攻入，把他縛住，械送建康。復懸賞購覬，覬即被獲，並覬從弟孔璪，一併誅死。

會稽平定，王曇生、顧琛、袁標等，無路可逃，不得已詣吳喜營，叩首乞憐。喜代達朝廷，均蒙赦宥；就是子房解到建康，也因他年幼無知，特別寬免，但貶為松滋侯。東路了。

　　山陽王休祐到了歷陽，令劉勔為先行，進軍小峴。殷琰所署南汝陰太守裴季之，舉合肥城出降。寧朔將軍劉懷珍，又奉了宋主遣發，帶同龍驤將軍王敬則等，共步騎五千人，詣劉勔營，助討壽陽，擊斬廬江太守劉道蔚。琰遣部將劉順、柳倫、皇甫道烈、龐天生等，率兵八千，東拒宛唐，與劉勔南北相持，約有月餘。劉順等糧食將盡，急向殷琰處索糧。參軍杜叔寶，發車千五百乘，運糧餉順，途次為勔軍所劫，棄糧遁還。順軍無從得食，自然潰散，劉勔遂進薄壽陽。殷琰非常惶急，但與杜叔寶招集散兵，嬰城自守，勢孤援絕，料難保全。

　　張永與蕭道成往攻彭城，彭城係徐州治所，為薛安都所據。安都從子薛索兒，偕太原太守傅靈越，奪據睢陵，阻截官軍。張、蕭兩將，與索兒大戰城下，索兒敗退，食盡走死。傅靈越奔往淮西，武衛將軍王廣之，誘執送勔。勔送建康，宋主愛他驍勇，頗欲貸死，靈越抗言不遜，因即伏誅。唯殷孝祖馳至虎檻，會同尋陽太守沈攸之，進攻赭圻，仗著自己猛力，不顧士卒，昂然直往，且用羽儀前導，顯示威風。他將已料他不終，果然與尋陽軍將，大戰一場，身中流矢，倒地而亡。小子有詩嘆道：

　　為王執殳效前驅，危局頗期隻手扶。
　　忠勇有餘謀不足，赭圻一戰竟捐軀。

　　孝祖中箭陣亡，眾情大沮，後來勝負如何，容至下回續表。

　　子業為壽寂之所弒，湘東王或實屍之，例以春秋書法，或為首惡，不能辭咎。唯子業淫昏凶暴，浮於桀紂，湯武徵誅，不為不義，何尤於湘

第二十一回　戕暴主湘東正位　討宿孼江右鏖兵

東！本回標目，不曰弒而曰戕，至演述事實，復連錄二令，所以罪子業，恕湘東也。子勛起兵尋陽，對於子業，尚屬有名，對於湘東，實為無理。彼雖幼稚，未知逆順，但既有統軍之名，不得以其年幼而恕之，標目曰討，書法特嚴。歷敘叛黨之不耐久戰，正以見助逆之難成，莫謂亂世之果無公理也。

第二十二回

掃逆藩眾叛蕩平　激外變四州淪陷

第二十二回　掃逆藩眾叛蕩平　激外變四州淪陷

卻說殷孝祖陣亡，眾情震駭，還虧沈攸之御眾有方，勉力支持，方得鎮定人心，不致潰散。時江方興已由南調北，與攸之名位相埒（應前回），大眾擬推攸之為統軍，攸之獨讓與方興。方興大喜，便督屬諸將，準備開戰。

赭圻守將，為尋陽左衛將軍孫衝之，右衛將軍陶亮等人，統兵約二萬名。衝之語亮道：「孝祖驍將，一戰便死，天下事不難手定了。此地不須再戰，便當直取京師。」亮不肯從，但與部將薛常寶、陳紹宗、焦度等，出兵對壘，決一勝負。方興與攸之夾攻敵陣，有進無退，殺得尋陽軍士，棄甲曳兵，一闋兒逃往姥山。死亡過半，失去湖、白二城。陶亮大懼，亟與孫衝之退保鵲尾，只留薛常寶等守赭圻。

尋陽長史鄧琬，聞前軍敗績，復遣豫州刺史劉胡，率眾三萬，鐵騎二千，援應孫、陶。胡係宿將，頗有勇略，為將士所敬憚，孫、陶二人，亦倚以為重，總道是長城可靠，後必無虞。會宋廷已擢沈攸之為輔國將軍，代殷孝祖督前鋒軍事，又調建武將軍吳喜，自會稽至赭圻。攸之以軍勢頗盛，遂麾軍圍赭圻城。

薛常寶乘城扼守，且因糧食不繼，向劉胡處乞援。胡自督步卒萬人，負囊運米，乘夜救薛，天明至城下，偏為攸之大營所阻，不得入城。攸之且出兵邀擊，與劉胡鏖鬥多時，胡卻也厲害，持槊直前，衝突多次。經攸之號令諸軍，迭發強弩，把他射住，胡尚三卻三進，直至身中數箭，方自覺支撐不住，向後倒退。攸之乘勢奮擊，胡眾大敗，舍糧棄甲，緣山奔去。胡狼狽退走，僅得回營。

薛常寶見胡敗去，料知孤城難守，便開門突圍，走入胡寨。他將沈懷寶，也想隨奔，適被攸之截住，戰不數合，就做了刀頭鬼。陳紹宗單舸走

鵲尾，城中尚有數千人，當即出降。攸之入赭圻城，建安王休仁，亦自虎檻至赭圻。宋主復遣尚書褚淵，馳抵行營，賞犒將士，促兵再進。

　　鄧琬傳子勛號令，徵袁顗至尋陽，令他統軍赴敵，顗盡率雍州部曲，來會尋陽各軍。樓船千艘，戰士二萬，如火如荼，趨至鵲尾，劉胡等迎顗入營，談論軍情，顗略略交談，便算了事。住營數日，並未聞有什麼方略，但見他常服雍容，賦詩飲酒，差不多似沒事一般。也想學謝太傅麼？劉胡因南軍未至，軍需匱乏，特向顗商借襄陽軍資，顗不肯應允。又聞路人謠傳，謂建康米貴，斗米千錢，遂以為不勞往攻，可以坐定；因此連日延宕，不發一兵。劉胡等屢請出戰，顗乃令胡出屯濃湖，堵截官軍。

　　會青、兗各郡吏，並起兵應建康，青州刺史沈文秀，勉與相持，勢頗危急。弋陽西山蠻田益之，也輸誠宋室，率蠻眾萬人圍義陽，司州刺史龐孟虯，由鄧琬差遣，擊退益之，且引兵往援殷琰。劉勔致休仁書，請分兵相助，休仁欲遣龍驤將軍張興世赴援，興世方謀繞越鵲尾，上據錢溪，截擊尋陽軍糧道，偏休仁令他北援，未免背道而馳，甚為嘆惜。

　　沈攸之本贊成興世，即入白休仁道：「孟虯蟻聚，必無能為，但遣別將往救，已足相制，興世謀襲叛軍糧道，乃是安危樞紐，萬難中止，還請大帥注意！」休仁依攸之言，另派部將段佛榮率兵救虯，令興世簡選戰士七千，用輕舸二百艘分裝，泝流而上。途次輒遇逆風，屢進屢退。劉胡聞報大笑道：「我尚不敢輕越彼軍，下取揚州，張興世有何能力，乃敢據我上流呢！」遂不復戒備。

　　哪知天心助順，不如人料，一夕東北風大起，興世得懸帆直上，徑越鵲尾。及劉胡聞知，急令偏將胡靈秀往追，已是不及。興世竟趨錢溪，紮住營寨，堵截交通。劉胡自率水部各軍，往攻錢溪，前鋒為興世所敗，傷

第二十二回　掃逆藩眾叛蕩平　激外變四州淪陷

斃數百人。胡不禁大怒，驅軍猛進，不防袁顗著人追還，說是濃湖危急，促令返救，胡只得回軍濃湖。看官聽說！這濃湖危急的軍報，並非袁顗虛造，實是休仁遙應興世，特令沈攸之、吳喜等，率艦進擊，牽制劉胡。胡既東返，攸之等也即引還。無非是亟肆以敝，多方以誤之計。

是時廣州刺史袁曇遠，為下所殺，山陽太守程天祚反正投誠。贛令蕭頤，係輔國將軍蕭道成世子，擒獲南康相沈肅之，據住南康，起應君父。就是龐孟虬到了弋陽，也被呂安國等擊走，遁還義陽。王玄謨子曇善，又起兵據義陽城，擊逐孟虬，孟虬竄死蠻中。皇甫道烈等聞孟虬敗死，相率降虬。虬遂遣還段佛榮，仍至濃湖。

劉胡等軍中乏食，糧運為興世所阻，梗絕不通。胡再攻錢溪，仍然不克，更遣安北府司馬沈仲玉，竟往南陵徵糧。仲玉至南陵，載米三十萬斛，錢布數十舫，還過貴口，可巧碰著宋將壽寂之、任農夫，麾兵殺來。那時逃命要緊，不得已棄去米布，走回顗營。

劉胡聞報大驚，陰謀西竄，佯令人通知袁顗，只說是再攻錢溪，兼下大雷，暗令薛常寶辦船，徑趨海根，毀去大雷諸城，自向尋陽遁去。顗至夜方知，頓足大憤道：「不意今年為小子所誤，悔無及了！」一面說，一面即出跨乘馬，顧語部眾道：「我當自往追胡，汝等不應妄動，在營守著！」語畢，即帶著千人，策馬飛馳，走往鵲頭。依樣畫葫蘆。

濃湖及鵲尾各營，統共不下十萬人，兩處並無主帥，如何保守？索性盡降宋軍。建安王休仁，既入濃湖，復至鵲尾，收降敵壘數十，遂遣沈攸之等追顗。顗與鵲頭守將薛伯珍，又趨向尋陽，夜止山間，殺馬饗將士，且語伯珍道：「我非不能死，但欲一至尋陽，謝罪主上，然後自盡呢。」伯珍不答。到了翌晨，竟請屏人言事。顗不知他是何妙計，便命左右退去，

與他密談，哪知他拔劍出鞘，向顗砍來。顗駭極欲避，偏偏身不由主，手足反笨滯得很，只聽見春的一聲，魂靈兒已飛入幽都。

伯珍梟了顗首，持示大眾，囑令降宋，眾皆聽命，他即持顗首馳往錢溪。適遇馬軍將軍俞湛之，出首相示，湛之佯為道賀，暗拔刀斲伯珍首，共得兩顆頭顱，送往休仁大營，據為己功。強中更有強中手。

尋陽連線敗報，鄧琬等倉皇失措，忽見劉胡到來，詐稱袁顗叛去，軍皆潰散，唯自己全軍回來，請速加部署，再圖一戰。琬信為真言，撥糧給械，令他出屯溢城，不料他一出尋陽，竟轉向沔口去了。

琬聞胡去，越加惶急，與中書舍人褚靈嗣等，商量救急方法，大家智盡能索，無一良謀。尚書張悅，卻想出一條妙計，詐稱有疾，召琬議事。琬應召入室，向悅問安，悅答道：「我病為國事所致，事至今日，已迫危境，足下首倡此謀，敢問計將安出？」琬躊躇多時，方囁嚅答道：「看來只好斬晉安王，封庫謝罪，或尚得保全生命！」好計策。悅冷笑道：「這也太覺不忍，難道可賣殿下求活麼？且飲酒一樽，徐圖良策。」說至此，即向帳後回顧，佯呼取酒。帳後一聲應響，便閃出許多甲士，手中並無杯箸，但各執刀械相餉。琬欲走無路，立被甲士拿下，由悅數責罪狀，當場斬首！該殺。復令捕到琬子，一併加誅，自乘單舸詣休仁軍前，獻入琬首，贖罪乞降。

休仁即令沈攸之等馳往尋陽。尋陽城內，已經大亂，子勛已被蔡道淵囚住，城門洞開，一任攸之等趨入。可憐十一歲的垂髫童子，做了半年的尋陽皇帝，徒落得一刀兩段，身首分離。

當下傳首建康，露布告捷，再遣張興世、吳喜、沈懷明等，分徇荊、郢、雍、湘各州，及豫章諸郡縣。劉胡逃至石城，為竟陵丞陳懷直所誅。

第二十二回　掃逆藩眾叛蕩平　激外變四州淪陷

郢州行事張沈，荊州行事孔道存，相繼畢命。臨海王子頊，由荊州治中宗景，執送建康，勒令自殺。安陸王子綏也即賜死。還有邵陵王子元，係子勳弟，本遷任湘州刺史，道出尋陽，為子勳所留，加號撫軍將軍，至是亦連坐受誅，年止九歲。所有叛附子勳諸黨羽，除見機歸順外，多被捕誅。徐州刺史薛安都，冀州刺史崔道固，益州刺史蕭惠開，梁州刺史柳元怙等，先後乞降。獨湘州刺史何慧文，未曾投順，由宋主詔令吳喜，宣旨招撫。慧文嘆道：「身陷逆節，不忠不義，還有何面目見天下士！」遂仰藥自殺。有詔追贈死節諸臣，及封賞有功將士，各分等差，並召休仁還朝。

時路太后已遇毒身亡，追諡為昭太后，葬孝武陵東南，號修寧陵。名目上雖未減損，實際上很是草率。原來路太后聞子勳建號，頗以為幸，及子勳將敗，路太后竟召入宋主，置毒酒中，偽令侍飲。宋主或全不加防，經內侍從旁牽衣，始悟毒謀。即將計就計，起奉面前樽酒，為太后壽。路太后無可推辭，只好拚死飲盡。原是自己速死。是夕毒發暴亡。宋主或尚祕不發喪，但遷殯東宮，至尋陽告捷，乃草草奉葬。

休仁應召入都，復密白宋主道：「松滋侯兄弟尚在，終為禍階，宜早自為計！」宋主因將松滋侯子房以下，共計兄弟十人，一併賜死，連路太后從子體之茂之，也連坐加誅。總計孝武二十八子，至此俱盡。上文雖約略分敘，未曾詳明，由小子列表如下：

廢帝子業。遇弒。豫章王子尚。賜死。晉安王子勳。被殺。安陸王子綏。賜死。子深。未封而殤。尋陽王子房。降為松滋侯賜死。臨海王子頊。賜死。始平王子鸞。為子業所殺。永嘉王子仁。賜死。子鳳。未封而殤。始安王子真。賜死。子玄。未封而殤。邵陵王子元。賜死。齊敬王子羽。早卒，追加封諡。子衡子沇。俱未封而殤。淮南王子孟。賜死。南平王子產。賜死。晉陵王子雲。早卒。子文。未封而殤。廬陵王子羽。賜

死。南海王子師。為子業所殺。淮陽王子霄。早卒，追加封諡。子雍。未封而殤。子趨。未封賜死。子期。未封賜死。東平王子嗣。賜死。子悅。未封賜死。

以上為孝武帝二十八男，由宋主彧賜死，得十四人，這也可謂殘虐骨肉，太無仁心了。咎在休仁。

輔國將軍劉勔，圍攻壽陽，自春至冬，尚未能下，宋主彧使中書草詔，招撫殷琰。尚書蔡興宗入諫道：「天下既定，琰宜知過自懼，但須由陛下賜給手書，彼方肯來，否則仍使疑貳，尚非良策！」宋主不從，果然殷琰得詔，疑是劉勔行詐，不敢出降。杜叔寶且藏瞞尋陽敗報，益加守備。嗣經宋主發到降卒，使與城中人問答，守卒始知尋陽敗沒，各生貳心。琰欲北走降魏，主簿夏侯詳，極力勸阻。琰乃使詳出見劉勔，婉言乞請道：「今城中兵民，明知受困，尚且固守不變，無非懼將軍入城，一體受誅；倘將軍逼迫太急，彼將北走降魏，為將軍計，不如網開三面，一律赦罪，大眾得了生路，還有不相率歸順麼？」勔慨然應諾，即使詳至城下，呼城上將士，傳達勔意。琰乃率將佐面縛出降，勔悉加慰撫，不戮一人。入城又約束部曲，秋毫無犯，城中大悅。宋主亦有詔赦琰。琰還都後，復得為鎮南諮議參軍，仕至少府而終。北路亦了。他如兗州刺史畢眾敬，豫章太守殷孚，汝南太守常珍奇，從前常嚮應子勛，至是俱上表輸誠，願贖前愆。宋主因叛亂已平，更欲示威淮北，特授張永為鎮軍將軍，沈攸之為中領軍，使統甲士十五萬，往迎徐州刺史薛安都。蔡興宗諫道：「安都已經歸順，但須一使傳書，便足徵召，何必多發大兵，反令疑忌呢！若謂叛臣罪重，不可不誅，亦應在未赦以前，早為處置。今已加恩寬宥，復迫令外叛，招引北寇，恐欲益反損，朝廷又不遑旰食了！」歷觀興宗所陳，多有特見。宋主不以為然，轉詢蕭道成，道成亦答稱不宜遣兵，

第二十二回　掃逆藩眾叛蕩平　激外變四州淪陷

宋主道：「諸軍猛銳，何往不利，卿等亦未免過慮了！」驕必敗。遂徑遣張、沈二將北行。

安都聞大兵將至，果然疑懼，亟遣子入質魏廷，向他求救。汝南太守常珍奇，亦恐連坐遭誅，也舉懸瓠城降魏。魏主弘係拓跋濬長子，濬在位十四年病殂，由弘承父遺統，與宋主彧同年即位，尊濬為文成皇帝。弘年僅十二，丞相太原王乙渾，總決國事（補前文所未詳）。越年，乙渾有謀反情事，太后馮氏密定大計，收渾伏誅。馮氏為弘嫡母，頗有智略，因臨朝聽政。可巧薛安都、常珍奇二人，奉書乞援，遂與中書令高允等，商決出兵，立派鎮南大將軍尉元，鎮東將軍孔伯恭等，率騎兵萬人，東救彭城。鎮西大將軍西河公拓跋石，都督荊豫南雍州諸軍事張窮奇，率步兵萬人，西救懸瓠，授薛安都為鎮南將軍，領徐州刺史，封河東公，常珍奇為平南將軍，領豫州刺史，封河內公。

兗州刺史畢眾敬，與安都異趨，表達建康，請討安都。書尚在途，忽聞子元賓坐罪被殺，不禁大怒，拔刀斫柱道：「我已白首，只生一子，今在都中受誅，我亦不願生存了！」為子叛君，也不合理。未幾魏軍至瑕邱，眾敬即遣人乞降，魏將尉元，撥部眾隨入兗州，便將城池據去，不令眾敬主持。眾敬始覺悔恨，好幾日不進飲食，但已是無及了。

魏西河公石至上蔡，與尉元同一謀畫，俟常珍奇出迎，即麾眾入城，勒交管鑰，據有倉庫。珍奇也有悔心，復欲圖變，奈石已防備嚴密，無從下手，沒奈何屈意事石，蹉跎過去。引狼入室，應有此遇。

薛安都尚未知兩處消息，但聞張永、沈攸之等已到下磕，忙遣使催促魏軍。尉元長驅至彭城，見薛安都開門迎謁，便派部將李璨，偕安都入城，收檢庫鑰，更令孔伯恭用精兵二千，守衛城池內外，方才馳入。既至

府署，堂皇高坐，令安都下階參見，好似上司對下屬一般。安都不禁憤恚，退語部眾，再欲叛魏歸宋，偏又為尉元所聞，召入署中，語帶譏諷。安都且愧且驚，不得已攜出私資，重賂尉元，復委罪女夫裴祖隆，將他殺死。女夫何罪，乃胾其首，女又何辜，乃令其寡？徇利貪生，一至於此，比畢、常二人猶且勿如。元乃使李璨守城，安都為助，自率兵出襲張永糧道。

永正派羽林監王穆之，領兵五千，在武原守住輜重，不意魏兵殺到，措手不及，只好將輜重棄去，奔就永營。永等方進薄彭城，驚見穆之逃來，說是輜重被奪，不覺大駭，又兼冬春交季，雨雪紛紛，自知站立不住，索性棄營遁還。適泗水冰合，船不能行，復把兵船棄去，渡冰南走。士卒已多半凍斃，及渡過南岸，行抵呂梁相近，突遇魏兵殺出，首領正是尉元。原來元襲穆之輜重，已繞出永營後面，預料永軍絕糧，必將奔還，因即逾淮待著，截擊永軍。永已無心戀戰，既遇魏軍，不得不勉強廝殺，哪知後面又有鼓聲，乃是薛安都領兵追到，也來乘勢邀功。何厚之顏。永前後受敵，如何了得，急令沈攸之抵擋後軍，自督兵衝突前軍。好容易殺開血路，已是足指被傷，忍痛走脫。沈攸之也僅以身免。部眾死亡逾萬，橫屍六十里，所有軍資器械，拋散殆盡。

宋主接得敗報，召語蔡興宗道：「朕不聽卿言，竟致徐、兗失守，今自覺無顏對卿呢。」興宗道：「徐、兗已失，青、冀亦危，速請撫慰為是！」宋主乃遣沈文秀弟文炳，持詔宣撫，又遣輔國將軍劉懷珍，與文炳同行。途次果聞青、冀有變，由懷珍兼程急進，連定各城，青州刺史沈文秀，冀州刺史崔道固，始不敢生貳，仍絕魏歸宋。懷珍乃還。

魏既得徐、兗二州，復擬攻青、冀二州，再遣平東將軍長孫陵赴青州，征南大將軍慕容白曜為後應，驅兵大進，勢如破竹，據無鹽，破肥

225

第二十二回　掃逆藩眾叛蕩平　激外變四州淪陷

城,奪去糜溝,垣苗二戍,又進陷升城。守將非死即降。宋主覆命沈攸之等規復彭城,俾得通道東北,往援青、冀。攸之謂淮泗方涸,不便行軍,宋主怒起,立要他立功贖罪。攸之不得已北行,蕭道成亦奉命鎮淮陰,接應攸之軍需。攸之至灘清口,被魏將孔伯恭截住,戰了半日,攸之敗退。孔伯恭乘勝追擊,殺斃宋龍驤將軍崔彥之,攸之身亦受創,走還淮陰。下邳、宿豫、淮陽諸守將,皆棄城遁還。

青、冀二州,日夕待援,始終不至,崔道固孤守歷城(即冀州治所),被圍年餘,力竭降魏。沈文秀因守東陽(即青州治所),被圍三年,士卒晝夜拒戰,甲冑生蟣蝨,魏將長孫陵,督眾陷入,執住文秀,縛送慕容白曜。白曜喝令下拜,文秀亦厲聲道:「汝為北臣,我為南臣,彼此名位從同,何必拜汝!」白曜倒也起敬,待以酒食,始轉送平城。魏主令為中都下大夫,於是青、冀二州,也為魏有。小子有詩嘆道:

無端挑釁啟兵爭,外侮都因內變生;
試看四州淪陷日,才知師出本無名。

豫州境內,又有魏兵出入,虧得有人守住,擊斬魏將,才得保全。欲知此人為誰,且至下回再敘。

子勛之死,咎由自取,袁顗、鄧琬、劉胡等,死有餘辜,更不足責。子頊、子房、子綏,同類受誅,尚不得為冤死。子元被留尋陽,死非其罪,顧猶得日受撫軍將軍之偽命,固不便輕赦也。子仁以下共九人,年皆沖幼,又未嘗趨附子勛,何罪何辜,乃盡賜死?休仁原是不仁,而宋主或之妄加鋤戮,舉孝武遺胄而悉屠之,安得謂非殘忍乎?子勛既敗,餘黨盡降,薛安都亦奉表歸命,無端發兵十五萬,往迎安都,可已不已,激成外變,卒至徐、兗、青、冀四州,相繼淪沒。江左小朝,不及北魏之半,

又復失去四州,是地且益小矣。嗚呼劉勔弄巧反拙,原厥禍始,實誤於「驕」之一字。裴子野謂齊桓矜於葵邱,而九國叛,曹公不禮張松,而三國分,合以宋主彧之失四州,幾成鼎足,乃知持盈保泰之固自有道也。

第二十二回　掃逆藩眾叛蕩平　激外變四州淪陷

第二十三回

殺弟兄宋帝濫刑　好佛老魏主禪統

第二十三回　殺弟兄宋帝濫刑　好佛老魏主禪統

　　卻說豫州刺史劉勔甫經涖任，聞魏司馬趙懷仁，入寇武津，亟遣龍驤將軍申元德，出兵攔截。元德擊退魏兵，且斬魏於都公閻於拔，獲運車千三百乘，魏移師寇義陽，又由勔使參軍孫臺灌把他驅逐，豫州才幸無事。勔復致書常珍奇，叫他反正，珍奇亦生悔念，乃單騎奔壽陽，魏始不敢南侵。宋亦無力恢復，但矯立徐、兗、青、冀四州官吏。徐治鍾離，兗治淮陰，青、冀治鬱洲，虛置郡縣，招輯流亡，不過擺著個空場面。那徐、兗、青、冀的人民，都已淪為左衽，無力南遷了。

　　宋主或遭此一挫，未嘗刷新圖治，反且縱暴肆淫。即位初年，立妃王氏為皇后，王氏係僕射王景文胞妹，秉性柔淑，賦質幽嫻，與宋主卻相敬愛。後來宋主縱慾，選擇嬪御數百人，充入後房，漸把王后疏淡下去。王后倒也不生怨忿，隨遇自安。唯王后只生二女，未得毓麟，就是後宮許多嬪御，亦不聞產一男兒。寡慾始可生男，否則原難望子。

　　宋主好色過度，漸至不能御女，只好向人借種，乃把宮人陳妙登，賜給嬖臣李道兒。妙登本屠家女，原沒有什麼廉恥，既至李家，與道兒連日取樂，不消一月，已結蚌胎。如此得孕，有何佳兒？事為宋主所聞，又復迎還。曾不思覆水難收麼？十月滿足，得產一子，取名慧震，宋主說是自己所生。又恐他修短難料，更密查諸王姬妾，遇有孕婦，便迎納宮中，倘得生男，殺母留子，別使寵姬為母，撫如己兒。至慧震年已三齡，牙牙學語，動人憐愛，宋主即冊立為太子，改名為昱，冊儲節宴，很是熱鬧。

　　到了夜間，覆在宮中大集后妃，及一切公主命婦，列坐歡宴。飲到半酣，卻下了一道新奇命令，無論內外婦女，均令裸著玉體，恣為歡謔。王皇后獨用扇障面，不笑不言，宋主顧叱道：「外舍素來寒乞，今得如此樂事，偏用扇蔽目，究作何意？」后答道：「欲尋樂事，方法甚多，難道有姑姊妹並集一堂，反裸體取樂麼？外舍雖寒，卻不願如此作樂！」宋主不待

說畢，益怒罵道：「賤骨頭不配抬舉，可與我離開此地！」

王后當即起座，掩面還宮，宋主為之不歡，才命罷宴。次日為王景文所聞，語從舅謝緯道：「后在家時，很是懦弱，不意此番卻這般剛正，真正難得！」緯亦為嘆賞不置。

看官聽說！從來淫昏的主子，沒有不好色信讒，女子小人，原是連類並進，似影隨形，宋主彧既選入若干婦女，免不得有若干宵小。游擊將軍阮佃夫，中書舍人王道隆，散騎侍郎楊運長，並得參預政事，權亞宋主。就中如佃夫最橫，納貨賂，作威福，宅舍園池，冠絕都中。平居食前方丈，侍妾數百，金玉錦繡，視同糞土，僕從附隸，俱得不次升官，車伕仕至中郎將，馬士仕至員外郎。朝士無論貴賤，莫不伺候門庭。從前二戴一巢，號稱權幸，也未及佃夫威勢。且巢、戴是士人出身，尚知稍顧名譽，佃夫是從小吏入值，由主衣得充內監，不過因廢立預謀，驟得封至建城縣侯。尋陽亂作，從軍數月，又得兼官游擊將軍，聲靈赫濯，任性妄行。王道隆、楊運長等，與為倡和，往往援引黨徒，排斥異類。最畏忌的是皇室宗親，宗親除去，他好侮弄人主，永竊國權，所以隨時進讒，憑空構釁。好一段大文章，含有至理。

宋主彧本來好猜，更有佃夫等從旁鼓煽，越覺得至親骨肉，純是禍階。可巧皇八兄廬江王禕，與河東人柳欣慰，詩酒勸酬，訂為知交。欣慰密結征北諮議參軍杜幼文，意圖立禕，偏幼文奏發密謀，遂將欣慰捕戮，降禕為車騎將軍，徙鎮宣城，特遣楊運長領兵管束。運長更囑通朝士，訐禕怨望，禕坐奪官爵，且為朝使所迫，勒令自裁。

揚州刺史建安王休仁，與宋主彧素相友愛，前曾保全彧命。彧即位後，更由休仁親冒矢石，迭建大功，位冠百僚，職兼內外，漸漸的功高遭

第二十三回　殺弟兄宋帝濫刑　好佛老魏主禪統

忌，望重被讒。休仁已不自安，至褘被誅死，即上表辭揚州兼職。宋主乃調桂陽王休範為揚州刺史，並改封山陽王休祐為晉平王，自荊州召還建康，另派巴陵王休若為荊州刺史。休祐剛狠，屢次忤旨，宋主積不相容，故召回都下，設法翦除。泰始七年春二月，車駕至巖山射雉，特令休祐隨行，射了半日，有一雉不肯入場，呼休祐馳逐，必得雉始歸。休祐既去，宋主密囑屯騎校尉壽寂之等，追隨休祐，自己啟蹕還宮。天色將暮，日影西沉，休祐尚未得雉，控轡馳射，不意後面突來數騎，衝動馬尾，馬遇驚躍起，竟將休祐掀下。休祐料有急變，奮身騰立，顧見壽寂之等，正要詰問，那寂之等已四面淩逼，拳足交加。休祐頗有勇力，也揮拳抵敵，橫厲無前，忽背後被人暗算，引手撩陰，一聲爆響，暈倒地上，覆被大眾毆擊，自然斷命。寂之馳白宋主，報稱驃騎墜馬，休祐原任驃騎大將軍，所以有此傳呼。宋主佯為驚愕，即遣御醫絡繹往視，醫官檢驗傷痕，明知毆斃，但返報氣絕無救罷了。殯葬時尚追贈司空，旋且廢為庶人，流徙家屬。究竟要露出真相。

　　一波未平，一波又起，都中忽起謠言，謂巴陵王休若，有大貴相，宋主復召休若為南徐州刺史。休若將佐，都勸休若不宜還朝，中兵參軍王敬先進言道：「荊州帶甲十餘萬，地方數千里，上可匡天子，除奸臣，下可保境土，全一身，奈何自投羅網，坐致賜劍呢！」休若陽為應諾，至敬先趨出，即令人把他拿下，奏請加懲，奉詔將敬先誅死。及啟行入都，會宋主遇疾，醫治乏效，自恐病不能興，特召楊運長等籌商後事。運長獨指斥建安王休仁，以為此人不除，必貽後患。宋主尚覺躊躇。嗣聞宮廷內外，多屬意休仁，擬俟宋主晏駕，即行推戴，仍恐出運長等讒言。於是決計先發，召體仁直宿尚書省。休仁至尚書省中，閒坐多時，已將夜半，乃和衣就寢。驀然有詔使到來，宣敕賜死，且進毒酒。休仁叱道：「主上得有天

下，究係何人的功勞？今天下粗安，乃欲我死，從前孝武誅夷兄弟，終至子孫滅絕，前車不鑑，後轍相循，宋祚豈尚能長久麼？」原是冤枉，但松滋兄弟，並無致死之罪，汝何故奏請誅夷？詔使逼令飲酒，休仁道：「我死後，看他能活到何時？」說著，遂取杯飲盡，未幾毒發身死。宋主慮有他變，力疾乘輿，夜出端門，及接得休仁死報，才復入宮。

　　黎明又下一詔，詐言休仁謀反，懼罪引決。應降為始安縣王。唯休仁子伯融，許令襲爵，伯融為休仁妃殷氏所出。殷氏嫠居抱病，延醫生祖翻診治，祖翻面白貌秀，殷氏亦甫在中年，兩下相窺，你貪我愛，竟相擁至床，實行那針灸術。後來奸案發覺，遣還母家，亦迫令自盡。裸體縱慾，已成常事，何必勒令自盡！宋主且語左右道：「我與建安年齡相近，少便款狎，景和、泰始年間，原是仗他扶持，今為後計，不得不除，但事過追思，究存餘痛呢！」說至此，潸然淚下，悲不自勝，左右相率勸解，還說是情法兩全，可以無恨。彼此相欺，亡無日矣。

　　先是吏部尚書褚淵出為吳郡太守，宋主謀殺休仁，促令入見，流涕與語道：「我年甫逾壯，病日加增，恐將來必致不起，今召卿進來，特欲卿試著黃呢。」看官道黃是何衣？原來是當時乳母服飾。宋主以子昱年幼，有志託孤，乃有此語。淵婉辭慰答。及與謀誅休仁事，卻由淵諫阻，宋主怒道：「卿何太癡！不足與計大事！」淵乃恐惶從命。既而進右僕射袁粲為尚書令，淵為尚書左僕射，同參國政。

　　適巴陵王休若，到了京口，聞得休仁死耗，驚懼交併，正在進退兩難的時候，接到朝廷手敕，調任江州，唯促令入都相見，定期七夕會宴。休若不得已入朝，宋主尚握手殷勤，敘家人誼。到了七夕宴期，休若入座，主臣歡飲，並沒有什麼嫌疑。宴罷歸第，時已入夜，偏有朝使隨到，齎酒賜死。休若無可奈何，只好一飲而盡，轉眼間已是畢命。追贈侍中司空，

第二十三回　殺弟兄宋帝濫刑　好佛老魏主禪統

命子衝襲封，總算敷衍表面，瞞人耳目。

又調休範刺江州，休範在兄弟中，最為樸劣，宋主或嘗語王景文道：「休範材具庸弱，不堪出鎮，只因我承大統，令他富貴，釋氏謂願生王家，便是此意。」承情之至。景文唯唯而退。其實文帝十九子，除宋主或外，此時只休範尚存，不過因他庸愚寡識，尚得苟延殘喘，但也是死多活少，命在須臾了（文帝十九子，已見前文，故本回不再複述）。

宋主既猜忌骨肉，復迷信鬼神，特闢故第為湘宮寺，備極華麗。新安太守巢尚之，罷職還朝，宋主與語道：「卿可往湘宮寺否？這是朕生平一大功德。」尚之還未及答，旁有一官閃出道：「這都由百姓賣兒貼婦錢，充作此費，佛若有靈，當暗中嗟嘆，有什麼功德可言！」宋主聞言，怒目顧視，乃是散騎侍郎虞願，便喝令左右，驅願下殿。願從容趨出，毫不動容。過了數日，宋主與彭城丞王抗弈棋，抗本善弈，遠出宋主上，只因天威咫尺，不便爭勝，往往故意遜讓，且弈且言道：「皇帝飛棋，使臣抗不能下手。」這句話明明是不願與弈，那宋主還自得其樂，愈嗜弈棋，虞願又進諫道：「堯嘗用弈教丹朱，非人主所應留意。」宋主只聽得兩語，已經怒起，便揮手使退，但因他是個文人，不足為虞，所以未嘗加罪，始終含容過去。獨屯騎校尉壽寂之，孔武有力，豫州都督吳喜，智計過人，均陰中上忌，先後賜死。寂之手刃子業，應死已久；吳喜且有大功，奈何賜死！蕭道成出鎮淮陰，為人所譖，也被召入朝。將佐等勸勿就徵，道成慨然道：「死生自有定數，我若淹留，乃足致疑；況朝廷摧殘骨肉，禍必不遠，方當與卿等戮力圖功，有什麼顧慮呢！」隨即偕使入朝。果然到了闕下，並無危禍，唯改官散騎常侍，兼太子左衛率，不令還鎮罷了。能殺他人，不能殺蕭道成，豈非天數。

宋主又欲規復淮北，命北琅琊、蘭陵太守垣崇祖出師，當時北琅琊、

蘭陵兩郡，已被魏陷沒，崇祖僑駐鬱洲，只率數百人襲入魏境，據住蒙山。魏人聞信出擊，崇祖恐眾寡不敵，仍然引還。

　　魏自拓跋弘即位，第一年改元天安，第二年又改元皇興。皇興元年，後宮李夫人生下一子，取名為宏，由馮太后取入己宮，勤加撫養，一面把政權付還魏主。魏主弘始親國事，追尊生母李貴人為元皇后，向例魏立太子，即將生母賜死。弘冊為太子時，李貴人應依故事，條記事件，付託兄弟，然後自盡。此等秕政，實屬無謂。弘回憶生初，當然傷感，因追尊為后。自親政後，大小必察，賞不濫，刑不苛，黜貪尚廉，保境息民，十五六歲的北朝天子，居然能移易風俗，整肅紀綱，中書令高允，卻也竭誠輔導，知無不言。所以皇興年間，魏國稱治。唯馮太后尚在盛年，不耐寡居，巧值尚書李敷弟奕，入充宿衛，太后見他年少貌美，遂引入宮中，賜以禁臠。宮女等素憚雌威，不敢竊議，所以李奕得出入無忌，嘗與馮太后交歡，只瞞著魏主弘一人。

　　魏主弘性好釋老，做了三五年皇帝，已不耐煩，就將那襁褓嬰兒，冊為儲貳。到了皇興五年，太子宏年僅五歲，一時不便禪授，意欲傳位京兆王子推。子推係文成帝弟，與魏主弘為叔父行，弘因他器宇深沉，故欲推位讓國，令他主治，自己可以養性參禪。匪夷所思。當下召集公卿，議禪位事，公卿等聽作奇聞，莫敢應對。獨子推弟任城王子雲，抗言進諫道：「陛下方坐致太平，君臨四海，怎得上違宗廟，下棄兆民！必欲委置塵務，亦應傳位儲君，方不亂統。」不私所親，卻是一個正人。太尉源賀，尚書陸馛，亦相繼應聲道：「任城所言甚是，請陛下採納！」魏主弘不禁變色，似有怒意，中書令高允插口道：「臣不敢多言，但願陛下上思宗廟付託，何等重大，追念周公抱成王事，也是從權辦法，陛下擇一而行，才不致驚動中外！」魏主弘乃徐徐道：「據卿等奏議，寧立太子，不過太子幼

第二十三回　殺弟兄宋帝濫刑　好佛老魏主禪統

弱，全仗卿等扶持。」高允等尚未及答，魏主弘又道：「陸馛素來正直，必能保全我子。」馛聞言即叩首謝獎，魏主即授為太保，令與太尉源賀，准備禪位事宜。

宏生有至性，上年魏主病癰，由宏親為吮毒，至是得受禪信息，向父泣辭。魏主弘問為何因？宏答道：「臣兒幼弱，怎堪代父承統，中心憂切，因此淚下！」五歲小兒，卻能如此，恐未免史筆誇張。魏主弘嘆道：「爾能知此，必可君人。我意已決定了！」遂令陸馛等整繕冊文，即日傳位。文中略云：

昔堯、舜之禪天下也，皆由其子不肖，若丹朱、商均，果能負荷，豈必搜揚側陋而授之哉！爾雖沖弱，有君人之表，必能恢隆主道，以濟兆民。今使太保建安王陸馛，太尉源賀，持節奉皇帝璽綬，致位於爾躬。爾其踐升帝位，克廣洪業，以光祖宗之烈，使朕優遊履道，頤神養性，可不善歟！

五齡太子，出受冊文，也被服帝衣，登上御座，受文武百官朝謁，改年為延興元年。禮畢還宮，又由公卿大夫，引漢高帝尊奉太上皇故事，奉魏主弘為太上皇帝，仍總國家大政。魏主弘准如所請，自徙居崇光宮，採椽不斲，土階不塈，差不多有太古風。又仿西印度傳聞，特在宮苑中建造鹿野浮圖，引禪僧同住，研究佛學。唯國有大事，始令上聞。這也是別有心腸，非人情所得推測呢。這且慢表。

且說北朝禪位以後，遣使告宋，宋亦遣使報聘，南北又復通好，暫息兵爭。只宋主屢次抱病，骨瘦如柴，無非漁色所致，漸漸的支撐不住。自恐一旦不諱，子昱尚幼，不能親政，勢必由皇后臨朝，王景文為皇后兄，必進為宰相，大權在握，易生異圖。乃特書手敕，遣人齎付。景文方與客圍棋，見有敕至，啟函閱畢，徐置局下。及棋局已終，斂子納奩，乃取敕

示客道：「有敕賜我自盡。」客不覺大驚，景文卻神色自若，自書墨啟致謝，從容服毒而死。使人得啟返報，宋主方才安心。是夜又夢人告語道：「豫章太守劉愔謀反了！」宋主突然驚寤，俟至天明，便發使持節，馳至豫章，殺死劉愔。

嗣是心疾日甚，精神越加恍惚，每當夜靜更闌，輒見有無數冤魂，環集榻旁，爭來索命。他亦無法可施，特命改泰始八年為泰豫元年，暗取安豫的意思。也是癡想。又命在湘宮寺中，日夕懺醮，祈福禳災。可奈神佛無靈，鬼魂益迫，休仁、休祐，索命愈急，宋主囈語不絕，嘗云司徒怨我，或說是驃騎寬我。模模糊糊的說了幾日，略覺有些清醒，便命桂陽王休範為司空，褚淵為護軍將軍，劉祐為右僕射，與尚書令袁粲，僕射兼鎮東將軍蔡興宗，及鎮軍將軍郢州刺史沈攸之，入受顧命，囑令夾輔太子。淵等受命而出。復由淵保薦蕭道成，說他材可大任，乃加授道成為右衛將軍，共掌機事。

是夕宋主彧病劇歸天，享年三十四歲。改元二次，在位共八年。太子昱即皇帝位，大赦天下，命尚書令袁粲，護軍將軍褚淵，左右輔政，尊諡先帝彧為明皇帝，廟號太宗。嫡母王氏為皇太后，生母陳氏為皇太妃。昱時年僅十齡，居然有一個妃子江氏，妻隨夫貴，也得受冊定儀，正位中宮。一對小夫妻，統治內外，眼見是宮廷紊亂，要收拾那宋室的江山了。小子有詩嘆道：

乏嗣何妨竟擇賢，如何借種便相傳！
十齡天子癡狂甚，兩小寧能把國肩？

還有阮佃夫、王道隆等，依舊用事，攪亂朝綱。欲知後來變亂情形，俟小子下回再敘。

第二十三回　殺弟兄宋帝濫刑　好佛老魏主禪統

休仁為兄弟計,議殺諸姪;宋主或為嗣子計,並殺兄弟,而休仁亦不得免。休仁不能保身,而宋主或不能保子,且不能保國,天下未有自殘骨肉,而尚能庇其身世者也!夫同姓不可恃,遑問異姓?觀後來之蕭齊篡宋,盡滅劉氏,何莫非宋主或好殺之報乎?若夫魏主弘之禪位,亦出不經,考魏主踐阼之年,僅十二齡,越年改元天安,又越年改元皇興,禪位時年僅十有九歲。太子宏雖聰睿夙成,究屬五齡童子,未能御宇;況馮太后內行不正,穢瀆深宮,不知先事防閑,乃迷信佛老,遽棄塵務,是亦為取禍之媒,不至殺身不止。王道不外人情,蔑情者必亡,矯情者必危,觀宋魏遺事而益恍然矣。

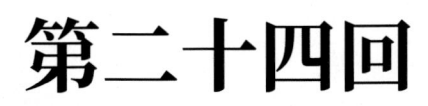

第二十四回
江上墮謀親王授首　殿中醉寢狂豎飲刀

第二十四回　江上墮謀親王授首　殿中醉寢狂豎飲刀

卻說阮佃夫、王道隆等仍然專政，威權益盛，貨賂公行。袁粲、褚淵兩人，意欲去奢崇儉，力矯前弊，偏為道隆、佃夫所牽制，使不得行。鎮東將軍蔡興宗，當宋主彧末年，嘗出鎮會稽，彧病殂時，正值興宗還朝，所以與受顧命。佃夫等忌他正直，不待喪葬，便令出督荊、襄八州軍事。嗣又恐他控制上游，尾大難掉，更召為中書監光祿大夫，另調沈攸之代任。興宗奉召還都，辭職不拜，王道隆欲與聯歡，親訪興宗，躡履到前，不敢就席。興宗既不呼坐，亦不與多談，惹得道隆索然無味，只好告別。未幾興宗病歿，遺令薄葬，奏還封爵。興宗風度端凝，家行尤謹，奉宗姑，事寡嫂，養孤姪，無不盡禮。有子景玄，綽有父風，宋主命襲父職蔭，景玄再四乞辭，疏至十上，乃只令為中書郎。三世廉直，望重濟陽。興宗濟陽人，父廓為吏部尚書，夙有令名。信不愧為江南人表。鐵中錚錚，理應表揚。

自興宗去世，宋廷少一正人，越覺得內外壅蔽，權幸驕橫。阮佃夫加官給事中，兼輔國將軍，勢傾中外。吳郡人張澹，係佃夫私親，佃夫欲令為武陵太守，尚書令袁粲等不肯從命，佃夫竟稱敕施行，遣澹赴郡。粲等亦無可奈何。但就宗室中引用名流，作為幫手。當時宗室凌夷，只有侍中劉秉，為長沙王道憐孫（劉道憐見前文）。少自檢束，頗有賢名，因引為尚書左僕射，但可惜他廉靜有餘，材幹不足，平居旅進旅退，無甚補益。尚有安成王准，名為明帝第三子，實是桂陽王休範所生，收養宮中。昱既踐阼，拜為撫軍將軍，領揚州刺史，准年只五齡，曉得什麼國家大事，唯隨人呼喚罷了。

越年改元元徽，由袁、褚二相勉力維持，總算太平過去。翌年五月，江州刺史桂陽王休範，竟擅興兵甲，造起反來。休範本無材具，不為明帝所忌，故尚得倖存。及昱嗣宋祚，貴族秉政，近習用權，他卻自命懿親，

240

欲入為宰輔。既不得志，遂懷怨憤，典簽許公輿，勸他折節下士，養成物望，由是人心趨附，遠近如歸。一面招募勇夫，繕治兵械，為發難計。宋廷頗有所聞，陰加戒備。會夏口缺鎮，地當尋陽上流，朝議欲使親王出守，監制休範，乃命皇五弟晉熙王燮出鎮夏口，為郢州刺史（郢州治所即夏口）。燮只四歲，特命黃門郎王奐為長史，行府州事。四歲小兒，如何出鎮，況所關重要，更屬非宜，宋政不綱，大都類是。又恐道出尋陽，為休範所留，因使從太子洑繞道蒞鎮，免過尋陽。

休範聞報，知朝廷已經疑己，遂與許公輿謀襲建康。起兵二萬，騎士五百，自尋陽出發，倍道急進，直下大雷。大雷守將杜道欣，飛使告變，朝廷惶駭。護軍將軍褚淵，征北將軍張永，領軍將軍劉勔，尚書左僕射劉秉，右衛將軍蕭道成，游擊將軍戴明寶，輔國將軍阮佃夫，右軍將軍王道隆，中書舍人孫千齡，員外郎楊運長，同集中書省議事，半日未決。蕭道成獨奮然道：「從前上流謀逆，都因淹緩致敗，今休範叛亂，必遠懲前失，輕兵急下，掩我不備，我軍不宜遠出，但屯戍新亭、白下，防衛宮城，與東府石頭，靜待賊至，彼自千里遠來，孤軍無繼，求戰不得，自然瓦解。我願出守新亭擋住賊鋒，征北將軍可守白下，領軍將軍但屯宣陽門，為諸軍節度。諸貴俱可安坐殿中，聽我好音，不出旬月，定可破賊！」說至此，即索筆下議，使眾註明可否。大眾不生異議，並注一同字。一班酒囊飯袋。獨孫千齡陰袒休範，謂宜速據梁山，道成正色道：「賊已將到，還有什麼閒軍，往據梁山？新亭正是賊衝，我當拚死報國，不負君恩。」說著，即挺身起座，顧語劉勔道：「領軍已同鄙議，不可改變，我便往新亭去了。」勔應聲甫畢，外面又走進一人，素衣墨絰，曳杖而來。是人為誰？就是尚書郎袁粲。粲正丁母艱，聞變乃至。當由蕭道成與述軍謀，粲亦極力贊成。道成即率前鋒兵士，赴戍新亭。張永出屯白下，另遣前南兗

第二十四回　江上墮謀親王授首　殿中醉寢狂豎飲刀

州刺史沈懷明，往守石頭城。袁粲、褚淵，入衛殿省，事起倉猝，不遑授甲，但開南北二武庫，任令將士自取，隨取隨行。

道成到了新亭，繕城修壘，尚未畢事，那休範前軍，已至新林，距新亭不過數里。道成解衣高臥，鎮定眾心，既而徐起，執旗登垣，使寧朔將軍高道慶，羽林監陳顯達，員外郎王敬則等，帶領舟師，堵截休範。兩軍交戰半日，互有殺傷，未分勝負。

翌日黎明，休範舍舟登岸，自率大眾攻新亭，分遣別將丁文豪，往攻臺城。道成揮兵拒戰，自辰至午，殺得江鳴海嘯，天日無光，休範兵不少卻，但覺鼓聲愈震，兵力愈增，城中將士，都有懼色。道成笑道：「賊勢尚眾，行列未整，不久便當破滅了！」

言未畢，忽有休範檄文，射入城內。當由軍士拾呈道成，道成取視，但見起首數行，乃說楊運長、王道隆等蠱惑先帝，使建安、巴陵二王，無罪受戮，望執戮數豎，聊謝冤魂云云。後文尚有數行，道成不再看下，即用手撕破，擲置地上。旁邊閃出二人道：「逆首檄文，想是招降，公何不將計就計，乘此除逆？」道成瞧著，乃是屯騎校尉黃回，與越騎校尉張敬兒，便應聲問道：「敢是用詐降計麼？」兩人齊聲稱是。道成又道：「卿等能辦此事，當以本州相賞。」兩人大喜，便出城放仗，跑至休範輿前，大呼稱降。

休範方穿著白服，乘一肩輿，登城南臨滄觀，覽閱形勢，左右護衛，不過十餘人。既見兩人來降，便召問底細。回佯致道成密意，願推擁休範為宋主，唯請休範訂一信約，休範欣然道：「這有何難？我即遣二子德宣、德嗣，往質道成處，想他總可相信了。」遂呼二子往道成壘中，留黃、張二人侍側。親吏李桓、鍾爽等，交諫不從，自回舟中高坐，置酒暢飲，樂

以忘憂。所有軍前處置,都委任前鋒將杜黑騾處置。哪知遣質二子,早被道成斬首,他尚似在夢裡鼓裡,一些兒沒有聞知。

　　黃回、張敬兒反導他遊弋江濱,且遊且飲。一夕天晚,休範已飲得酒意醺醺,還是索酒不休,左右或去取酒,或去取餚,黃回擬乘隙下手,目示敬兒,敬兒即踅至休範身後,把他佩刀抽出,休範稍稍覺察,正要回顧,那刀鋒已經刺來,一聲狂叫,身首兩分。好去與十八兄弟重聚,開一團樂大會,重整杯盤。左右統皆駭散,敬兒持休範首,與回躍至岸上,馳回新亭報功。道成大喜,即遣隊長陳靈寶,傳首都中。靈寶持首出城,正值杜黑騾麾兵進攻,一時走不過去。沒奈何將首投水,自己扮作鄉民模樣,混出間道,得達京城,報稱大憝已誅。滿朝文武,看他無憑無據,不敢輕信,唯加授蕭道成為平南將軍。道成因叛軍失主,總道他不戰自潰,便在射堂查驗軍士,從容措置。不防司空主簿蕭惠朗,竟率敢死士數十人,攻入射堂。道成慌忙上馬,驅兵搏戰,殺退惠朗,復得保全城壘。原來惠朗姊為休範妃,所以外通叛軍,欲作內應。

　　惠朗敗走,杜黑騾正來攻撲,勢甚憷勁,虧得道成督兵死拒,兀自支撐得住。由晡達旦,矢石不息,天又大雨,鼓角不復相聞。將士不暇寢食,馬亦覺得飢乏,亂觸亂號,城中頓時鼎沸,徹夜未絕。獨道成秉燭危坐,厲聲呵禁,併發臨時軍令,亂走者斬,因此譁聲漸息,易危為安。可見為將之道,全在鎮定。

　　黑騾尚未知休範死耗,努力從事,忽聞丁文豪已破臺城軍,向朱雀桁出發,遂也捨去新亭,趨向朱雀桁。右軍將軍王道隆,領著羽林精兵,駐紮朱雀門內,驚聞叛軍大至,急召劉勔助守,勔馳至朱雀門,命撤桁斷截叛軍。道隆怒道:「賊至當出兵急擊,難道可撤桁示弱麼?」勔乃不敢復言,遽率眾出戰。甫越桁南,尚未列陣,杜黑騾已麾眾進逼,與丁文豪左

第二十四回　江上墮謀親王授首　殿中醉寢狂豎飲刀

右夾攻，勔顧彼失此，竟至戰死。道隆聞勔已陣亡，慌忙退走，被黑騾長驅追及，一刀殺斃。害人適以自害。張永、沈懷明各接敗報，俱棄去泛地，逃回宮中。撫軍長史褚澄，開東府門迎納叛軍。叛眾劫住安成王準，使居東府，且偽稱休範教令道：「安成王本是我子，休得侵犯！」中書舍人孫千齡，也開承明門出降，宮省大震。

皇太后王氏，皇太妃陳氏，因庫藏告罄，搜取宮中金銀器物，充作軍賞，囑令併力拒賊。賊眾漸聞休範死音，不禁懈體。丁文豪厲聲道：「我豈不能定天下，何必藉資桂陽！」許公輿且詐稱桂陽王已入新亭，惹得將吏惶惑，多至新亭壘間，投刺求見，名達千數。道成自登北城，俯語將吏道：「劉休範父子，已經伏誅，暴屍南岡下，我是蕭平南，請諸君審視明白，勿得自誤！」說至此，即將所投名刺，焚毀城上，且指示道：「諸君名刺，今已盡焚，不必憂懼，各自反正便了。正好權術。將吏等一闐散去，道成復遣陳顯達、張敬兒等，率兵入衛。袁粲慷慨語諸將道：「今寇賊已逼，眾情尚如此離沮，如何保得住國家！我受先帝付託，不能安邦定國，如何對得住先帝？願與諸公同死社稷，共報國恩！」說著，披甲上馬，縱轡直前，諸將亦感激願效，相隨並進。可巧陳顯達等亦到，遂共擊杜黑騾，兩下交戰，流矢及顯達目，顯達拔箭吮血，忍痛再鬥，大眾個個拚死，得將黑騾擊走。黑騾退至宣陽門，與丁文豪合兵，尚有萬餘人，越日天曉，張敬兒督兵進剿，大破叛眾，斬黑騾，戰文豪，收復東府，叛黨悉平。

蕭道成振旅還都，百姓遮道聚觀，同聲歡呼道：「保全國家，全賴此公！」為將來簒宋張本。道成既入朝堂，即與袁粲、褚淵、劉秉會著，同擬引咎辭職。表疏呈入，當然不許，升授道成為中領軍，兼南兗州刺史，留衛建康，與袁粲、褚淵、劉秉三相，更日入直決事，都中號為四貴。

荊州刺史沈攸之曾接休範書札，並不展視，具報朝廷，且語僚佐道：「桂陽必聲言與我相連，我若不起兵勤王，必為所累了！」乃邀同南徐州刺史建平王景素，郢州刺史晉熙王燮，湘州刺史王僧虔，雍州刺史張興世，同討休範。休範留中兵參軍毛惠連等守尋陽，為郢州參軍馮景祖所襲，惠連等不能固守，開門請降。休範尚有二子留著，一體伏誅。有詔以叛亂既平，令諸鎮兵各還原地，兵氣銷為日月光，又有一番昇平景象了。語婉而諷。

宋主昱素好嬉戲，八九歲時，輒喜猱升竹竿，離地丈餘，自鳴勇武。明帝在日，曾飭陳太妃隨時訓責，撲作教刑，怎奈江山可改，本性難移，到了繼承大統，內有太后、太妃管束，外有顧命大臣監制，心存畏憚，未敢縱逸。元徽二年冬季，行過冠禮，三加玄服，遂自命為成人，不受內外羈勒，時常出宮遊行。起初尚帶著儀衛，後來竟捨去車騎，但與嬖倖數人，微服遠遊，或出郊野，或入市廛。陳太妃每乘青犢車，隨蹤檢攝，究竟一介女流，管不住狂童馳騁。昱也唯恐太妃蹤跡，駕著輕轎，遠馳至數十里外，免得太妃追來。有時衛士奉太妃命，追蹤諫阻，反被昱任情喝斥，屢加手刃，所以衛士也不敢追尋，但在遠山瞻望，遙為保護。昱得恣意遊幸，且自知為李道兒所生，嘗自稱為李將軍，或稱李統。營署巷陌，無不往來，或夜宿客舍，或晝臥道旁，往往與販夫商婦，貿易為戲，就使被他揶揄，也是樂受如飴，一笑了事。直是一個無賴子。平生最多小智，如裁衣製帽等瑣事，過目即能，他如笙管簫笛，未嘗學吹，一經吹著，便覺聲韻悠揚，按腔合拍。

蹉跎蹉跎，倏過二年。荊襄都督沈攸之威望甚盛，蕭道成防他生變，特使張敬兒為雍州刺史，出鎮襄陽。世子賾出佐郢州，防備攸之。攸之未曾發難，京口卻先已起兵。原來建平王景素，時為南徐州刺史，他是文帝

第二十四回　江上墮謀親王授首　殿中醉寢狂豎飲刀

義隆孫，為故尚書令宣簡王弘長子（弘為文帝第七子，見前文）。好文禮士，聲譽日隆。適宋主昱凶狂失德，朝野頗屬意景素，時有訛言。楊運長、阮佃夫等，貪輔幼主，不願立長，密唆防閤將軍王季符，誣訐景素反狀，俾便出討。蕭道成、袁粲窺破陰謀，替他解免，阻住出師，景素亦遣世子延齡，入都申理。楊、阮等還未肯干休，削去景素征北將軍職銜，景素始漸覺不平，陰與將軍黃回，羽林監垣祗祖通書，相約為變。

醞釀了好幾個月，忽由垣祗祖帶了數百人，奔至京口，說是京師亂作，臺城已潰，請即乘間發兵。景素信為真言，即據住京口，倉皇起事。楊、阮聞報，立遣黃回往討。蕭道成知回蓄異圖，特派將軍李安民為前驅，夜襲京口，一鼓破入，擒斬景素，所有叛黨，統共伏誅。

宋主昱因京口告平，驕恣益甚，無日不出，夕去晨返，晨去夕歸，令隨從各執鋋矛，遇有途人家畜，即命攢刺為戲，民間大恐，商販皆息，門戶晝閉，道無行人。有時昱居宮中，針椎鑿鋸，不離左右，侍臣稍稍忤意，便加屠剖，一日不殺，便愀然不樂。因此殿省憂惶，幾乎不保朝暮。

阮佃夫與直閤將軍申伯宗、朱幼等，陰謀廢立，擬俟昱出都射雉，矯太后命，召還隊仗，派人執昱，改立安成王準。事尚未發，為昱所聞，立率衛士拿住阮佃夫、朱幼，下獄勒斃。佃夫也有此日耶！申伯宗狼狽出走，中途被捕，立置重刑。或告散騎常侍杜幼文，司徒左長史沈勃，游擊將軍孫超之，亦與佃夫同謀，昱復自往掩捕，執住杜幼文、孫超之，親加臠割，且笑且罵，語極穢鄙，不堪入耳。轉趨至沈勃家，勃正居喪在廬，驚見昱持刀突入，不由的怒氣上衝，便攘袂直前，手搏昱耳道：「汝罪逾桀紂，就要被人屠戮！」說到戮字，已由衛士一擁而進，把勃劈作兩段，昱又親解支體，並命將三家老幼，一體駢誅。十四歲的幼主，如此酷虐，史所未聞。杜幼文兄叔文，為長水校尉。即遣人把他捕至，命在玄武湖北

岸，裸縛樹下，由昱跨馬執槊，馳將過去，用槊刺入叔文胸中，鉤出肝腸，嬉笑不止，衛士齊稱萬歲！

昱盡興還宮，偏遇皇太后宣召，勉強進去，聽了好幾句罵聲，無非說他殘虐無道，飭令速改，惹得昱滿腔懊悶，怏怏趨出。已而越想越恨，索性召入太醫，囑令煮藥，進鴆太后。左右諫止道：「若行此事，天子應作孝子，怎得出入自由！」昱爽然道：「說得有理。」乃叱退醫官，罷除前議。嗣是狎遊如故，偶至右衛翼輦營，見一女子矯小可憐，便即摟住，藉著營中便榻，雲雨起來。事畢以後，又令跨馬從遊，每日給數千錢，供她使用。

一日盛暑，竟掩入領軍府。蕭道成晝臥帳中，昱不許他人通報，悄悄的到了帳前，揭帳審視，見他袒胸露腹，臍大如鵠，不禁痴笑道：「好一個箭靶子！」這一語驚醒道成，張目瞧視，見是當今小皇帝，不勝驚異，慌忙起床整衣。昱搖手道：「不必不必，卿腹甚大，倒好試朕的箭法！」說著，即令左右擁著道成，叫他露腹直立，畫腹為的，自引弓作注射狀，道成忙用手版掩腹，且申說道：「老臣無罪！」旁由衛隊長王天恩進言道：「領軍腹大，原是一好射堋，但一箭便死，後來無從再射，不如用骲箭射腹，免致受傷！」是道成救星。昱依天恩言，即令他取過骲箭，搭上弓弦，喝一聲著，正中道成肚臍。當下投弓大笑道：「箭法何如？」天恩極口讚美，連稱陛下只須一箭，不必更射，說得昱喜上加喜，方出署自去。

道成無詞可說，送出御駕，回入署中。自思此番幸用骲射，乃是骲鏃所為，不致傷人（骲箭注射，就此帶敘）。但僥倖事情，可一不可再，當速圖自全，乃密訪袁粲、褚淵二人，商及廢立問題。淵默然不答，粲獨說道：「主上年少，當能改過，伊霍事甚不易行，就使成功，亦非萬全計策！」道成點首而出。點首二字，暗寓狡猾。

第二十四回　江上墮謀親王授首　殿中醉寢狂豎飲刀

俄由宮中漏出消息，得知昱嘗磨鋋，欲殺道成，還是陳太妃從中喝阻，謂道成有功社稷，不應加害，昱乃罷議。道成卻越加危懼，屢與親黨密謀，意欲先發制人。或勸道成出詣廣陵，調兵起事，或謂應令世子賾率郢州兵，東下京口，作為外應。道成卻欲挑動北魏，俟魏人入寇，自請出防，乘便籠絡軍士，入除暴君。這三策都未決議，累得道成日夕躊躇。領軍功曹紀僧真，把三策盡行駁去，謂不若在內伺釁，較為妥當。道成族弟鎮軍長史順之，及次子驃騎從事中郎嶷，均言幼主好為微行，但教聯繫數人，即可下手，何必出外營謀，先人受禍等語。道成乃幡然變計，密結校尉王敬則，令賄通衛士楊玉夫、楊萬年、陳奉伯等，共二十五人，專伺上隙。

夏去秋來，新涼已屆，宋主昱正好夜遊，七月七日，昱乘露車至臺岡，與左右跳高賭技。晚至新安寺偷狗，就曇度道人處殺狗侑酒，飲得酩酊大醉，方還仁壽殿就寢，楊玉夫隨從在後，昱顧語道：「今夜應織女渡河，汝須為我等著，得見織女，即當報我；如或不見，明日當殺汝狗頭，剖汝肝肺！」你的狗頭要保不牢了。玉夫聽著醉語，又笑又恨，沒奈何應聲外出。

看官聽說！自昱嗣位後，出入無常，殿省門戶，終夜不閉，就是宿衛將士，統局居室中，莫敢巡邏。只恐與昱相值，奏對忤旨，便即飲刃，所以內外洞開，虛若無人，楊玉夫到了夜半，與楊萬年同入殿內，趨至御榻左近，側耳細聽，呼呼有鼾睡聲，再走進數步，啟帳一瞧，昱仍熟睡，唯枕旁置有防身刀，當即抽刀在手，向昱喉下戳入，昱叫不出聲，手足一動，嗚呼哀哉！年僅十五。在位只五年，後人稱子業為前廢帝，昱為後廢帝。小子有詩嘆道：

童年失德竟如斯，隕首宮廷尚恨遲；

假使十齡身已死，劉家興替尚難知。

楊玉夫已經弒昱，持首出殿，突遇一人攔住，不由的魂飛天外。究竟來人為誰，且至下回說明。

桂陽王休範，不死於泰始之時，而死於元徽之世，殊屬出人意外；然其獲免也以愚，其致死也亦以愚。愚者可一幸不可再幸，終必有殺身之禍。試觀其中詐降計，納黃回、張敬兒於左右，肘腋之間，自召危機，尚復日飲醇酒，遊宴自如，不謂之愚得乎！建平王景素，亦一愚夫耳。輕信垣祗祖之言，倉猝起兵，不亡何待！史家不恕休範，而獨恕景素，殆以景素發難，由楊阮之激迫而成，欲罪楊阮，不得不於景素有恕詞，要知亦一愚人而已，廢帝昱愚而且暴，與子業相似，其被弒也亦相同。狡如宋武，而後嗣多半昏愚，然後知仁厚者可卜靈長，而狡黠者之終難永久也。

第二十四回　江上墮謀親王授首　殿中醉寢狂豎飲刀

第二十五回
討權臣石頭殉節　失鎮地櫟林喪身

第二十五回　討權臣石頭殉節　失鎮地櫟林喪身

卻說楊玉夫手持昱首，馳出殿門，適與一人相遇，不覺驚惶。及仔細審視，乃是同黨陳奉伯，方才放心，即將昱首交與奉伯。奉伯詐傳敕旨，開承明門，門外由王敬則待著，復把昱首轉交。敬則馳詣領軍府，叩門大呼，道成不知何事，未敢開門。敬則投首入牆，由道成洗首驗視，果係昱頭，乃戎服乘馬，偕敬則等入殿。殿中相率驚怖，經道成說明昱死，始同聲呼萬歲。道成就殿廷槐樹下，託稱王太后命，召袁粲、褚淵、劉秉等入議。

道成語秉道：「這是君家私事，外人不敢擅斷。」秉顧視道成，但見他鬚髯盡張，目光似電，令人可怖，不由的囁嚅道：「尚書諸事，可以見委，軍旅處分，當由領軍作主！」錯了！錯了！道成復讓與袁粲，粲亦不敢承認。也是沒用。王敬則拔刀躍入道：「天下事都應關白蕭公；如有異言，血染敬則刃！」遂手取白紗帽，加道成首，勸他即位；且說道：「今日尚有何人，敢來多嘴？事須及熱，何必遲疑！」比許褚、典韋還要出力。道成取去紗帽，正色喝斥道：「汝等統是瞎鬧！」粲欲乘勢進言，又被敬則怒目相視，不敢開口。褚淵接入道：「今非蕭公不能了此！」道成乃徐徐道：「諸君都不肯建議，我亦未便推辭，今日只有迎立安成王為是！」劉秉，袁粲等模糊答應。敬則尚欲推戴道成，由道成用目相示，乃挾劉、袁、褚三相，出待東城，另備法駕往迎安成王準。

秉行過道旁，適與從弟韞相遇，韞急問道：「今日事是否歸兄？」秉答道：「我等已讓蕭領軍主持！」韞驚嘆道：「兄肉中究有血否？今年恐被族滅了！」秉似信非信，與韞別去。

既而安成王準已經迎入，當由道成替太后宣令，追廢昱為蒼梧王，命安成王準嗣皇帝位。略云：

前嗣王昱以塚嫡嗣登皇統，方冀體識日弘，社稷有寄，豈意窮凶極悖，自幼而長，善無細而不違，惡有大而必蹈！前後訓誘，常加隱蔽，險戾難移，日月滋甚。棄冠毀冕，長襲戎衣，犬馬是狎，鷹隼是愛，皂歷軒殿之中，韝緤宸衷之側。至乃單騎遠郊，獨宿深野，手揮矛鋌，躬行刲斮，白刃為弄器，斬害為恆務，舍交戟之衛，委天畢之儀，趨步閭閻，酣歌罏肆，宵遊忘返，宴寢營舍，奪人子女，掠人財物，方策所不書，振古所未聞。沈勃儒士，孫超功臣，幼文兄弟，並預勳效，四人無罪，一朝同戮，飛鏃鼓劍，孩稚無遺，屠裂肝腸，以為戲謔，投骸江流，以為歡笑。又淫費無度，帑藏空竭，橫賦關河，專充別蓄，黔首嗷嗷，脣生無所。吾與其所生，每勵以義方，遂謀鴆毒，將騁凶忿。沈憂假日，慮不終朝。自昔辛癸，爰及幽厲，方之於此，未譬萬分。民怨既深，神怒已積，七廟阽危，四海褫氣，廢昏立明，前代令範，況乃滅義反道，天人所棄，釁深牧野，理絕桐宮。故密令蕭領軍潛運明略，幽顯協規，普天同泰。驃騎大將軍安成王，體自太宗，天聽淹叡，風神凝遠，德映在田，地隆親茂，皇曆攸歸，億兆繫心，含生屬望，宜光奉祖宗，臨享萬國。便依舊典，以時奉行。昱雖窮凶極暴，自取覆滅，棄同品庶，顧所不忍，可特追封蒼梧郡王。未亡人追往傷懷，永言感絕，所望嗣皇帝遠紹洪規，近懲覆轍，痌瘝兆民，期天永命，則宗廟社稷之靈，庶其攸賴，用此令知！

　　小子前述明帝彧事，說他不能御女，致乏子嗣，昱已為李道兒所生，準為明帝彧第三子，料亦由諸王所出，取育宮中。史稱明帝有十二男，陳貴妃生昱，就是後廢帝；謝修儀生法良，早年去世；陳昭華生準，就是安成王；徐婕妤生第四皇子，未曾取名，即已殀殤；鄭修容生智井，及晉熙王燮，泉美人生邵陵王友，及江夏王躋，徐良人生武陵王贊，杜修華生南陽王翽，及次興王嵩，最幼的是始建王禧，也相傳為泉美人所出，其實統是螟蛉繼兒，由妃嬪撫養成人，便冒充為己子哩（特別表明，貫穿前後）。

第二十五回　討權臣石頭殉節　失鎮地櫟林喪身

　　且說安成王準，由東城迎入朝堂，劉秉、袁粲、褚淵，隨歸謁見，蕭道成也帶領百官，一同迎謁，當奉準升殿入座，即皇帝位，準年僅十一，頒詔大赦，改永徽五年為升明元年。尊生母陳昭華為皇太妃，替蒼梧王發喪，降陳太妃為蒼梧王太妃，江皇后為蒼梧王妃。授道成為司空錄尚書事，兼驃騎大將軍，領南徐州刺史，留鎮東府。劉秉為尚書令，加中軍將軍，褚淵加開府儀同三司，袁粲為中書監，出鎮石頭。進號荊州刺史，沈攸之為車騎大將軍，兼尚書左僕射，王僧虔為尚書僕射，劉韞為中領軍，兼金紫光祿大夫，王琨為右光祿大夫，晉熙王燮為撫軍將軍，調任揚州刺史，武陵王贊為郢州刺史，邵陵王友為江州刺史，南陽王汎為湘州刺史，楊玉夫等二十五人，各賞賜爵邑有差。無非導人篡弒。此外文武百官，皆加官二級，不在話下。

　　先是劉秉用意，以為尚書關係政本，由己主持，可致天下無變，所以與道成會議時，情願將兵權讓與道成。及道成兼總軍國，散布心腹，予奪自專，褚淵又趨炎附勢，甘黨道成。秉勢成孤立，始有悔心。袁粲素性恬靜，每有朝命，必一再固辭，不得已乃始就職。至是知道成跋扈不臣，有心除患；因此一經朝命，毫不推讓，即出鎮石頭城去了。

　　荊襄都督沈攸之，前與道成同直殿省，很是和協，道成且與訂姻好，把長女嫁與攸之子文和為妻。及攸之出鎮荊州，與道成尚無嫌隙，不過因朝局日紊，未免雄心思逞，暗蓄異圖。會直閣將軍華容人高道慶，告假回家，路過江陵，為攸之所邀，戲與賭棊，彼此爭勝，語未加檢。攸之不免失詞，由道慶記在胸中，假滿入朝，遂述攸之狂言，已露反狀，願假輕騎三千，往襲江陵。劉秉等未以為然，道成顧念親情，更力保攸之不反，唯楊運長等嫉忌攸之，與道慶密謀，使刺客潛往江陵，無隙可乘，反為攸之察覺，殺死刺客。攸之因怨恨朝廷，並疑道成不為幫護，亦有微嫌。

主簿宗儼之，功曹臧寅，勸攸之從速舉兵，攸之因長子元琰，留官建康，投鼠忌器，未便速發，乃延宕下去。會蒼梧王被弒，朝政一變，道成也嫉楊運長，出為宣城太守。又遣攸之子元琰，持蒼梧王剖斲遺具，往示攸之。在道成意見，一則為攸之黜退仇人，示全親誼；二則使攸之與聞主惡，表明己功。偏攸之以道成名位，素出己下，至是專制朝權，愈加不平，且因元琰得至江陵，疑為天助，遂顧語道：「兒得來此，尚復何憂？我寧為王陵死（王陵漢人），不為賈充生（賈充晉人）！」乃留住元琰，不使還都。一面上表稱慶，並與道成書，陽為推功。

　　適有朝使至江陵，加攸之封號，並由太后賜燭十挺，攸之遂藉此開釁，謂在燭中剖出太后手敕，有云社稷事一以委公，因此整兵草檄，指日舉事。攸之妾崔氏、許氏同諫道：「官年已老，奈何不為百口計！」攸之指示褌襠角，由兩妾審視，乃是素書十數行，寫著明帝與攸之密誓。恐也是捏造出來。兩妾頗識文字，閱罷後亦不便多言。

　　攸之復遣使往約雍州刺史張敬兒，豫州刺史劉懷珍，梁州刺史范柏年，司州刺史姚道和，湘州行事庾佩玉，巴陵內史王文和等，共同舉兵。敬兒本由道成差遣，監制攸之，當然是不肯照約，即將來使斬訖，馳表上聞（敬兒出鎮見前回）。懷珍、文和，也與敬兒相聯，依法辦事。柏年、道和、佩玉，模稜兩可，共守中立，文和膽力最小，一俟攸之出兵，便棄去州城，奔往夏口。

　　攸之又貽道成書云：「少帝昏狂，應與諸公密議，共白太后，下令廢立，奈何私結左右，親加弒逆，乃至暴屍不殯，流蟲在戶，凡在臣下，莫不惋駭；且聞擅易朝舊，密布親黨，宮闈管籥，悉付家人，我不知子孟（即漢霍光）孔明（即諸葛亮）遺訓，曾否如此！足下既有賊宋之心，我寧敢捐包胥之節包胥（即楚申包胥）！」書中語恰也近理，可惜他未必為公！

255

第二十五回　討權臣石頭殉節　失鎮地櫟林喪身

　　這封書馳達道成，道成自然動惱，當即入守朝堂，命侍中蕭嶷代守東府，撫軍行參軍事蕭映往鎮京口，嶷映皆道成子，故特付重任。長子賾本出佐晉熙王燮，以長史行郢州事，燮徙鎮揚州，賾升任左衛將軍，隨燮東行。劉懷珍致書道成，謂夏口衝要，不宜失人，道成乃與賾書，令他擇能代任。賾薦郢州司馬柳世隆自代，世隆得奉朝命為郢州長史，輔佐武陵王贊（燮徙揚州，贊鎮郢州，俱見上文）。賾臨行時，語世隆道：「我料攸之必將作亂，一旦變起，倘焚去夏口舟艦，順流東下，卻不可當；若留攻郢城，頓兵不進，君為內守，我為外援，攸之不足慮了！」世隆應聲如約，賾乃啟行。

　　甫至尋陽，已聞攸之發難，朝廷尚不見處置。或勸賾速赴建康，賾搖首道：「尋陽地居中流，密邇畿輔，我今當留屯湓口，內衛朝廷，外援夏口，保據形勝，控制西南，這是天授機會，奈何棄去！」左中郎將周山圖亦極端贊成。賾即奉燮鎮湓口。軍事悉委山圖。山圖擷取行旅船板，築樓櫓，立水柵，旬日辦竣，使人馳報道成。道成大喜道：「賾真不愧我子呢！」彷彿操丕。遂授賾為西討都督，山圖是副。賾又恐尋陽城孤，表移邵陵王友同鎮湓口，但留別駕胡諧之守住尋陽。這是防攸之推戴邵陵，故表移湓口。

　　適前湘州刺史王蘊，因母喪辭職，還過巴陵，與攸之潛相結納，及入居東府，為母發喪，欲乘道成出弔，把他刺死，偏道成狡猾，先事預防，但遣人弔唁，並未親往。蘊計不能遂，乃與袁粲、劉秉，共圖別計。將吏黃回、任侯伯、孫曇瓘、王宜興、卜伯興等，皆與通謀。

　　道成亦防粲立異，自至石頭城，與粲計事，粲拒絕見面，通直郎袁達，勸粲不應相拒。粲答道：「彼若借主幼時艱四字，迫我入朝，與桂陽

時無異，我將何辭謝絕？一入圈中，尚得使我自由麼？」遂不從達言。也是誤處。

　　道成另召褚淵入議，每事必諮，格外親暱。淵前為衛將軍，遭母喪去職，朝廷敦迫不起，粲獨往勸淵，淵乃從命。及粲為尚書令，亦丁母憂，免官守制，淵亦親往慫恿，力勸蒞事，粲終不為動；淵由是恨粲。小事何足介意，淵之度量可知！至是進白道成道：「荊州構釁，事必無成，明公先當防備內變，幸勿疏虞！」道成點首稱善。

　　已而粲與劉秉等謀誅道成，擬告知褚淵。眾謂淵素附道成，斷不可告，粲說道：「淵與彼雖友善，但事關宗社，淵亦不得大作異同；倘或不告，是多增一敵手了！」此著大誤。遂把密謀告淵。淵願為蕭氏爪牙，當即轉白道成。道成即遣軍將蘇烈、薛淵、王天生等，往戍石頭，名為助粲，實是監粲。又因劉韞為中領軍，卜伯興為直閣將軍，與粲相通，特派王敬則一同直閣，牽制二人。

　　粲謀矯太后令，使韞與伯興，率宿衛兵攻道成，由黃回等為外應，定期舉事。劉秉尚在都中，屆期這一日，禁不住心驚肉跳，那起事的期間，本在夜半，偏秉膽小如鼠，竟於傍晚時候，載家屬奔石頭，部曲數百，張皇道路，粲聞秉驟至，忙出相見道：「何事遽來？這遭要敗滅了！」秉泣答道：「得見公一面，雖死無恨！」笨伯豈可與謀？說著，孫曇瓘亦自京奔至，粲越加惶急，但也想不出什麼方法，只頓足長嘆罷了。

　　丹陽丞王遜，走告道成，道成亦已略悉，即遣人密告王敬則，使殺劉韞、卜伯興等人。時閣門已閉，敬則欲出無路，亟鑿通後垣，佩刀出走。趨至中書省，正值韞列燭戒嚴，危坐室中。突見敬則闖入，便驚起問道：「兄何為夜顧？」敬則瞋目道：「小子怎敢作賊！」一面說，一面用手拔刀。

第二十五回　討權臣石頭殉節　失鎮地櫟林喪身

韞忙抱住敬則，怎禁得敬則力大，用拳摑頰。韞不勝痛楚，暈到地上，被敬則拔刀一揮，立致殞命。敬則持刀至伯興處，伯興猝不及防，也被殺死。

蘇烈、王天生等，已據住倉城，與粲相拒，道成又遣軍將戴僧靜，助烈攻粲。粲遣孫曇瓘出戰，與蘇烈等相持一宵，到了黎明，戴僧靜攻毀府西門，劉秉在城東回望，見城西火起，竟與二子俁伃，逾城遁去。真不濟事。粲亦料不可守，下城諭子最道：「早知一木難支大廈，但因名義至此，死不足恨了！」語尚未已，僧靜已逾城進擊。最奮身翼粲，為僧靜斫傷。粲涕泣向最道：「我不失忠臣，汝不失孝子。」遂與最力鬥數合，俱為所害。百姓為粲哀謠道：「可憐石頭城，寧為袁粲死，不為褚淵生！」有志無才，徒付一嘆。

僧靜既殺害袁氏父子，復召集各軍，往追劉秉，馳至額簹湖，得將秉父子拿住，立即斬首。秉實該死。任侯伯等乘船赴石頭，聞粲已死節，便即馳還。王蘊也率數百壯士，到石頭城，被薛淵閉城射退，逃往鬥場，也遭擒戮。孫曇瓘遁去。黃回由新亭進攻，行過石頭，得悉同黨俱敗，乃佯稱入援道成。道成也知他刁狡，但一時不欲多誅，因慰撫如舊，仍然遣駐新亭。此外坐粲黨羽，一體赦免，均不復問。巧與籠絡。授尚書僕射王僧虔為左僕射，新除中書令王延之為右僕射，度支尚書張岱為吏部尚書，吏部尚書王奐為丹陽尹。

滿朝文武，已盡是道成心腹。道成乃自請出討攸之，有詔假道成黃鉞，出屯新亭。攸之也遣中兵參軍孫同等五將，率五萬人為前驅，司馬劉攘兵等五將，率二萬人為後應，中兵參軍王靈秀等四將，分兵出夏口，據住魯山。

攸之自恃兵強，饒有驕態，遣人至郢州，語柳世隆道：「奉太后令，當暫還都，卿果同心奉國，應知此意。」世隆託使人答覆道：「東下雄師，久承聲問，郢城鎮小，只能自守，恕不相從！」攸之聞言，不禁動怒，即欲往攻郢城。功曹臧寅，謂郢城險固，攻守勢異，非旬日可拔，不如長驅東下，速圖建康。攸之乃留偏師攻郢城，自率大眾東進。

將要啟行，忽報柳世隆出兵西渚，前來搦戰。攸之使王靈秀迎擊，郢兵不戰即退，靈秀進薄城下，郢州參軍焦度，登城拒守，百般辱罵，惱得靈秀性起，麾兵猛撲。那城上矢石交下，反將靈秀兵擊傷數百人。靈秀飛報攸之，請即濟師，攸之被他一激，遂改計攻郢，親督諸將西行。到了城下，築起長圍，晝夜攻戰。著了道兒。柳世隆隨方拒應，或戰或守，遊刃有餘。相持過年，攸之屢攻不克，反被世隆擊破數次，傷損甚多。蕭賾依著前約，令軍將桓敬屯據西塞，為世隆聲援。攸之素失人情，全是勢迫形驅，意氣用事。初發江陵，已有兵士逃亡，及頓兵郢城，月餘不拔，逃亡愈多，攸之乘馬巡查，日夕撫慰，怎奈大眾離心，單靠著一言一語，無人肯信，仍相繼離散。攸之大怒，召集諸將道：「我奉太后令，仗義起師，大事若成，當與卿等共圖富貴；否則朝廷誅我百口，不涉他人，近來軍人叛散，皆由卿等不肯留意，自今以後，兵士叛去，軍將當連帶坐罪！」諸將雖然面從，心中愈覺不平。會聞道成遣黃回等西襲荊州，泝流而上，大眾益加驚駭，各懷異志。劉攘兵射書入城，願降世隆，請他上表洗罪。世隆複稱如約，攘兵遂毀營自去。諸軍猝見火起，頓時駭散，將帥不能禁。攸之忿火中燒，氣得咬須嚼齒，立收攘兵兄子天賜，及女夫張平虜，處以極刑，自率殘眾東歸。

行至魯山，眾竟大潰，各將亦皆四散，獨臧寅慨然道：「得勢即從，失勢即去，我卻不忍出此！」遂投水自盡。攸之只有數十騎相隨，忙宣令

259

第二十五回　討權臣石頭殉節　失鎮地櫟林喪身

軍中道：「荊州城中，大有餘錢，何不一同還取，作為資糧！」這令一下，散軍乃逐漸趨集，且因郢州未有追軍，徐還江陵，復得隨兵二萬人。無所望而去，有所望而來，此等兵將如何足恃！哪知途次接得急信，好好一座江陵城，已被張敬兒奪去！奈何！奈何！逼得攸之進退無路，只好轉走華容，沿途隨眾復潰。到了櫟林，隨身只有一人，乃是攸之子文和。攸之下馬，長嘆數聲，解帶懸林，自盡而死。文和亦縊。村民斬二人首，獻入江陵。

原來張敬兒偵得攸之攻郢，江陵空虛，遂引兵掩襲江陵。江陵城內，由攸之子元琰，與長史江，別駕傅宣共守。夜間聽著鶴唳聲，疑是軍至，與宣即開門遁去。吏民接踵逃散，元琰也奔往寵洲，為人所殺。敬兒尚在沙橋，得悉此信，急趨入城，捕誅攸之二子四孫，並及攸之親黨，攜得財物數十萬，悉入私囊。嗣經櫟林，村民獻入攸之父子首級，即按置楯上，覆以青傘，徇行城市。越日乃函首送建康。

留府司馬邊榮，先為府錄事所辱，攸之替榮鞭殺錄事，及敬兒入城，榮被執住，由敬兒慰問道：「邊公何不早來？」榮答道：「身受沈公厚恩，受命留守，怎敢委去！本不祈生，何須見問？」敬兒笑道：「死何難得！」即命左右牽榮出斬。榮怡然趨出，榮客程邕之抱榮道：「與邊公交友，不忍見邊公死，乞先見殺！」兵士又入白敬兒，敬兒道：「求死甚易，何為不許！」遂命先殺邕之，然後殺榮。旁觀諸人，共為淚下。主簿宗儼之、參軍孫同等皆被殺死。小子有詩嘆道：

功名富貴漫相爭，取義何妨且捨生；
誰是忠貞誰是逆，千秋總有大公評！

荊州既平，蕭道成還鎮，封賞功臣。欲知詳情，且閱下回自知。

袁粲、劉秉，皆非任重才。秉以軍事讓蕭道成，已為失策，至約期舉事，先奔石頭，膽小如此，安望有成！粲平時聞望，高出秉上，乃密謀甫定，遽告褚淵，彼與淵共事有年矣，寧不知淵為蕭黨，而獨不從眾議，貿然相告，是並秉且不若矣！裴子野謂粲蹈匹夫之節，無棟梁之具，誠哉其然也。沈攸之不速赴建康，反頓兵郢城，就令軍無貳志，亦與討賊之志不合，南轅北轍，不死奚為！夫當時粲、秉圖內，攸之圖外，取蕭道成猶反手事耳。粲以寡識敗，攸以失機敗，反使道成權位愈隆，篡逆愈急，是袁粲、沈攸之之起事，非唯無益，反從而害之矣。然史家書法，於沈攸之之舉兵也則書討；袁粲、劉秉之定議也，則書謀誅；嫉亂賊，獎忠義，此其所以羽翼麟經，有功名教也。本回亦隱寓是意，可於夾縫中求之。

南北史演義——從興王呈預兆至櫟林喪身

作　　者：蔡東藩	國家圖書館出版品預行編目資料
發 行 人：黃振庭	
出 版 者：複刻文化事業有限公司	南北史演義——從興王呈預兆至櫟林喪身 / 蔡東藩 著 . -- 第一版 . -- 臺北市：複刻文化事業有限公司, 2024.11
發 行 者：複刻文化事業有限公司	
E-mail：sonbookservice@gmail.com	面；　公分
粉 絲 頁：https://www.facebook.com/sonbookss	POD 版
網　　址：https://sonbook.net/	ISBN 978-626-7595-45-9(平裝)
地　　址：台北市中正區重慶南路一段 61 號 8 樓	857.4534　　　113015774

8F., No.61, Sec. 1, Chongqing S. Rd., Zhongzheng Dist., Taipei City 100, Taiwan

電　　話：(02)2370-3310
傳　　真：(02)2388-1990
印　　刷：京峯數位服務有限公司
律師顧問：廣華律師事務所 張珮琦律師

定　　價：350 元
發行日期：2024 年 11 月第一版
◎本書以 POD 印製